少女マクベス

Macbeth for the Girls

降田 天

Ten Furuta

双葉社

百花演劇学校の生徒たち

結城《ゆうき》さやか……制作科三年。劇作家を目指している。
藤代《ふじしろ》貴水《たかみ》……設楽了の死の真相を探る新入生。

〔定期公演『百獣のマクベス』の三人の魔女役〕
乾《いぬい》 綾乃《あやの》……俳優科三年。規律を重んじる優等生。
加賀美《かがみ》綺羅《きら》……俳優科三年。衆目を集める美少女。
神崎《かんざき》氷菜《ひな》……俳優科三年。大物俳優の娘で実力派。

南《みなみ》 芽衣《めい》……制作科三年。演出家を志望。氷菜のファン。
木内《きうち》璃子《りこ》……制作科三年。舞台美術を志望。
中条《なかじよう》 美優《みゆ》……俳優科三年。落語好きで控えめな生徒。
桧垣《ひがき》桃音《ももね》……俳優科二年時に退学する。
設楽《したら》了《りよう》……制作科二年時の定期公演で命を落とす。

少女マクベス

その幻にたぶらかされ、
あいつは破滅へまっしぐら。
運命を足蹴に、死をあざけり、
神の恵みも分別も恐怖心さえ忘れ去り、野望のとりこだ。
分かっているね、人間どもの大敵は
自信過剰というやつだ。

1

高らかなファンファーレとともに、最後の台詞が終わった。

拍手が起きるまでのごくわずかな空白の時間、結城《ゆうき》さやかは無意識に身を硬くしていた。客席から見ていたかぎり、公演は成功だったと思う。大成功と言ってもいい。しかしそれは演出を担当した自分の感想であり、観客にとってはそうではないかもしれない。

盛大な拍手が湧き起こり、さやかはほっと緊張を緩めた。さやかと同じ三年生で演出助手を務めた南《みなみ》芽衣《めい》が、隣の席で激しく手を叩きながら顔を寄せてささやく。

「やっぱりすごい。別格だよね」

さやかは無言で拍手に加わった。芽衣の言葉に異論はないが、ないからこそ、無邪気に「だよね」とは言えない。

舞台上では出演者が勢ぞろいして観客に頭を下げている。プロセニアム形式と呼ばれる額縁型の舞台だ。幅は約十一メートル、奥行は十二メートル、高さは可変式で七メートルから九メートル。その頭上から深紅の緞帳が下りてくる。

緞帳の裾には〈百花《ひやっか》演劇学校〉の六文字が金糸で刺繍されている。

名のとおり演劇に携わる人材を育成する教育機関だが、特徴的なのは、入学資格を有するのは中学校もしくはこれに準ずる学校を卒業した女性のみという点だ。一般的な高校生に相当する年齢の少女たちが日本全国から集い、都内の寮で寝起きしながら三年間かけて専門的な勉強をする。

四月になったばかりの今日、学校の敷地内に建つこの専用劇場――〈十二夜《じゆうにや》劇場〉では、入学式に続いて新入生歓迎公演が行われていた。

客席の興奮も冷めやらぬうちに、下りきった緞帳の前に校長が姿を現した。長嶋《ながしま》ゆり子《こ》。自身も百花演劇学校出身の舞台俳優であり、四十代でキャリアは二十年以上になる。春らしいパステルカラーのスーツに身を包んだ校長は、慣れた様子で壇上に立ってマイクを構えた。客席は水を打ったように静かになったが、水面下に新たな興奮が感じ取れる。

「あらためまして新入生のみなさん、ようこそ、百花演劇学校へ」

鍛えられた声で校長が告げたとたん、客席の前方中央に集められた新入生たちの空気が変わった。彼女らの感じた喜び、誇らしさ、そして重圧が、保護者席の後ろにいるさやかにまで伝わってくる。

「先ほどの入学式でも、わたしは同じ言葉をあなたがたに告げました。でもあのときといまとでは受け止めかたが違っていることと思います。みなさんはいま、あなたがたの先輩たちによる二本の公演を見ました。ミュージカルとストレートプレイ――すなわち基本的に歌唱のない台詞劇ですね。みなさんは一年生のあいだは、俳優志望、制作志望の別なく演劇に関する基礎を広く学びます。そして一年後、自分の進む道を選択することになります。脚本家や演出家など作り手を目指す制作科か、演者を目指す俳優科か。俳優科の場合はさらにミュージカル専攻か、ストレートプレイを中心とする演劇専攻か。すでに進路を決めている人はいますか？」

九十人の新入生のうち三分の二ほどが手を挙げる。のちに変わることもあるが、あらかじめ決めて受験する者のほうが多い。さやかもそうだった。最初から脚本家・演出家になりたかったし、演じる側のことを学ぶのはそのための財産だと割り切っていたものの、やはり演技や歌やダンスの授業は苦痛だったものだ。

校長は挙手した何人かを指名して、進路の希望とその動機、いま見た公演の感想などを尋ねた。マイクを持った二年生が指された生徒のもとへ走る。どこかの養成所でレッスンを積んできたとわかる発声を誇示するように答える生徒もいれば、真っ赤になって声を詰まらせてしまう生徒もいる。

「じゃあ最後に、挙手してない人にも感想を。そこの背の高いあなた。そう、あなた」

指されて起立したその生徒は、新入生と保護者の一団を隔てたさやかの位置から見ても、はっきりわかるほど背が高かった。百七十センチはゆうに超えているだろう。マイクを差し出す二年生を見下ろしている。全身は見えないが首から肩にかけてのラインがすらりとして、ショートカットにした頭が小さい。

「一年一組、藤代貴水《ふじしろたかみ》です」

いい声だなとさやかは思った。声量が豊かで滑舌もいい。体型とあいまって舞台映えしそうだ。それにとても堂々としている。

「さっき挙手してなかったでしょう」

「はい、進路は決めてません。というより、わたしがこの学校へ来た目的は他にあるので」

「他？」

はい、と答えたきり続きはなかった。説明する気はないようだ。反応に困ったような空気が場内に流れる。ひそひそ言う声も聞こえたが、当人は気にするふうもない。

隣の芽衣が「何だろうね、あの子」と不思議そうにささやく。さやかは目で応えることもせず、じっと貴水の後ろ姿を見つめていた。あっさりとした口調なのに、妙な迫力を感じるのは気のせいだろうか。

「まあいいでしょう。では舞台の感想を聞きましょうか」

「万歳、マクベス！」

貴水はだしぬけに大きな声を出した。さやかは驚き、同時に何か不穏なものを感じた。

いまのは言わずと知れたシェイクスピアの戯曲『マクベス』の台詞だ。四大悲劇のひとつに数えられ、ついさっき演劇専攻の生徒が翻案《ほんあん》のうえ『百獣のマクベス』と題して上演した演目である。

主人公であるスコットランドの将軍マクベスは、三人の魔女の予言にそそのかされ、主君を暗殺して王位を奪う。やがて彼は暴君になりはて、最大の理解者にして共犯者であった妻は心を病んで死に、最後は反乱にあって斃《たお》される――。

元の声量に戻って貴水は続ける。

「演劇専攻の『百獣のマクベス』がすごくよかったです。誰もが知ってる演目を斬新な設定でアレンジしてるのがおもしろかったし、特に三人の魔女の演技がすばらしいと思いました。

強いていえば、太鼓の演出は浮いてる気がしましたけど」

　芽衣が気まずそうに横目でこちらを見たのがわかった。反乱軍が迫ってくる場面に太鼓の音を入れる演出をしたのはさやかだ。新入生たちが困惑したようにちらちらと顔を見合わせている。忌憚《きたん》のない感想をと最初に校長は言ったものの、普通、新入生はいきなり先輩にダメ出しはしない。

「この新歓公演って、前年に行われた定期公演の再演なんですよね？」

「ええ」

　百花演劇学校では年に一度、十月に定期公演が行われる。その作品を翌年四月の新入生歓迎公演で再演するのだが、年度をまたいで三年生は卒業するため、中心となる出演者やスタッフはたいていごっそり入れ替わる。

「去年の定期公演で脚本・演出を手がけたのは、設楽了《したらりよう》ですよね」

　唐突なその言葉に、胃がぎゅっと硬くなった。藤代貴水は設楽了を知っているのか。もちろん知っていてもおかしくない。後ろや脇のほうの席で観劇していた二、三年生のあいだに落ち着かない空気が漂う。

　演劇専攻の定期公演では脚本と演出をひとりの生徒が担当し、そのひとりは全学年を対象とした脚本のコンペによって選ばれる。審査するのは、百花演劇学校で講師を務める各分野のプロたちだ。

　さやかと同じ年に入学した設楽了は、一昨年、百花演劇学校史上はじめて、一年生にしてその座を射止めた。コンペにエントリーするのはほとんど三年生というなかで、満場一致の決定だったという。異例の抜擢だったが、了が手がけた定期公演は絶賛を浴び、審査員の評価が正しかったことを彼女はみごとに証明してみせた。そして去年、二年生になった彼女は、やはり三年生を押しのけて脚本家・演出家に選ばれた。前評判は前年以上に高く、公演直前には、学校史上最高の出来ではないかとまで言われていた。

　そうなっていただろう、無事に公演が行われていれば。期待とともに上がった幕が、何ごともなく下りていれば。

　一幕と二幕の幕間《まくあい》に起きた事故だった。舞台の床下には「奈落《ならく》」と呼ばれるスペースがある。舞台の床が上下に動く際の可動スペースであり、大道具や舞台装置の搬出入に使用されたり、俳優が移動するための通路になることもある。十二夜劇場の場合、その深さは八メートルにも及ぶ。暗くて深い、劇場の底。

　設楽了は舞台から奈落へ転落し、息を引き取った。公演はその場で中止となった。

　そんなことがなければ、この新入生歓迎公演でも彼女が演出を担当していただろう。新歓公演の演出家は、新三年生になる学年のなかから二年生の三学期末考査の成績によって選ばれる。さやかは一位を取って順当に選ばれたが、もし了がいたら勝てた自信はない。了がいなくなったから、さやかは演出の座を手に入れることができた。

「それがどうかした？」

　尋ねる校長も剣呑な顔になっている。

　貴水はまっすぐに舞台上の校長を見つめたまま、はっきりと告げた。

「さっきの、わたしがこの学校へ来た目的。わたしは、設楽了の死の真相を調べに来ました」

「さやか」

新歓公演が終わり、舞台裏で片付けをしていたところへ、着替えをすませた乾綾乃《いぬいあやの》が歩み寄ってきた。長年続けてきたクラシックバレエで培われたものか、常に姿勢が美しく、動作のひとつひとつが優雅だ。いつものように豊かに波打つ長い髪をヘアバンドでまとめて、たまご型の顔の輪郭をあらわにしている。

「お疲れさま。大成功ね」

「だといいけど。綾乃の演技はよかったよ」

「もしかしてあのおかしな新入生が言ったことを気にしてるの？　あれはたんにひとりの感想にすぎないわ。わたしは太鼓の演出はよかったと思ってるし、会場の拍手のほうを信じるべきよ」

先ほどの校長の訓話や新入生とのやりとりを、出演者たちは舞台袖に待機して聞いていたのだ。

さやかが口を開こうとしたところへ、明るい声が割って入った。

「なになに、さやっち、落ちこんでんの？」

綾乃の後方から連れだって歩いてきたのは、加賀美綺羅《かがみきら》と神崎氷菜《かんざきひな》だ。ついさっきまで『百獣のマクベス』において魔女役を演じていた三人がそろった。

「気にすることないって。感じ方は人それぞれなんだし、聞き流せばいいんだよ」

関西出身の綺羅が、かすかに西のアクセントが混じった口調であっけらかんと言った。アイドルのように華やかな愛らしい笑顔に、部分的にピンクに染めた髪がよく似合う。いつもはめているバンドの太いスマートウォッチが、手首の細さを際立たせている。

「異なる意見を参考にするのはいいけど、落ちこむ必要はないよ」

切れ長の目をさやかに向けて、氷菜も静かに言った。ややハスキーな低い声は彼女の魅力のひとつだ。

さやかは片付けを再開しながら、三人にまとめて言葉を返した。

「気にしてないよ」

見抜かれるのも慰められるのも嫌で、ことさら何でもないふうを装った。

本当はショックだった。あの一年生、藤代貴水がダメ出しをした太鼓の演出は、設楽了が演出した定期公演バージョンにはなかったものだ。それを付け加えるにあたって、よけいかもしれないという考えは自分のなかにもずっとあった。それでも何かせずには、加えるなり削るなりせずにはいられなかったのだ。了のオリジナルのままにはしたくなかった。

「あの子と言えば……」綾乃の声の調子が変わった。見れば、古風な印象のある上品な顔に懸念の影が差している。「最後のあれはどういう意味かしら」

了の死の真相を調べに来たという発言のことだろう。校長が絶句しているうちに貴水は着席した。場内は静まりかえったのちにどよめいたが、貴水は黙って座っているだけで、うやむやのままに全員退場となった。

「真相って言ってたけど、いったい何のこと？」

「意味不明」と綺羅が華奢な肩をすくめる。

さやかも同感だった。真相も何も、了の死は痛ましいが単純な事故だ。

あの日、一幕の途中で、大道具のひとつである魔女の大釜の脚にひびが入っているのが見つかった。牛を丸ごと煮こめそうなほど巨大な釜で、場面によって他の舞台セットや幕で隠されることはあるが、基本的に舞台の下手《しもて》奥にずっと置かれているものだった。急遽、一幕と二幕の幕間で奈落に下ろして修理を行うことになり、そのために下手奥の迫《せ》りが使用された。迫りとは床の一部が切り抜かれてエレベーターのように昇降する舞台機構で、俳優や大道具を登場させたり退場させたりするのに使われる。大釜を載せた四メートル四方の床が八メートル下の暗がりへ下りていき、舞台には同じ大きさの穴が開いた。

迫りは危険な装置であり、しばしば事故も起きている。したがって公演に関するほぼすべての作業を生徒みずからが行う百花演劇学校においても、迫りの操作は外部のプロに依頼しており、作動中に生徒が近づくことは厳禁とされている。このときもそのルールは守られていた。迫りが作動しているあいだ、生徒は全員、念のため舞台から離れて袖で待機していた。迫りが下り切って動きが止まってから、舞台に出て二幕の準備に取りかかったが、そのときも迫りからは充分な距離を取っていた。

了が突然、舞台に登場したのはそんなときだった。幕間に確認したいことでもあったのだろうか。緞帳を下ろした舞台へ下手の袖から出ていき、ふらふらと吸いこまれるようにして、そのぽっかり口を開けていた奈落へ落ちた。

一幕が上演されているあいだ、彼女は客席の上手《かみて》、中央、下手、二階、とさまざまに場所を移動しながら舞台を見ていたらしい。しかし大釜の破損が発覚したときは姿が見えず、演出補佐のひとりとしてバックヤードにいたさやかも捜したが見つけられなかった。舞台装置に関する責任者である舞台監督の決定によって大釜を奈落へ下ろすことになり、その旨がインカムを通してスタッフ全員に伝えられた。当然、了にも伝わっているはずだった。

了がバックヤードから舞台下手へ続く通路に現れたとき、ちょうど楽屋へ向かう綾乃と氷菜と行き合った。ふたりはその近くで舞台監督の三年生と話していて、話が終わって立ち去るところだったという。了はふたりに賞賛の言葉をかけ、そのまま舞台へと出ていった。舞台では二幕の準備が進められており、全体が照明で照らされて明るく、迫りが下がっていることは一目瞭然だった。もちろん迫りが下がっていることを示すランプも点いていた。

了が落ちた瞬間をさやかは見ていない。何人かが悲鳴のような声をあげた。何か重いものがぶつかる大きな音が聞こえた。事故を報じたインターネットの記事によると、衝突音は客席にも聞こえたらしい。大きなセットが倒れたのだと思ったという人もいれば、劇場の外で交通事故があったか雷が落ちたのだと思ったという人もいた。目撃した生徒が袖から舞台に飛び出し、下手奥の大穴の縁から奈落を覗きこんだ。八メートル下では、大釜の修理に取りかかろうとしていた美術班の生徒たちがパニックを起こしていた。彼女らの誰も巻きこまれずにすんだのは不幸中の幸いだったと言える。了は大釜のなかに落ちた。意識と機能を失ったその体が病院に搬送されたあとには、血にまみれて大破した釜が残った。

了は没頭するタイプだった。創作にのめりこんで寝食を忘れたり講義をすっぽかしたりするのは当たり前、身だしなみなど二の次、三の次になり、髪は鳥の巣、服はよれよれ、眼鏡も汚れた状態で、ふらふら歩いている姿がよく見られた。そのせいでしょっちゅう何かにつまずいたりぶつかったり、物を落としたりしていた。まして事故が起きたのは、定期公演の本番当日だ。脚本・演出を手がけた了はいつにもまして疲労が溜まっている様子だった。しかも急に舞台に出ていったからには何らかの明確な目的があったはずで、そのことで頭がいっぱいだったということは充分に考えられる。了の目的が何だったのかはわからないままだ。調べてみても大釜の破損の他に舞台に物理的な問題はなかったから、おそらく了の独自の感性による思いつきがあったのだろう。

「あの一年生、藤代貴水さん、だったわね。了と親しかったのかしら」

胸の前で白い両手を組み合わせて綾乃が言う。

綺羅がスマホを取り出し、すばやく指を動かした。

「ふじしろたかみ、って検索したけど、それっぽいものはヒットしないな。中学の後輩とか？　了って北海道出身だっけ」

「真相なんて言うと、まるでただの事故じゃなかったみたいに聞こえるわ」

「じゃあなに、殺人事件？　ミステリーじゃん」

「茶化さないで、不謹慎よ」

もちろんそんなことはありえない。あのとき了の体に触れられるような距離には誰もいなかった。了がひとりで歩いていってひとりで落ちるのを、作業中だった多くの生徒が目撃している。また迫りは完全に下り切って静止していたので、その操作と彼女の転落に関連はなかった。

するとあの一年生、藤代貴水は、自殺の可能性を疑っているのだろうか。それこそありえない話だ。動機が見当たらないし、遺書のたぐいもなかった。何より、大事な公演の本番中に演出家がそんなことをするものか。警察も事故だと断定し、遺族も納得している。

ふと気がつくと、片付けをしている生徒たちの注目を集めていた。会話の内容のせいというよりは、綾乃、綺羅、氷菜の存在そのものが原因だろう。

堂々として気品の漂う綾乃。明るい表情でぱっと目を引く綺羅。クールでミステリアスな雰囲気の氷菜。

芸能の世界ではよく「華がある」という言葉が使われるが、さやかは彼女らに会ってその意味を実感した。容姿の美しさとはまた別の次元で、自然に目が惹きつけられてしまう不思議な魅力。その人にだけ光が当たっているかのように見える存在感。まさに華であり、おそらくそれは天性のものだ。努力で手に入るものではない。

彼女らは入学したときから目立っていて、学内にはそれぞれに多くのファンもいる。実力も備えており、昨年の定期公演では三年生を差し置いて、三人の魔女という大役に抜擢された。全学年を対象にしたオーディションでみごと勝ち取ったのだ。配役は了の独断に近いものので、ともに審査を担当した制作チームの三年生からは抗議の声があがったが、稽古の途中からは静かになり、本番を迎えるころには了の慧眼を称える声に変わっていた。本来なら今日の新歓公演では、三人ともが主役やそれに準ずる役を演じてしかるべきだった。さやか自身、彼女らのマクベスやマクベス夫人を見たい気持ちも強かった。しかし定期公演での魔女役があまりにもすばらしく、にもかかわらず最後まで演じきることができなかったため、悩んだ末に今回も同じ役を続投してもらうことにしたのだ。本人たちもそれを望んだ。

「たぶんあの貴水って子は、事故の状況をよく知らないで言ってるんだと思う」

さやかが言うと、綾乃は組んでいた手をほどいてうなずいた。

「ああ、きっとそうね。それで何か誤解してるんだわ。説明してあげたほうがいいかしら。変なことを吹聴されて学校の名に傷がついたら、先生や先輩がたに顔向けできないもの」

委員長体質ー、と綺羅がからかう。

黙って聞いていた氷菜が、ふとさやかに問いかけた。

「さやかは藤代貴水の顔を見た？」

舞台の上ではおそろしく雄弁な切れ長の目は、普段はほとんど感情を表さない。

「ううん、後ろ姿だけ。なんで？」

「いい声してたなと思って」


貴水の顔を見る機会はすぐに訪れた。翌日、学校で、貴水のほうから話しかけてきたのだ。

「結城さやか先輩、ですよね」

昼休みのことで、さやかは校舎四階にある図書室へ本を返しに行くところだった。廊下で振り向いてその姿を認めた瞬間、昨日のあの子だとわかった。

近くで見ると本当に背が高い。百七十センチある氷菜より高い。思わず足元を確認したが、彼女が履いているのはさやかのと同じぺったんこの上履きだった。引き締まった長い脚が、はしばみ色の制服のプリーツスカートから伸びている。窓から差しこむ春の日が、小さな顔を照らしていた。輪郭がシャープで、目元が涼しい。挑むような目つきと、きゅっと上がった口角は、さわやかにも生意気そうにも見える。少年という言葉が頭に浮かんだ。

「一年の藤代貴水です」

そう名乗りながら、貴水はすたすたと近づいてきた。物怖じする様子はない。さやかは手にしていたチェーホフの戯曲集を胸に抱え、彼女のほうへ向き直った。

「何か用?」

言い方がつっけんどんなのは、相手が貴水だからではない。褒められたことではないが、愛想がないせいで、機嫌が悪いのかと人から訊かれることがよくある。昨日の新歓公演直後に全校生徒と保護者の前で彼女に演出を貶《けな》されたことを根に持っているわけではない――つもりだ。

貴水は気にするふうもなかった。

「先輩に聞きたいことがあって」

さやかは目顔で先を促した。

「先輩は去年の定期公演で、設楽了の演出補佐をしてたんですよね」

「いちおう、そうだけど」

いちおう、と付けたのは、複数人いた補佐役のひとりにすぎなかったからだ。

「了とは親しかったんですか?」

「何が知りたいの?」

「言ったじゃないですか、了の死の真相です」

貴水はあいかわらず周囲をはばからずにそんなことを言う。廊下には何人かの生徒がいて、立ち話をしていたグループがこちらを見たのがわかった。そもそも昨日の爆弾発言で、貴水はすっかり有名人なのだ。関わりたくないのにと迷惑に思いながら、さやかは少し声を潜めた。

「了のことは事故だよ」

「そういうことになってますね」

「なってるって……」

「ただの事故なんかじゃない。了の死は自殺だったとわたしは思ってます」

きっぱり断言するので、さやかは呆気にとられた。やはりこの一年生は事故についてよく知らないのだ。状況を説明してやってもいいが、こんなに思いこみの強いタイプを相手にするのは厄介だ。自分より面倒見のいい人間はいくらでもいるのだし、放っておいてもそのうちわかるだろうと判断して、さやかは踵を返した。

「え、どこ行くんですか?」

「つきあってらんない」

「待ってくださいよ。ちゃんと根拠だってあるんですから」

貴水もさやかの隣に並んで歩きだす。かなり早足で歩いているつもりなのに貴水のほうは余裕しゃくしゃくで、歩幅の違いが腹立たしい。無視して足を動かしていると、貴水はさやかの前に回りこんだ。後ろ歩きをしながら「ねえ、さやかさんってば」などとなれなれしく話しかけてくる。経験したことはないが、しつこいナンパみたいだ。

このままでは図書室の前で通せんぼされそうだったし、周囲の目も気になって、さやかは廊下を左に折れた。貴水は「お、フェイント」とどこかおもしろがるように言って、すぐに追いかけてきた。曲がった先の突き当たりには、非常階段に出るドアがある。

サムターン型の鍵を開けて外に出る。貴水が出てくる前に扉を閉めたかったが、ぜんぜん間に合わなかった。

「へえ、非常階段だ」

貴水は踊り場の手すりに両手をかけて、軽く身を乗り出した。特別な景色が望めるわけではないが、閑静な住宅街で周囲に高い建物がないので見晴らしがいい。何より、非常時以外は使用禁止のため、ひとりになりたいときにはもってこいの場所だった。

「わあ、いい風。春のにおいがする」

「根拠って?」

むき出しの問いを背中にぶつけると、貴水はくるりとこちらを向いた。のどかな空が彼女の背景を彩り、昼休みにも発声練習に励む生徒の声が遠くから聞こえてきた。

「聞いてくれるんだ」

「聞くまでつきまとうんでしょ」

「当たりです。いくつかあるんですけど」

「さっさと言って」

貴水は軽く首をすくめた。こほんと咳払いをしてから口を開く。

「わたし、了とは地元が同じで友達だったんです。あの日、去年の定期公演の日、わたしはちょっとした用事で了に電話をかけました。午後二時過ぎくらいに。公演中の時間だったけど、わたしはあの日が定期公演だってことを忘れてて」

胸がざわりとした。元は五幕ものの『マクベス』を、『百獣のマクベス』は二幕に仕立て直している。午後二時過ぎなら一幕の終盤だ。それから十数分後の幕間に、あの事故は起きた。

「了は電話に出ました。あとから思えば妙ですよね、演出家ってたいてい客席から舞台を見てるものでしょう？　上演中に客席にいたら電話に出られるはずないのに」

「あの日、了は特定の席に着かずに、客席をあちこち移動していろんな場所から見てたけど」

だが電話に出たのなら、そのときは客席以外の場所にいたということだ。大事な公演を見ずにどこで何をしていたのか、さやかは知らない。

「電話に出た了はなんだか様子がおかしかった。声が震えてるみたいで、ひどく興奮してるっていうか、取り乱してる感じがしました。会話もかみ合わなくて、何を言ってるのかわけがわからなかったんです」

「了が？」

「意外ですか？」

「そりゃ……」

意外どころか想像もつかない。了とは親しかったわけではないが、三十人しかいない制作科のクラスメートとして短くない時間を共有していた。プライベートなつきあい――一緒に食事をしたり休日に出かけたり寮の部屋を行き来したり個人的な話をしたりすることはなかったものの、同じ課題に取り組むときなどそれなりに接する機会はあって、人となりをある程度は知っているつもりだ。

にぎやかなタイプではなかった。他人を拒絶するわけではないが、積極的に関わろうとはせず、親しい友達もいなかったようだ。一重まぶたの腫れぼったい目で観察するように人を見た。独特の芝居がかったしゃべり方をした。彼女が饒舌になるのは、演劇に関することを話すときだけだった。しばしば演劇論や批評をとうとうと語ったが、そのレベルについていける生徒はいなかった。演出家として俳優に接する姿勢には、容赦も妥協もなかった。厳しすぎるほどで、それだけ確固たる自信と信念があったのだろう。その言葉は揺るぎなく整然としていて、ときに貫くようだった。混乱して支離滅裂になるなんて、まるで彼女らしくない。

「そもそもあんた、了と友達って言ったけど、歳も違うし何の友達なの?」

「地元で開催された演劇ワークショップで出会って仲良くなったんです。わたしが中一、了が中三のとき。同じ北海道って言っても家は離れてるし学校も違うから、会うことはほとんどなかったんですけど、了がこっちに来てからもずっと連絡を取り合ってました」

了にそんな友達がいたとは、これまた意外だった。

「さやかさんから見て、了はどんな人でした?」

「……才能のかたまり。演劇バカ」

天才、という言葉をさやかは呑みこんだ。口にしてしまったら、彼女と自分のあいだには絶対に超えられない壁があると認めることになる気がした。華というものが努力ではけっして身につかないように。

「脚本家・演出家として以外では？」

「以外？　ないよ。そうじゃない了なんて知らない」

了の頭のなかには演劇のことしかないように見えた。

「そっかあ」

貴水は手すりに長い両腕を這わせて空を仰いだ。すぐに首を起こし、小さな顔をこちらに向ける。逆光のなかからさやかを見つめる瞳が不穏に揺れた。

「定期公演の日のその電話で、最後に了が言ったんです。あなたが〈魔女〉だ、って」

「〈魔女〉？」

聞き違いかと疑ったが、貴水の発音は明瞭だった。

「何それ。わたしが〈魔女〉ってどういう意味？」

〈魔女〉というと、人をたぶらかすような悪い存在というイメージだ。少なくとも褒め言葉ではないだろう。

「……どういう意味か、さやかさんにもわかりませんか？」

貴水の発する声は硬くて平板だった。

「まったく」

「心当たりもないですか？」

「あるわけない」

「そうですか」

貴水は息をつき、また空を仰いだ。しばらくそうしてから、再び首を起こして強いまなざしでさやかを見つめる。

「結城さやかって、この学校にひとりだけですよね？　同姓同名の人がいたりします？」

「いないけど……」

「わたしも言葉の意味を訊こうとしたけど、その前に向こうから電話を切られちゃって。それが了との最後の会話になりました」

　本当にまったく思い当たることがない。

「実は了の口から〈魔女〉って言葉を聞いたのは、それがはじめてじゃないんです。定期公演の二週間くらい前だったかな。電話中に了が『痛ッ』ってうめいたから、どうしたのって訊いたら、舌打ちして『〈魔女〉め……』って言ったんです。それ以上、訊いてもなんでもないって言うし、もののたとえかなってくらいで気に留めなかったんですけど。その数日前にも了は変なことを言ってました。わたしに電話をかけてきて、いきなり『知り合いが盗聴してたらどうする？』って」

「盗聴？　ってあの？」さやかは耳に手をやった。

「わたしも聞き返しました。創作の話かって訊いたら、そんなところだって言って、やっぱり自分で考えるからいいって。でもこのときの了の口調はなんだか深刻っていうか、いつもと感じが違ったような気がして、なんとなく気になったから数日後に今度はわたしのほうから電話をかけたら、さっきの言葉が出てきたんです。わたしは前の質問の答えとして、ひとまず理由を訊くかな、って言いました。了はただ、そうか、ありがとうって言って、忙しいからってすぐに電話を切りました」

『百獣のマクベス』に「盗聴」という要素はない。

「了が死んだことを知ったあとで、このときの会話を思い出しました。死の直前の電話でも了は〈魔女〉って言葉を口にしてた」

貴水はそこで少し効果を計算したような間をとった。

「たぶん了は『知り合い』である『〈魔女〉』なる人物に『盗聴』されてたんです。そしてそのことで追いつめられて自殺した」

「そんな……」

言葉が続かなかった。そんなばかなと一笑に付してしまうには、それらの会話のあとで実際に了が命を落としたという事実が重すぎる。

「そのころの了に変わった様子はありませんでした？　悩んでるみたいだったとか」

わからないと答えかけて、ふと思い当たったことがあった。態度に出たのか、貴水はすぐさま「何ですか」と身を乗り出した。

「……それより少し前だけど、二年一学期の実力考査で了の筆記試験の成績がガタ落ちした」

百花演劇学校では各学期末に実力考査が行われる。学年や科によって割合は異なるが、いずれも筆記試験と課題・実技の総合力で評価される。制作科の場合、課題は実際に脚本や企画書を書くという形だ。

「課題は一位だったのに、筆記は最下位」

試験結果は全員に公開される。その試験でさやかは総合一位だったが、筆記は一位、課題は二位だった。少しもうれしくなかった。了のように、筆記がビリでも課題がトップのほうがどれだけいいか。クラスメートの反応は、やっぱりね、というものだった。総合はさやかでも、やっぱり課題はね。

「一年のときの試験では、了は筆記のほうもそんなに悪くなかったはず。このときは答案をほとんど白紙で出したって聞いたけど」

「なんでですか?」

「たんに勉強してなかったって本人は言ってたって。二年になってからは講義のノートもろくに取ってなかったみたいだし、座学を重視しなくなってたのかも。三学期の成績で次の年の新歓公演の演出家が決まるわけだけど、了は執着なかったんだろうね。なにしろ元の定期公演を担当したわけだから」

たしか芽衣あたりから話を聞いただけで、さやか自身が了からじかに聞いたわけではない。貴水の言うように悩んでいて――盗聴被害に遭って追いつめられていて――勉強どころではなかったという可能性もあるのだろうか。

貴水がこちらの様子を観察しているのに気づいて、にらみつけた。いや、彼女の想像は飛躍しすぎている。

「あんたの考えは牽強付会もいいとこ」

「ケンキョウフカイ? って何ですか」

貴水は目をぱちくりさせた。さやかは質問を無視した。

「さやかさんは事故だって信じてるんだ」

「信じてるんじゃなくて、それが事実なの」

結局、状況を説明してやる羽目になった。貴水は口を挟まずに聞いていたが、了想に反して、たいていのことはすでに知っていたようだった。綾乃たちと話したように、知らずに誤解しているわけではなさそうだ。よけいに始末が悪い。

「事故だって判断された理由はわかりました。でも疑問がありますよね。了はなんで幕間に舞台へ出ていったんですか？　なんで一幕の途中で客席を離れてたんですか？　最後の電話の言葉の意味は？〈魔女〉って……」

「わかんないよ」

矢継ぎ早に繰り出される貴水の質問を、さやかはいらいらと遮った。

「了の考えることなんかわからない」

だってあの子は特別だった。特別な目、特別なセンス、特別な才能――。

「じゃあ〈魔女〉についてはどうですか？」

「わたしは知らない」

なぜ了がさやかを〈魔女〉と呼んだのか、本当に見当もつかない。制作科の同級生どうし接する機会はあったが、舞台製作のうえでも個人的にも特に深い関わりはなかった。盗聴という言葉にも心当たりはない。なんでわたし？　訊きたいのはこちらのほうだ。

「ふうん。じゃあ、さやかさん以外で〈魔女〉って言ったら『マクベス』の三人の魔女ですよね。去年の定期公演の魔女役は昨日の新歓公演と同じ、綾乃さん、綺羅さん、氷菜さんか。」

彼女らと了の関係はどうでした？」

「いいかげんにして」

額が熱かった。脳の情報処理が追いつかなくてオーバーヒートを起こしそうだ。

「他に〈魔女〉に該当しそうな人っていませんか？　了ともめてた人とか……」

皆まで聞かず、さやかは貴水の横をすり抜けて非常口のドアへ向かった。すり抜けるときに肩がぶつかったが、謝る気はなかった。

「さやかさん」

無視してノブをつかんだとき、予鈴が鳴って、図書室に本を返しに行く時間がなくなったことを知らせた。校舎に足を踏み入れたさやかの背後でドアが閉まり、背中から吹きつけてきた風が止まる。貴水は引きとめず、追いかけてもこなかった。だが、その視線がずっとついてくるような気がした。


設楽了は特別だ。

さやかがはじめてそれを痛感したのは、入学して間もない五月のことだった。九十名の一年生はまだ俳優科でも制作科でもなく、三クラスに分かれて演劇の基礎を広く学んでいた。さやかは一組で了は三組だったが、選択制の講義では一緒になることもあった。〈演技演習〉がそのひとつだった。

その日の講義では、三人ずつのグループで『桃太郎』の一場面を演じるという課題が出されていた。台本は前回の講義で配られており、内容が変わらなければ多少の台詞の変更は認められ、演出は自由ということだった。

さやかは考えた。稚拙な役者、単純なストーリー、衣装も舞台装置もなしという条件で、どうすれば観客に興味を持って見てもらえるか。考えた末に選んだのは、設定をＳＦ風に変えるという方法だった。桃太郎も鬼も機械生命体で、台詞に少しだけ手を入れ、古いＡＩのようなしゃべり方で演じた。

いまにして思えばあれは失敗だった。観客をあっと言わせたいという野心ばかりが先走っていて、思い出すとじわりと嫌な汗が出る。だがそのときのクラスメートの反応は悪くなく、講師も意欲と工夫を買うと褒めてくれた。さやかたちほど個性的な演出をしたグループは他になく、さやかは内心、得意になっていた。

了のグループの発表はいちばん最後だった。始まってすぐに、了がオオーンと高らかに鳴いた。彼女は犬役なのかとさやかが理解するのと同時に、了は隣で棒立ちになっていた生徒——木内璃子《きうちりこ》の背後に回りこんだ。そして人形遣いのように彼女の腕をすうと持ち上げると、うろたえた様子の璃子に向かって舌なめずりをしてから、観客のほうを向いて叫んだ。桃太郎の台詞を。

了がアレンジした『桃太郎』は、化け物の犬に操られる英雄の物語だった。桃太郎に意思はなく、犬の意のままに動かされるだけだ。だが鬼に虐げられる民草は、桃太郎の真実に気づかない。傀儡のまま、桃太郎は鬼と対決し打ち倒す。鬼の亡骸を前に、桃太郎は呆然としている。ふいに犬が桃太郎から離れ、発表を見ていた別グループの生徒——芽衣の背後にすばやく回りこんだ。かと思うと、驚いて悲鳴をあげた芽衣の体を操って拍手をさせた。めでたし、めでたし。

次の瞬間、本物の拍手が起こった。さやかは拍手をしなかったが、それは賞賛する気持ちがなかったからではなく、放心していたからだ。頭を殴られたみたいにぼうっとして、あらゆる音が遠かった。

了のアレンジでは、三人のうち二人しかしゃべっていない。三人ともに台詞がなければいけないというのは、固定観念にすぎなかったのだ。そんなアプローチがあるなんて、さやかはまったく思いつかなかった。

講師がひゅうと口笛を鳴らす。「英雄譚のメタ解釈としてなかなかおもしろい。桃太郎と犬は、歌舞伎の人形振りのアレンジだね。歌舞伎が好きなの?」

了は特に誇らしげな顔もせずに答えた。「特に歌舞伎が好きというわけではないですけど、いまこの状況、このキャストで演じるなら、人形振りがいちばんハマると思ったんです」

あの、と璃子が申し訳なさそうに口をはさんだ。「わたし、緊張して台詞も動作も完全に飛んでしまったんです。開始直前にそのことを了に伝えたら、彼女がとっさに……」

設楽了——こんな人間がいるのか。しかも同い年で。さやかは打ちのめされた。

やがて放心状態から醒めても、さやかは拍手しなかった。代わりにぎゅっと拳を握った。わたしは観客じゃないんだ。あの子と同じ場所へ、いや、もっと高いところへ行くんだから。

あのとき、了と目が合った気がした。

放課後のひと気のない図書室の机で、さやかはあの日のことを思い出していた。あれからもうじき二年がたとうとしている。

あの『桃太郎』以来、了には驚かされっぱなしだった。定期公演の例だけとっても、さやかがコンペにエントリーさえしなかったあいだに、了は二年連続で脚本・演出を務めて高い評価を受けた。追い越すどころか追いつくことさえできずに、その背中は遠くなるばかりだった。さやかもよかった、結城もよかった――それが評価の定型文になっていた。誰もがさやかを万年二位という目で見ていたし、自分でもそう感じていた。万年二位ということは、負けしかないということだ。ライバルにはなりえず、了にとっては取るに足りない単なるクラスメートだったはずだ。実際、了からは賛辞も酷評ももらったことがない。

それなのに、「さやかが〈魔女〉」とはどういう意味だろう。もちろんさやかは盗聴などしていないし、了ともめたこともない。どんなに考えてもわからなかった。かといって放念することもできない。

天井を仰いだとき、ふいに視界にさかさまの顔が飛びこんできた。

「何か思い当たることありました?」

ぎょっと頭を起こして振り返ると、貴水がいたずらっぽい笑みを浮かべて立っていた。背後から足音を忍ばせて近づいてきたらしい。

「そういうのうざいからやめて」

言ってからはっとしてカウンターを見たが、そこに司書の姿はなかった。もともと常駐ではなく、いつのまにか席を外していたようだ。

「誰もいませんよ。利用者はさやかさんだけ」

貴水は悪びれもせずに言って、さやかが机に広げていた本を覗きこんだ。

「『マクベス』の研究書？　今年の定期公演のコンペにエントリーするんですか？」

定期公演のストレートプレイの演目は、毎年『マクベス』と決まっている。アレンジは自由で、一昨年の『殺せなかった男』は王を暗殺し損ねたイフのマクベスの話だった。昨年の『百獣のマクベス』はマクベス以外の登場人物がすべてヒトではない動物であるという設定だった。一年生のとき、さやかはエントリーすることなど考えもしなかった。生徒のほとんどがそうであるように、脚本・演出は三年生がやるものと頭から思いこんでいたからだ。だが了の行動によって発奮し、二年生のときにはエントリーしようとした。しかしいざ脚本を書いてみると、実力不足を痛感してあきらめた。今年こそはのコンペなのだ。

貴水はさやかの正面に回りこんだ。窓からの光が遮られ、手元が暗くなった。

「百花の定期公演って、いろんな劇団のプロデューサーや演出家が見に来るんでしょう？　そこで力を示すことができれば、卒業後の道が大きく開ける。そりゃみんなメインで関わりたいですよね、役者だって、作り手だって」

さやかは目を上げて貴水をにらんだ。相手にすべきでないとわかっていても、我慢できなかった。

「了がいなくなってわたしはラッキーだって言いたいの？」

「違います？」

さやかは音を立てて本を閉じた。

「そうだよ。圧倒的な最有力候補が消えたんだもの」

陰でそう言われているのは知っている。新歓公演の演出家に選ばれたときも言われた。了がいなくなったおかげで万年二位が繰り上がったと。

「わたしはずっと了が邪魔でしかたなかった。わたしには了を自殺に追いこむ動機がある。これで満足?」

了がいなければ。そう思ったことが一度もないと言えば嘘になる。だが、そんなふうに思う資格がないことも同時にわかっていた。定期公演に関して言えば、自分はいままで同じ土俵に上がってさえいない、これで勝負できるという脚本を書けてさえいないのだ。

本とノートとペンケースを乱暴に重ねて立ちあがる。ペンケースが滑り落ちたのを、貴水が宙でキャッチした。さやかがそれをひったくるようにして取ったとき、はじめて貴水がちょっとひるんだ顔を見せた。

薄い唇が動く。しかし言葉が発せられる前に、音を立てて図書室の戸が開いた。

「あ、さやか。なになに、バトル?」

頭のてっぺんのシニョンを揺らして入ってきたのは、同じ制作科の芽衣だった。俳優科演劇専攻の中条美優《なかじようみゆ》も一緒だ。一年のときに同じクラスだったふたりは、科が分かれてからも仲がいい。さやかと美優のあいだに接点はなかったが、芽衣を介して知り合いになった。美優はふわふわのツインテールをなでつけ、興味津々の丸い目で貴水を見つめた。

「わあ、イケメンだあ。一年生?」

イケメン? とさやかは思ったが、貴水はそういう反応に慣れているらしく、さわやかな笑みを浮かべてぺこりと頭を下げた。

「藤代貴水です」

「この子だよ、例の」

芽衣に言われて、美優の目がますます丸くなった。「トンデモ発言の？」

入学式と新歓公演が行われた昨日、美優は親戚に不幸があって欠席していた。新歓公演では名前も台詞もない脇役だったので、いなくても問題はなかった。貴水の発言については芽衣から聞かされていたらしい。

「背ぇ高いねえ。うちは父も母も低いからなあ。あ、わたしは俳優科演劇専攻クラス三年の中条美優です。困ったことがあったら何でも相談してね」

「ありがとうございます。よろしくお願いします、美優さん」

「はー、ほんとイケメンだわ。さやかとどういう関係？」

「無関係」

貴水が了の話を持ち出す前に、さやかはぴしゃりと言った。これ以上、彼女の妄想に巻きこまれるのはごめんんだ。

芽衣が片方の口の端を上げた。

「なんだかわかんないけど、さやかを怒らせちゃったわけだ。どうりで険悪な雰囲気だと思った。さやか、すーぐ怒るんだよね。口もきついし。気にすることないよ」

「いいものあげるから元気出して」

美優がブレザーのポケットから数種類の飴をつかみ出し、手のひらに広げてみせる。

「ごめん、めっちゃ甘いのばっかりだった。さやかもいる？」

「いらない」

貴水が礼を言ってひとつ選ぶと、芽衣も横から手を伸ばしてひとつ取った。それを口のなかで転がしながら、さやかが持っている『マクベス』の研究書に目を向ける。

「コンペ、やっぱ出すんだ。いいアイディア、思いついた？」

「まだ全然」

ずんと胸が重くなった。入学前から定期公演のことは意識していて、いくつか温めていたアイディアもあったのだが、一昨年と去年の公演を見たあとでは、どれも凡庸でつまらなく感じられる。いまは一から新しいアイディアを探しているところだ。

「そっちはどう？」

反対に尋ねると、会話のテンポが速い芽衣にはめずらしくちょっと口ごもった。

「あー、わたしはやっぱやめることにした」

「え？　コンペに参加しないってこと？」

「だってさー、わたしって脚本の才能ないじゃん？　あ、いいのいいの、フォローしてほしいわけじゃないから。前から言ってるけど、定期公演の脚本と演出をひとりが担うっていうシステムがおかしいんだよね。わたしは演出だけやりたいんだよ」

芽衣の不満はもっともだった。本来、脚本家と演出家の役割は違うものだ。

「どうせ選ばれないのに書いたって無駄じゃん。ならすっぱりあきらめて、演出補佐のポジションを極めようってわけ。かといってミュージカルのほうは脚本は既存のもの、演出は俳優科ミュ専攻から選ばれる謎システム。そういうことだから、新歓公演に引き続きよろしく」

「よろしくって……」

「さやかに決まりでしょ。今年のコンペはエントリー数が少なそうだし」

「え？」

「けっこうみんなやめるって言ってるよ。迷ってる子も多いみたいだし。っていうか、わたしが知ってるかぎり、はっきり参加するって言ってるのはさやかだけだよ」

驚いた。「なんで？」

三年生で脚本家・演出家志望であれば、挑戦するだけしてみるのが例年の常識だった。芽衣をはじめクラスメートたちもずっとそう言っていたのに。

芽衣は探るような目でじっとさやかを見つめた。

「なに？」

「……やっぱ去年、一昨年と比べられるのはきついからじゃない？　相手は神だもん」

「神？」

芽衣の発言に貴水が反応した。さやかは思わず顔をしかめた。

「それって了のことですか？」

「そうだよ。あの子は天才だったからね」

「そんなにすごかったんですか？」

「そりゃもう。わたしたちとはぜんぜんレベルが違ったよ。発想がすごいとかだけじゃなくて、うまく言えないけど、了の作品には特別な力があったんだよね。好き嫌いを超えて、絶対に無視できないっていうか、魂をつかまれて作品の世界に引きずりこまれるみたいな」

ね、というように目顔で問いかけられたが、さやかは気づかなかったふりをした。了のことはあまり語りたくない。どんなふうに語っても、結局いつも口のなかに苦いものが残る。

「作品だけじゃなくて、了自身の力もすごかった。舞台は役者のものって言うけど、了の舞台の場合は完全に百パーセント了のものだったよ。ほんの十分のエチュードでさえそう。同じグループに了がいたら、何から何まで了に支配されるの。支配っていうとあれだけど、了が強引に何かするとかじゃなくて、自然にそういう形になるっていうか。対等の立場で一緒に作品を作るんじゃなくて、役者だろうと裏方だろうと、みんなが了の作るものに関わらせてもらって、了の求めるものに応えられるように努力するって感じかな」

「そんなのって嫌じゃないんですか?」

貴水の素朴な疑問に答えたのは美優だった。

「了の力を目《ま》の当たりにしたら、そんなこと思わないよ。それに了の言うとおりにしたら、すばらしい作品になるってわかってるんだから。自分の魅力も引き出してもらえるし、成長もできる。それだけの信頼があるってこと。だから誰もが了の作品に関わりたいと思ってた。了に認められたい、了に選ばれたいって」

「それで神……」

「そういうこと。ただし神の試練は過酷でね。要求されるレベルも高いし、とにかく言い方が厳しいの。わたしは演習を一緒にやったことがあるだけだけど、それでも思い出したら胃が痛くなっちゃう」

芽衣が口をへの字にして、うんうんとうなずく。

「実際、追いつめられて鬱になっちゃった子もいるしね」

「芽衣」

「いいじゃん、もうすんだことなんだし。一年のとき、うちらは三人でつるんでたんだけど、そのうちのひとりが二年の一学期に自主退学したの。桧垣桃音《ひがきももね》っていって、俳優志望の明るい子だったんだけどね。目立つタイプじゃなかったけど背が高くて実力派で、一昨年の定期公演で一年生なのに伝令の役をもらって舞台に出演したの。つまり了がオーディションを受けさせて抜擢したってこと。でも稽古中に病んじゃって、本番の演技も了から見たらだめだったみたいで、そのあとも制作科との合同演習なんかで一緒になるたびにきつく当たられて。自主練まで監督されて口出しされて、怒鳴られたり物を投げられたりもしてたな。それだけ期待されてたんだと思うけどさ」

そのことは、当時この学校に在籍していた生徒ならみんな知っている。だが誰にとっても後ろめたい話だけに、あまり口にする者はいない。

当時の一年生で舞台に立ったのは、桃音と、綾乃、綺羅、氷菜の四人だけだった。綾乃たち三人は群衆のなかの一兵士にすぎなかったから、伝令という少ないながら台詞もある役をもらった桃音は、芽衣の言うとおり了に期待されていたのだろう。日に日に生気を失っていく桃音を励ます者は多かったが、了に態度をあらためるよう意見する者はいなかった。さやかもそうだし、桃音と仲の良かった芽衣と美優もだ。

芸事の世界において、師匠はしばしば神になりうる。崇拝と絶対服従。師匠がカラスは白いと言うからには、カラスは白いのだ。この学校に集まる生徒、特に俳優志望の生徒には、そんな環境に慣れている者が多い。そうでなくとも、人間は自分が打ちこんでいるジャンルで高い能力を持つ者を、無条件に尊重する傾向がある。その技能に長けているというだけなのに、ときには優れた人間であるかのように勘違いする。十代半ばで、全寮制の演劇専門学校という特殊な進路を選んだ少女たち。その狭き門を通過するために努力を重ね、大なり小なり犠牲を払ってきた少女たち。夢に取りつかれた彼女らは、才能というものにめっぽう弱い。たぶん、さやか自身も含めて。この世界で生きてきた大人たちにもそういうところはあって、だから講師陣も了の傲慢なふるまいを黙認していたのだろう。

「でも結局のところ、やっぱ了には見る目があったってことなんだよね。桃音はいま韓国に行ってアイドル目指してるんだけど、かなりいい感じでやれてるみたいで、その才能を見抜いてたからこそ了は厳しく当たったったんだよ。耐え抜くことができてたら、舞台俳優としても大成してたはず」

「そうだね、きっと。去年の『百獣のマクベス』のときの綾乃たちも大変そうだったけど、結果的にはあれほどの演技ができたんだもん」

すでに知っている話を聞き流しながら、さやかはそっと貴水の表情を観察していた。どこか納得できないような表情に見えたが、その目がきらりと光った。

「綾乃さんたちっていうと、三人の魔女ですよね。綾乃さんと綺羅さんと氷菜さん。そんなに了にきつく当たられたんですか？」

さやかは舌打ちしそうになった。〈魔女〉――またそれか。

ああ、まあね、と芽衣が苦い声を出す。

「あのダメ出しは相当だったよ。一昨年の桃音のときに勝るとも劣らないくらい。それこそ同じ空間にいて聞いてるだけで鬱になりそうだったもん」

「わたしは胃がきりきりしてた」と美優が言い添える。

「正直、ちょっとむかついた。氷菜の演技のどこが悪いのか、わたしにはぜんぜんわかんなかったから」

「芽衣は氷菜の大ファンだもんね」

「そうだけど、そうじゃなくてもさ」

それはさやかも同感だった。氷菜に限らず三人の演技の何がそんなに問題なのか、当時はわからなかった。しかし完成したものを見たら、了が正しかったのだと認めざるをえなかった。

貴水は片手を顎に当てて考えこむような顔つきになった。

「そうやって苦しめられた人たちは、了を恨んだり憎んだりしなかったのかな」

「恨む？」芽衣と美優が顔を見合わせる。

いいかげんうんざりして、さやかは口を挟んだ。

「少なくとも綾乃たちは最終的に満足してた。一時的に悪感情を抱いたとしてもね。了から与えられるものがそれだけ大きかったってこと。美優たちの話、聞いてなかったの？」

〈魔女〉が了を自殺に追いこんだと主張する貴水は、演出家としての了のふるまいを動機に結びつけたいようだが、それは貴水が当時を経験していないからだ。神は試練を与えるが、それ以上の恩恵をもたらす。そしてその試練にさえ意味があると信者は考える。

「でも桃音さんみたいにつぶされちゃった人は？　それに、了が演出家として崇拝されてたのはわかったけど、人間的にはどうだったんですか？」

「え？」

「了っていう人間のことを、みんなはどう思ってたのかなって」

不意を突かれた思いで、さやかはちょっと言葉につまった。貴水はじっとさやかを見つめている。妙な吸引力を持つその目から、さやかは無理やり視線を逸らした。

「前にも言ったでしょ。演出家じゃない了なんて知らないって」

「さやかさんはね。でも他の人は？　誰か仲いい人っていなかったんですか？」

美優がツインテールを揺らして首を傾げる。

「特に誰かっていうのは思いつかないなあ。基本的にひとりが好きだったみたいだし。うちの学校ってそういう人が多いんだよね」

目的意識がはっきりした集団だからかもしれない。たとえば選択制の講義を人と相談して決めるという話はあまり聞かないし、昼休みや放課後は自分の勉強や練習、学外でのレッスンに充てるという生徒は少なくない。ひとりで昼食をとる光景も当たり前に見られる。さやかもたいていは個人行動だ。

「強いて言うなら璃子とか？」

「璃子さんって？」

「ああ、了のルームメイトだった子。木内璃子」百花演劇学校の寮は学年ごとに分かれていて、ふたりでひと部屋の部屋割りは、原則として入学から卒業まで変わらない。「制作科三年で、昨日の新歓公演では美術班のリーダーだったんだよ。去年の定期公演のときも美術スタッフのひとりで……あの大釜は璃子が中心になって作ったって」

あのとき迫りを下げたのは、大釜の脚が破損したためだった。そして奈落に下ろした大釜のなかに了は落ちた。璃子はつらかっただろうと思う。

「職人気質で無口な子だけど、演出家と美術担当っていうのもあるし、何よりずっと同じ部屋で寝起きしてたわけだから、他の子よりは話す機会が多かったんじゃないかなあ。そういう意味では綾乃たちもそうかな。二年生で定期公演のメインキャストになれたのは三人だけだし、接する機会は多かったと思う。どっちも仲がいいっていうのとは違うと思うけど」

「三人の魔女、ですね」

感情が顔に出たのだろう、さやかの表情に気づいた美優が、「わたし、何か変なこと言った？」と首を傾げる。

「べつに」

「でもなんか怒ってるじゃん」

「怒ってないってば」

「やっぱさやかにもあげる。イライラには甘いものでしょ」

美優はポケットから飴を出し、いいと言うのにさやかのポケットに押しこんだ。

「まあ、あんまり思いつめないで。わたしたち凡人は凡人なりにがんばろうよ」

悪気はないんだと、さやかは自分に言い聞かせた。美優は心から励ましてくれているのだし、さやかが凡人なのは事実だ。了とは違うのだと、自分がいちばんよくわかっている。凡人は凡人なりに、という美優のスタンスは正しいと思う。天才でなければよい舞台が作れないわけではない。それでも、素直にうなずくことはできなかった。同級生をへらへら笑って見上げていられるあんたと一緒にしないで。そう思ってしまい、直後に自己嫌悪に襲われる。なんて傲慢で幼稚なんだろう。

美優たちは芽衣がレポートに使う資料を探しに来たとのことで、連れだって書架の奥へ消えていった。貴水がこちらを見ているのに気づいて、さやかは強くにらみ返した。すぐに顔を背け、荷物を抱え直してカウンターへ向かう。司書が不在のときも所定の手続きを踏めば本を借りることはできる。

「どこ行くんですか？」

「あんたがいないとこ」

「っていうと寮か。別の学年の寮って入れないんですか？」

ばんと音を立てて、さやかは本をカウンターに置いた。再びにらみつけると、貴水は肩をすくめてみせた。欧米の少年のような体型のせいだろうか、そのしぐさが様になっているのがなおさら腹立たしい。

「迷惑だって言ってんの」

「やだな、そのくらいわかってますって」

「なんでわたしにつきまとうわけ？」

「つきまとうだなんて、それじゃストーカーみたいじゃないですか」

「あんたが求める答えをわたしは持ってない。何度言ったらわかるの？」

「でも、さやかさんは〈魔女〉のひとりだから。ねえ、本当に心当たりない？」

さやかは黙って手続きを始めた。相手にするからいけないのだ。

「盗聴の件も？　さやかさんは、神の頭のなかを覗いてみたいと思わなかった？」

かっと全身が熱くなって、三たび貴水をにらみつけた。無視しようと決めたばかりなのに、できなかった。いまの貴水の問いかけは、さきほどの美優の言葉を受けてのものだ。凡人のさやかが、天才である了と自分を比べて思いつめているという。

「ばかにしないで。そんなことするくらいなら死んだほうがまし」

怒りと屈辱で声が震えていた。握りしめた拳の内側に爪が突き刺さっていた。戯曲なら貴水を引っぱたいてもおかしくない場面だ。できることならそうしたかった。

貴水がはっと息を呑んだ。瞳が揺れ、ひどいことを言われたのはさやかのほうなのに、なぜか貴水のほうが傷ついたように見えた。

「ごめ……」

「二度とわたしに関わらないで」

手続きを放棄して本をカウンターに残したまま、さやかは図書室を出た。廊下の窓から差しこむ西日が目に刺さり、顔がゆがむ。いや、その前からきっとゆがんでいただろう。さやかは前だけを見て早足で歩きつづけた。貴水のいる場所から一刻も早く離れたかった。

了の頭のなか？　そんなの、知りたいに決まってる。

「あっ、さやかさん」

翌朝八時、重い足取りで寮の玄関を出ようとしたさやかは、こちらに向かって手を振る姿を見て呆然と立ち尽くした。藤代貴水。青空をバックに、明るい笑顔を見せている。三年の寮の前でさやかが出てくるのを待っていたらしい。

ずっと立ち止まっているわけにもいかないので、さやかはしぶしぶ足を踏み出した。無視して通りすぎたかったが、当然ながら貴水はそれを許さなかった。おはようございますと言って目の前に立ちふさがったかと思うと、いきなり深々と頭を下げた。

「昨日はすみませんでした！」

さやかは固く唇を結んで、貴水の後頭部を見下ろした。背の高い彼女を下に見るのははじめてだ。葉桜の下を通ってきたのだろう、短い髪にみずみずしい黄緑色の葉がついている。

「あの発言は、さやかさんに失礼だった」

「……疑いは晴れたわけ？」

貴水はぱっと頭を上げた。

「いや、それとこれとは別ですけど。でもどうしても謝りたくて」

さやかは貴水の横をすり抜けて歩きだした。貴水も隣に並んでついてくる。

「さやかさんは朝はあんまり早くないんですね。寮の前で待ってたら、七時前から出ていく人がたくさんいたけど。あの人たちはなんであんなに早いんですか？」

それはたいてい俳優科の生徒だろう。始業時間は八時三十分だが、彼女らの多くは校内にあるスタジオやピアノ室で自主練習に励む。寮と校舎の距離は徒歩五分。さやかの場合はただ始業時間に間に合うように登校することが多いが、今朝は昨日借りそびれた本を借りに図書室に寄るつもりだった。

そういった施設が朝七時から利用できることは、学校案内のパンフレットに記載されていたはずだ。貴水がちゃんと読んでいないとしても、誰か教えてくれる人間はいなかったのだろうか。

「あんた、同学年に友達いないの？」

「友達？　いまのところゼロですね。新歓公演のときのあれで引かれちゃったみたいです。ああ言えば学内にいるだろう〈魔女〉に揺さぶりもかけられて、かつ情報が集まりやすくなるんじゃないかと思ったんだけど、失敗だったかなあ」

屈託なく語る貴水は、ちっとも気にしていないようだ。少なくとも寂しいとは感じていないらしい。貴水はひょいと頭を低くして、さやかの顔を覗きこんだ。

「あれ？」

にやにやしている。嫌な感じだ。

「……なに？」

「あれれ？」

「だからなに？」

「もしかして心配してくれてます？」

「は？　そんなわけ……」

ないでしょ、と言いかけて、ぐっと言葉を呑みこんだ。相手にしたらだめだ。露骨に顔を背けて足を速めると、貴水はさやかの後ろに回ってついてきた。

「さやかさんって優しいよね。怒りながらもちゃんと話を聞いて答えてくれるもん」

無理だ、やっぱり反論せずにはいられない。貴水は聞き捨てならないことばかり言う。

「身に覚えのない疑いをかけられてる状態が嫌なだけ」

「ほら、やっぱり答えてくれた」

「だから……」

思わず振り返ったさやかは足を止めた。貴水が立ち止まって、さっきまでとは打って変わった深刻な顔でこちらを見つめていたからだ。

「さやかさんじゃないよね？　了を盗聴してたの」

射貫かれたようになって、すぐに声が出なかった。なんという豹変ぶりだろう。それに、このまなざしの強さ。そうだ、昨日も思ったのだ。貴水の目には妙な吸引力がある。

その視線を真っ向から受け止める。

「わたしはやってない」

きっぱりと告げた一秒後、貴水は張りつめた風船がしぼむように大きく息を吐いた。朝日に照らされた顔に笑みが戻った。

「よかったあ」

いままで見てきたつかみどころのないほほえみとは違う、純粋に喜んでいるかのような笑顔に面食らう。

「最初から言ってるはずだけど」

「そうなんだけど、さやかさんじゃなければいいなって、いまは思ってるから」

「は？　なんで？」

「嫌なんですか？」

不思議そうに訊かれ、さやかは不覚にも口ごもった。嫌というか、調子が狂う。たぶん貴水は感覚派で、理屈っぽくて頭でっかちな自分とは正反対だ。

「それで、信じるわけ？　状況は変わってないのに」

「九十パーセントはね」

またしても受け取り方に困る答えだ。なんでそんなに信じられるの、と思うべきか、まだ十パーセントは疑ってるのか、と思うべきか。

するりとさやかを追い抜いて、貴水はまた石畳の道を歩きだした。ゆったりとした足取りに合わせて学校指定のバッグが揺れる。頭上にぽっかり浮かんだクジラの形の雲を見て、機関車だなんてずれたことを言う。その姿は春の散歩を楽しんでいるかのようで、友達の死に疑惑を抱いて調べに来た人間には見えない。

ふと生じた疑問をさやかは口にした。

「あんたから見て了はどういう人間だったの？」

貴水のほうからはしつこく訊かれたが、逆ははじめてだ。

「了は了だよ」

即答だった。

「神とか、ぜんぜんぴんとこない」

振り向いた泣き笑いのような顔に、さやかは目を奪われた。自覚した瞬間に慌てて否定しようとしたが、なかったことにできないのはわかっていた。なぜなのかは説明できない。でも、たしかに強く惹きつけられた。まったく唐突に、この子を舞台に立たせてみたいと思った。それも中心に。

蔦の絡まるクラシカルな校舎が目の前に迫っていた。

「じゃあ、また」

貴水は手を振って一年生の靴箱へ向かっていった。その髪にくっついていた桜の葉が、さやかの足元に舞い落ちてきた。

胃のあたりがこわばるのを感じながら、さやかも自分の靴箱へ向かった。

それから数日のあいだに、さやかの目は何度も貴水の姿を捉えた。変なTシャツ——背中に「チャパグリ」という謎の言葉がプリントされていた——を着て、うまくないダンスの練習に汗を流す貴水。どうやら打ち解けたらしい同級生たちとふざけあいながら廊下を歩いていく貴水。学食の返却台で「ごちそうさまでしたー」と朗らかに声をかける貴水。彼女のほうから会いに来ないときでも、こちらが捜しているわけでもないのに勝手に目に入ってくるのだ。

そのせいだろう。入学式から一週間ほどたったある日、誰もいない放課後の教室で定期公演の構想を練っていたさやかは、いつの間にか貴水を主役に置いて考えていたことに気づいて愕然とした。いくらなんでもそれはない。素質と魅力は認めざるをえないにしても、実力がぜんぜん足りない。それに主役であるマクベスは、裏切者の反逆者にして殺人者、心を病んだ暴君だ。ちっとも貴水のイメージに合わない。

さやかはノートパソコンのバックスペースキーを押しつづけた。考えの断片をほんのいくつかメモしただけだったので、たちまちカーソルが始まりの位置に戻り、ディスプレイは真っ白の状態になった。それ以上、後退しようのないカーソルは、その場で点滅を繰り返している。そこから一歩も動けずにいる。

何か書かなくちゃ。強迫観念のようなものに衝き動かされてキーボードに両手を乗せた。

――チャパグリ。ディスプレイにぽつんと出現した言葉にいらだちがこみ上げ、すぐさまバックスペースキーに指を叩きつける。貴水のTシャツにプリントされていた謎の言葉。意味を調べればすっきりするのはわかっているが、貴水のことを気にかけているようで癪だ。でも本当は、そんなふうに考えることこそ気にしている証拠だとわかってもいる。

さやかは荒いため息をついてパソコンを閉じた。机の横に吊るしたバッグから、去年の定期公演の台本を取り出す。了が脚本・演出を手がけた『百獣のマクベス』。新歓公演の準備中もそれが終わったあとも、参考のために常に持ち歩いている。

ちょうどそこへ廊下から貴水が現れた。

「さやかさん、ここだったんだ」

入学式からこっち、貴水が顔を見せなかった日は一日もない。昼休みか放課後、もしくは両方、ときには朝の登校時にも、さやかがどこにいてもどういうわけか見つけ出して話しかけてくる。「話すことはない」「つきまとわないで」「迷惑」など、どんなストレートな言葉も彼女の行動を変えさせることはできなかった。さやかのほうが徒労感に負けて現在に至っている。

「パソコンだ」さやかの前の席の椅子を引いて後ろ向きに座りながら、貴水は机の上のノートパソコンに目を向けた。「タブレット持ってる子はけっこういるけど、パソコンってめずらしいですね。わたしもタブレットなら、中学のときに教材として買わされたやつを持ってきてます。あんまり使ってないけどキーボードも」

「こっちのほうが打ちやすいから」

「そうなんだ」貴水の視線がさやかが手にした台本へ移る。「去年の了の脚本、また読んでるんですか?」

「……参考になるから」

事実を言っただけなのに言い訳をしているような気になって、さやかは台本を開かずにバッグに戻そうとした。

「待って。見たい」

台本を受け取った貴水は、まずしげしげと表紙を眺めた。それから手のひら全体でなでて、においを嗅いだ。

「なに、犬?」

「犯人のにおいは残ってないワン」

「それ、まだ言ってんの。そういえば、事故じゃないっていう根拠はいくつかあるって最初に言ってたよね。ひとつしか聞いてなかったけど」

「お、気になります? でも、まだ教えません。さやかさんのこと、百パーセント信用したわけじゃないから」

「聞きたいとは言ってない」

貴水はぱらぱらと台本をめくり、「すごい量の書きこみ」と目を丸くした。変更点や留意点、それから自分なりに考えたことなどを書きこんだもので、みんなやっていることだが、さやかの場合は特に量が多いらしい。氷菜の台本などはかなり白いままで、俳優と演出家という立場の違いだけでなく性格にもよるのだろう。いつかちらりと見た了の台本も、付箋は貼ってあったが書きこみはほとんどなかった。

「返して」

書きこみを見られるのがなんとなく気恥ずかしくて手を伸ばしたが、慣れたような動きであっさりとかわされた。

「わたし、中学ではバスケ部だったんです。けっこう活躍してたんですよ。なつかしいな。もし高校でも続けてたら、インターハイとか目指してたんだろうな」

「バスケ部?」

百花を目指す者のなかでは異例と言える。たいていは部活などやる暇がないか、多少なりとも演劇に関わりがありそうなものを選ぶ。さやか自身は部活には入らず、放課後や休日は観劇や映画鑑賞や読書に充てていた。

「じゃあ本当に、もともと百花に来る気はなかったんだ」

「了のことがあって、中三の冬に勢いで決めちゃいました。わたしも親も演劇は好きだったし、勉強は苦手だからそれもいいかって」

「それ、人に言わないほうがいいよ」

血のにじむような努力をしてやっと入学した生徒もいるし、一緒にがんばってきた友達が落ちたという生徒もいるのだ。顰蹙《ひんしゅく》を買いかねない。

貴水は台本から顔をあげてにっこりした。

「さやかさんってやっぱり優しいよね。わたしに迷惑してるのに、心配してくれるんだ」

「べつに……そんなんでよく入れたなって思っただけ」

一瞬うろたえたせいで、受け答えがちぐはぐになってしまった。だが、本当にそう思う。それほど素質が認められたということなのか。

貴水は再び台本に目を落とした。

『百獣のマクベス』は、主役以外の登場人物をヒトとは別の動物に置き換えた作品である。出演者は熊や鶏や蛇などに扮するが、その扮装は耳や尻尾をつける程度ではなく、たとえば蛇ならば鱗のぬめった感じが気持ち悪く見えるほど本格的なものだった。そんななか唯一のヒトであるマクベスは、裸に見える肌に近い色のボディースーツを着て胸と股間を葉っぱで隠しているという、笑いをねらったようなスタイルだ。ところが話が進むにつれ、牙も爪も持たない間抜けな恰好の彼が最も恐ろしく見えてくる。魔女は他の登場人物とマクベスの中間といったところか。あるいは、どちらとも違うと言うべきか。彼女らはバニーガールのような耳をつけ、カラフルで華やかなチャイナドレスをまとう。また、魔女にはほかに大きな特徴がある。台詞がひとつもないのだ。彼女らに与えられた言語は、身振り手振りと表情だけ。魔女の予言こそがマクベスを導くにもかかわらず。

「学校のライブラリーで過去の公演の映像が見られるって聞いたけど、去年の定期公演は映像化されてないそうですね。新歓公演で見られてよかった。内容は変わってないんでしょ？」

「……ほとんどね」

台本から顔を上げた貴水と目が合うのを、さやかは避けた。

定期公演は通常であれば一日一公演で土日の二日間行われるが、去年は初日の公演中にあの事故が起きて、以降の公演は中止となった。観客が了の作った『百獣のマクベス』の全幕を見る機会は、先日の新歓公演が最初で最後だったのだ。だからさやかは、了が手がけたオリジナルのまま上演すべきではないか、自分が手を加えてはいけないのではないかとずいぶん悩んだ。結局エゴを通したが、それでよかったのかという罪悪感のようなものがいまだにつきまとう。

そんな思いがさやかの口を開かせた。

「『百獣のマクベス』があの形になったのは、定期公演本番の十日前になってからだった。了がいきなり脚本を書き換えたの。それまでは魔女たちには普通に台詞があって、原作どおりマクベスに予言を与えたり観客に暗示的な言葉を投げかけたりしてたし、あんな設定でもなかった」

息を吸って、貴水と目を合わせる。

「新歓公演を見て、舞台を上手と下手に分けて使ってるのに気がついた？」

客席から舞台を見たとき、右側が上手、左側が下手となる。

「はい。上手は目に見える世界、下手は目に見えない世界、ですよね。上手は現実や現在で、下手は幻想や心象や過去。おもしろいなって思いました」

「空間の使い方として一般的じゃないし、制約も増えるから普通はやらないよね。あれも最初はそうじゃなかったのに、本番十日前の改稿でそうなったの。魔女は下手にしか登場しない。つまりマクベスの心を表現する存在ってこと。具体的には、綾乃が〈恐れ〉を、綺羅が〈野望〉を、氷菜が〈愛〉を」

「あの三人の演技、本当にすごかったです。でもなんでそんなふうに変えたんですか？　しかも本番十日前なんてぎりぎりになって」

「思いついて、そのほうがおもしろいと思ったからでしょ。だからってそんなタイミングで大替えするのはリスクが高いけど、了はその時点での出来がどうしても気に入らなかったみたいだし」

「そういえば、三人の魔女は稽古のとき相当きつく当たられたって」

「あげくに台詞まで奪われて、綾乃たちはかなりショックを受けたみたい。新たに与えられた〈恐れ〉〈野望〉〈愛〉っていう役柄は、わたしたちから見ても三人のイメージに合わないように思えて、本人たちも戸惑ってたしね。実際、改稿後に稽古を始めたときはその前よりぎくしゃくしてたよ。ところがある瞬間から、三人の演技ががらっと変わった」

　あまりに衝撃的だったからはっきりと覚えているし、思い出すたび不思議の感に打たれる。急な設定変更とミスマッチに思える配役に、稽古場の空気は重かった。魔女たち自身も不満を持っていたし、うまくやれずに不安でもあっただろう。天才・設楽了も今度ばかりは失敗したのではないかと、内心では誰もが疑っていたに違いなかった。少なくともさやかは疑っていた。そんななか、了は落ち着いたそぶりで三人の魔女に近寄ると、それぞれの耳元に何かささやいた。何を言ったのかはわからない。短いほんのひとことだ。三人の演技が変わったのはそのあとだった。突然、別人のようによくなった。まるで了が魔法でもかけたみたいに。いま思い出しても鳥肌が立つ。稽古場は驚きと賞賛のため息に包まれ、自然に拍手が発生した。演じた綾乃たち自身も驚いたのか、演技を止めたあとは表情が固まっていた。居合わせた生徒たちのあいだで、あのときのことは語り草になっている。

「了が真の神になったのは、あの瞬間だったのかもしれない」

「了は三人に何を言ったんでしょう」

「さあね。ちょっとしたアドバイス、って当人たちは言ってたみたいだけど。結果的にはまり役だったわけだから、了には見る目があったってことだね。それに、役者の力を引き出す能力も」

魔女はマクベスの心なので、その登場シーンは彼の感情が大きく動く場面となる。そのため見せ場が多いこともあり、当時の三年生が演じていた主役を食ってしまうほどだった。

了の目には人や世界がどんなふうに見えていたのだろうと、いまもしばしば考える。

「あんた、了から何も聞いてなかったの？」

「あんまりそういう話はしなかったから。わたしのほうが興味なくて」

そういえば、貴水は定期公演の日にちも忘れていたと言っていた。それでよく百花へ来たものだとつくづく思う。

「うーん、そっち方面の動機はなしか……」

貴水はぱたんと台本を閉じて、ため息をついた。

「困ったな。さやかさん以外だとぜったい三人の魔女があやしいと思ったのに。本人たちは何にも話してくれないし」

この一週間、貴水は綾乃たちからじかに話を聞こうと奮闘していた。しかしそのつど貴水が報告に来たところによれば、試みはことごとく失敗に終わっていた。

――新歓公演のときに言ってたことなら聞く気はないわ。妙な思いこみで学校の名誉を貶《おとし》めたり、みんなの貴重な時間を奪うのはやめなさい。

――貴水ってイケメンだねえ！　まだ科は決めてないんだっけ？　俳優科にしなよー、そのビジュアルならぜったい成功するって。じゃあ、またね！

――あなたの疑問を解消できるのはわたしじゃないと思う。わたしはここへ演劇を学びに来てるの。

綾乃、綺羅、氷菜、それぞれの反応を貴水はものまねで再現してみせた。それが驚くほど、口調だけでなく表情まで似ていたので、さやかはひそかに感心した。もともとの声や顔だちはまったく違うのに、特徴を捉えるのがうまいのだ。

「綾乃が怒ってたよ。あんまりしつこいようなら学校に言って対処してもらうって」

「さやかさん、綾乃さんと仲いいんですか？」

「仲いいっていうか、ルームメイトだから」

友達と呼ぶほどの距離感ではないが、一緒にいれば話くらいはする。

「えっ、そうなんだ。早く教えてくださいよ」

「なんであんたに教えなきゃいけないの」

「綺羅さんと氷菜さんは？」

「氷菜はミュージカル専攻の子と同室だったと思うけど、綺羅は誰だっけ」

「了のルームメイトは璃子さんでしたよね。了がいなくなったあとは、どうなってるんですか？」

「璃子がひとりでその部屋を使ってる」

「そっか……いろいろ思い出しちゃったりしないかな」

「美優もそうだよ。桃音と同室だったから」

貴水の首がぴょこっと伸びた。

「そうだ、その桃音さんですけど、学校をやめていまは海外にいるんですよね？　魔女って呼ばれてたとか、何かで魔女の役をやったとかってことは……ないんですね、聞かなくてもその顔でわかりました。じゃあ桃音さんはとりあえず置いとくとして、璃子さんに話を聞いてみたいんですけど。〈魔女〉じゃなかったとしても、了のことをよく知ってるかもしれないから。了の様子とかで何か気づいたことがあるかもしれないし。できれば部屋も見せてもらいたいんだけど、なかなかつかまらなくて」

「あんたも懲りないね。それだけ誰にも相手にされてないのに」

「そうなんですよね。みんながさやかさんくらい、ちょ……」

大げさに肩を落として言いかけた貴水は、途中で口に急ブレーキをかけ、しまったという顔になった。しかし間に合わなかった分がしっかりさやかの耳に届いた。

「ちょ？　あんたいま、ちょろいって言おうとした？」

「ち、違いますよ。ちょろいじゃなくて、ちょ……ちゃんと話を聞いてくれたらいいのに、って言おうとしたんです」

さやかは貴水が持っている台本をがっしとつかんだ。

「返して。それからどっか行って」

「いや、待ってくださいよ」

貴水は台本を離そうとしない。両方から引っ張りあう恰好になる。

「金輪際、あんたとは口きかない」

「さやかさーん、違うんだって」

言葉の勢いとは裏腹に、力では貴水のほうが優勢だった。意地になって引っ張っているところへ、新たな人物が現れた。

「何してるの？」

ややハスキーな低い声で尋ねながら、氷菜が教室へ入ってきた。背後にはファンの生徒の一団が付き従っていて、そのなかには芽衣の姿もあった。おなじみの光景だ。氷菜はファンの存在をまったく気にかけていないように見える。

さやかは急に自分の行動が恥ずかしくなって台本から手を離した。氷菜を見ると、いつも月を見上げているような気持ちになる。彼女のまとうミステリアスな雰囲気のせい、あるいはその話し方や所作が体温を感じさせないせいかもしれない。

「さやかにつきまとってるっていうのは本当だったんだ」

氷菜はさやかの席まで近づいてきて、向かい合って座った貴水を見下ろした。香水なのか、氷菜からはすがすがしい香りがする。どこか懐しい覚えがある香りだが、何の香りなのか思い出せない。

こんにちは、と貴水が明るく挨拶をする。氷菜は挨拶を返さず、うなずきかけることもしなかった。

「つきまとってるなんてひどいなあ」

「そのとおりでしょ」とさやかはすかさず言った。

「脚本の執筆は進んでる?」

氷菜の問いに、さやかはふがいない答えを返すしかない。切れ長の目が再び貴水に向けられた。

「定期公演の支柱になるべき人をわずらわせないで」

表情もなくそう告げると、氷菜は入ってきたときと同じ静かな足取りで出ていった。貴水に一瞥を残しながらファンたちもあとに続く。

窓から差しこんだ月光が部屋をなでていったような、氷菜の来訪だった。彼女がいなくなったとたんに世界が音を取り戻し、中庭かどこかで発声練習をする声が聞こえてきた。ずっと聞こえていたはずなのにそう感じる。

「氷菜さんはわたしを牽制しに来たんですかね」

「え?」

「さやかさんをわずらわせないでって、よけいなことを嗅ぎまわるなって意味なのかなって。突っこんで聞きたいとこだけど、取り付く暇もないからなー」

「……取り付く島ね。あんたってばかなの？」

鋭いようなところを見せたかと思ったらこれだ。一瞬どきりとしたことがばからしくなる。

牽制なんて、氷菜がそんなことをする理由がない。

「たんにあんたが嫌われてるんでしょ」

「え、なんでですか？」

「なんでって……」

意地を張っていることが急にばからしくなって、気になっていたことを尋ねた。

「チャパグリって何？」

「へ？」

「こないだあんたが着てたTシャツに書いてあった」

「見たんですか？　いつ？」

「ダンスの演習中にたまたま廊下を通ったの」

「えー、気づかなかった。手でも振ってくれたらよかったのに」

「なんでそんなこと」

「冗談ですよ。さやかさん、真面目だなあ」

真面目と言われるのはあまりうれしくない。融通が利かない、おもしろみがない、頭が固い、という貶し文句としばしば同義で用いられるからだ。まさにそれが自分の欠点だと自覚しているものの、ずっと直せずにいる。

「チャパグリっていうのは韓国の食べ物の名前です。チャパゲティっていうインスタント麺とノグリっていうインスタント麺を混ぜて作るジャンクでピリ辛な麺料理。おいしいし、音の響きが愉快でいいですよね」

「辛党なの？」

「わりと。あんまり甘いのはちょっとなあ。さやかさんは？」

「普通。辛党でも甘党でもない」

本当は辛いものは苦手だったが、なぜかそう言ってしまった。子どもじみた見栄だとわかっているから、言ったそばから恥ずかしくなって不機嫌になる。

「了は甘党だったな。超のつく甘党。今日なに食べたって聞いたら、夜でも胸やけしそうな生クリームもりもりの菓子パンとかで。食べる時間も頻度もめちゃくちゃで、バランスのいい食事とか規則正しい生活っていうのとは無縁だった」

らしい、という気がする。

「百花の食堂はイマイチなのかなって思ってたから、入学してみてびっくりですよ。学校のも寮のもみんなおいしいんだもん。今日のお昼は学食でオムライス食べたんですけど、さやかさんは食べたことあります？」

あるとだけさやかは答えた。オムライスはお気に入りのメニューのひとつだ。

「あれ、絶品ですね。了は食べたことあったのかな。あ、でも鶏肉は嫌いなんだった。あの皮のぶよっとしたところが嫌なんだって。偏食がひどかったんですよね。トマトはプチュッとした中身が嫌だって言うし、しいたけはグニャグニャの食感が嫌だって言うし」

「……本当に友達だったんだ」

食の話を聞いていたら、ようやくそんな実感が湧いてきた。

貴水はふと唇を閉じて、真剣な目でさやかを見つめた。さやかは思わず息を止めた。呼吸を操られていると、頭の隅で思う。うまい役者の芝居を見ているときのように。

「さやかさんも了のことを神だと思ってた？」

さやかは意識的に呼吸をして、さっきまでの雑談と同じ調子で答えた。

「この学校においてたしかに了は神だったよ」

「他の人じゃなくて、さやかさんは？」

貴水の視線は動かない。さやかは貴水から奪い返した台本に目を落とした。そのなかのたくさんの書きこみを思った。わたしが考えたこと。再び目を上げ、貴水を見据える。

「わたしは了を神だと思ったことはない」

力は認めるけれど崇拝はしない。手放しに賞賛はしないし、思考を放棄しない。この書きこみがある限り、彼女と自分は対等だ。少なくとも、自分の気持ちの上では。

貴水の目が大きくなった。そこに喜びを見て取って、さやかは戸惑った。いや、これは喜びというよりも、ほっとしたような。

「よかったあ」

さやかの見立てを裏付けるように、貴水はふにゃふにゃとノートパソコンの上にくずおれた。突っ伏した体勢のまま頭だけ起こして、「さやかさんはそう言ってくれると思ってた」

と笑顔を見せる。

「……よくわからないんだけど、うれしいの？」

「だって、わたしの友達をみんなが神だと思ってるなんて気味が悪いじゃないですか。それに、了を盗聴してた〈魔女〉はやっぱりさやかさんじゃないだろうって思えたから」

「もちろん違うけど、なんでそう思ったわけ？」

「なんでって言われても、思ったんです。前は九十パーセントだったけど、いまは九十九パーセント違うって思ってる」

「なにそれ、ぜんぜん論理的じゃない」

「疑いが晴れそうなのになんで怒るんですか。変な人だな」

「変ってあんたね……」

「とにかく、わたしがそう思ったからいいんです」

貴水はぱっと体を起こしてにこにこした。緊張を解いた心からの笑顔に見えた。

「いま思ったけど、もしかして了がさやかさんのことを〈魔女〉って言ったのは、神を崇めない者っていう意味だったのかも。さやかさんって感情が態度に出るし嘘つけなそうだから、了もわかってたんじゃない？」

「それじゃわたしが単純みたいじゃない」

「そうは言ってないですけど。でも、だとしたら了はうれしかったんじゃないかな」

「なんで了がうれしいの？」

「さやかさん、なんでばっかりだね」

「あんたが意味不明なことばっかり言うからでしょ」

「意味不明じゃないですよ。だって、友達って対等なものでしょ。もしかしたらこの学校でさやかさんだけが、了と友達になれたのかもしれない」

思いもかけない言葉だった。はい、と突然に何かを手渡されたものの、それが何なのかもどうしたらいいのかもわからないような感じ。

「了が友達を欲しがってるようには見えなかったけど」

「……ああ見えて了は友達を大事にするんですよ。わたしのために脚本を書いてくれてたくらい」

「脚本？」

「当て書きってやつですね。出会ったころからぜったい書くってずっと言ってて、実際にいま書いてるって話を聞いたのは去年の夏ごろだったかな――」

貴水の雰囲気が変わったことに、さやかは気づいた。何か重大なことを話そうとしている。

「わたしは了の死を、少したってから人づてに知ったんです。百花の当時の三年生に友達の友達がいて。その後はじめて了の実家を訪ねました。それで、家族が学校から引き取ってきたっていう遺品を見せてもらったんです。でも、了が書いたもののなかにそれらしい作品はありませんでした」

「それらしいっていうのは？　タイトルは聞いてなかったの？」

「タイトルどころか内容も聞いてません。了は完成してのお楽しみだって言って。ただ書いた時期として該当するファイルがなかったんです」

「了が削除したとか？　書きだしてみたもののやっぱり気に入らなくて」

「なかったのはそれだけじゃないんです。『百獣のマクベス』のファイルもありませんでした」

「え？」

「印刷して製本された台本はあったんです、初稿版も改稿版も。でもそれらの元データは、了が使ってたタブレットやその他のメディアのどこにもありませんでした。完成稿だけじゃなくて草稿なんかも、ひとつもです。印刷されたからには、少なくとも完成稿のデータは存在するはずですよね」

「印刷業者に発注するためのデータは、学校が管理してる外付けメディアに入れてその担当の先生に提出してるはずだけど」

「それでも自分の手元にオリジナルを残してないってことは考えにくいですよね」

「何が言いたいの？」

「わたしに当て書きした脚本が書かれてたのは、去年の夏ごろから。それって『百獣のマクベス』の執筆時期と同じころじゃないですか？」

　普通に考えればそうだ。定期公演のための脚本コンペは、毎年、二学期の始業日が提出期限とされている。了が去年の夏よりも前に『百獣のマクベス』を完成させていたのでないかぎり、ふたつの執筆期間はどこかで重なる形になる。

「普通、同時期によく使うファイルを外付けのメディアに保存するとき、いちいち分けないですよね？　つまりその時期に書いたふたつの脚本、『百獣のマクベス』とわたしの当て書きの脚本のファイルは、ひとつのメディアに入ってたんじゃないかと思うんです。USBメモリか何か、そういうものに。でもそれがない」

「だから、たんに削除しただけなんじゃないの？」

「当然ゴミ箱フォルダも確認しましたよ。でも、一度も空にしたことがないのか、パソコンを買ったときからの削除ファイルがそのまま残ってたのに『百獣のマクベス』はありませんでした。わざわざそれだけを選んでゴミ箱から消したとは考えにくい。加えて、了はおそらく盗聴被害に遭っていた。それにあの最後の電話。不審なことだらけじゃないですか。合わせて考えると、了の死が単なる事故だなんてとても思えません」

いまや貴水の表情は真剣そのものだった。それらのすべてに〈魔女〉が関与していると彼女は考えているのだ。

「ふたつの消えた脚本について、何か思い当たることないですか？」

「消えたかもしれない脚本ね」

貴水に当て書きしたという脚本については、書いていると了が言っていたというだけで客観的に存在が確認されたわけではない。正確に言い直してから、いちおう記憶を探ってみる。

了が友達のために個人的に脚本を書いていたという話は、間違いなく初耳だった。彼女が何か書いているところへ近づいていって、なに書いてるの、なんて尋ねたこともない。そもそも了はひとりで執筆することを好んだ。寮はふたり部屋なので、了が理想の執筆環境を求めて、タブレットやノートを手に校内、寮内をさまよっている姿をしばしば見かけた。空き教室や階段の裏などで、ひとりぶつぶつつぶやいているのを目撃したこともあった。

そうだ、あのノート。

「そういえば了がよく持ち歩いてるノートがあったけど、それって関係ある？」

貴水に当て書きした脚本というものが実在するとして、ノートに手書きしていたということは考えられないだろうか。

「どんなやつですか？」

「どこにでもある大学ノート。表紙に犬のシールが貼ってあって、一年のときから使ってたような気がする」

「うーん、わたしが聞いたかぎりでは、了は手書きはしてなかったなあ。アイディアのメモくらいはしてたかもしれないけど。他の脚本にも手書きのものはなかったし。さやかさんはします？　手書き」

「まあ、しないね」

他に言えることはなかった。さやかが了を強く意識していたことは否定できないが、注目していたわけではない。むしろ目を背けようとしていた。

いつの間にか教室内が薄暗くなっていた。中庭あたりから聞こえていた発声練習の声も止んでいた。腕時計を見るともう六時を過ぎている。さやかは台本とノートパソコンをバッグにしまった。学校で作業をするメリットは、必要なときにすぐ図書室やライブラリーにアクセスできることだが、利用時間は六時半までだ。それに台本を読むだけなら寮の自室でやっても変わらない。

「帰るんですか？　じゃあ、わたしも」

貴水はさっと立ちあがって教室から駆け出していった。四階にある一年の教室へ荷物を取りに行ったのだろう。貴水を待たず、自分の教室のある二階から階段を下りていると、頭上から小走りの足音が聞こえてきた。

「置いてかないでくださいよう」

首だけひねって振り返ったとき、すぐ上の踊り場にちょうど貴水が姿を現した。長い脚が躍動的に床を蹴る。大きな窓から差しこむ残光が、そのシルエットに光の輪郭をまとわせる。バッグの金具に反射した光がさやかの目を射た。さやかは立ち止まらず、再び前を向いて階段を下りた。

了は貴水を主役にして脚本を書いていたという。友達だからと貴水は言ったが、それは違うと思う。たぶん了は藤代貴水という素材に惚れたのだ。さやかも無意識に貴水を主役にする想像をしていたからわかる。わかりたくないけれど、わかってしまう。

「追いついた」

数メートルだけ並んで歩き、靴箱のところでまた別れた。さやかは三年生の靴箱へ、貴水は一年生の靴箱へ。

靴箱の扉を開けるときは準備がいる。いったん立ち止まり、体にも心にも見えない鎧をまとい、おなかに力を入れ、深く息を吸って止め、それから一気に開ける。

今日は――あった。そろえて置いた黒のローファーの上に、一枚のルーズリーフ。もう何度目だろう。新歓公演の演出家に就任したころから続いている。書き殴られた文字は読まないようにしていたのに、取り出したときにうっかり目に入ってしまった。

『定期公演はあきらめろ　おまえは神の代わりにはなれない』

胃のあたりが気持ち悪くなる。ルーズリーフを握りつぶし、いちばん近いごみ箱に押しこむ。それからようやく、止めていた息をどっと吐く。誰の仕業なのかはわからない。ひとりなのか複数人なのかも。さやかが了の後釜に座ることをおもしろく思わない人間は大勢いるだろう。

ローファーに履き替えて出ていくと、貴水は昇降口の外で待っていた。寮まで一緒に帰るつもりらしい。

「日が長くなりましたね」

一見、何の悩みもなさそうなその顔をさやかは見つめた。了とさやかは対等な関係だったと貴水は言っていた。

「どうかしました？」

「……帰りに寄ってみる？　三年の寮」

「え？」

「璃子と話したいんでしょ。この時間なら部屋にいるかも」

貴水に協力するわけじゃない、しつこくされたら迷惑だからだ、とさやかは自分を納得させた。

原則として寮には入居者以外は立ち入れない。同じ百花生であってもだ。しかし入居者が申請すれば招き入れることができる。入口の電子ロックを解除して中に入り、タイムカードに打刻する。璃子のカードを見てみると、少し前に帰寮していた。「だからって会えるかどうかはわからないからね」と前置きして、二十四時間体制で管理人が常駐する管理人室へ立ち寄り、貴水の入館申請を行う。

「どの寮も同じような感じなんですかねえ。絨毯の色は違うけど」

貴水はきょろきょろしながらついてくる。

寮は五階建てで、璃子の部屋は三階だった。さやかの部屋も三階だが、その前を通りすぎて荷物を持ったまま璃子の部屋へ向かう。ドアをノックすると、二度目のノックで返事があった。ドアを開けた璃子は髪をひとつにくくり作業用のエプロンをつけ、右手にカッターを持っていた。

「ごめん、作業中だよね」

「いいけど、どうしたの？」

璃子の不思議そうな目は、さやかの後ろに立つ貴水に向けられている。

「一年の藤代貴水です。急に押しかけてすみません。了のことを聞かせてほしくて来ました」

貴水が告げると、長くて濃い璃子のまつ毛がかすかに震えた。新歓公演のときの貴水の発言をもちろん璃子も聞いている。

「入って」と璃子は穏やかに言った。「ちょうどよかったよ、わたしもさっき帰ってきたところだったから」

「どっか行ってたの？」

「ちょっとカウンセリング」

「カウンセリング？」

「大丈夫なんだけどね」

あっと思った。すぐに思い至らなかった自分を殴ってやりたかった。了の事故のきっかけとなった大釜は、璃子が中心になって作ったものだった。新歓公演のために同じ大釜を作り直すにあたって、美術班のリーダーを務める璃子が何も感じなかったはずはない。

適切な言葉を見つけられず、無言で部屋に足を踏み入れる。

部屋の造りはどこも同じだ。フローリングの床にオフホワイトの壁に窓がひとつ。ベッドと机とクローゼットがふたつずつ。ただしこの部屋の場合は、ふたつあるものの一方は持ち主が不在だ。

「わあ、すごい！」

空気を読まない貴水の声に救われた。貴水は目を輝かせて部屋を見回していた。その視界のあらゆるところに、ボール紙やスチレンボードで作られたミニチュアの舞台模型が置かれている。床にも、クローゼットのなかの棚にも。持ち主のいないパイプがむき出しのベッドや、ノートの一冊も立てられていない机にも。舞台全体をそのまま縮小したような精巧な模型で、サイズはさまざまだが両手で抱えられるほどのものが大半だ。色つきのものもあればそうでないのもある。

「これ、璃子さんが？」

「うん、まあ趣味と実益をかねて。散らかっててごめん。了がいたころは自分のスペースをはみ出さないように気をつけてたんだけどね」

散らかってるという表現はだいぶ控えめだ。とにかくおびただしい数で、足の踏み場がないとまでは言わないが、かなり気をつけないと歩けない。いまも新作を作成中だったらしく、ハサミやグルーガンが置かれた璃子の机には緑のカットボードが敷かれて、その上に切り出したパーツらしきものが点在している。

「あ、これって」璃子の机に近づいた貴水が、脇の棚に置かれた色つきの模型に顔を寄せた。「もしかして『百獣のマクベス』の？」

さやかも最初から気づいていた。了の一声で台本が変更になる前のものなので大道具の配置など異なるところはあるが、その点を除けば実際の舞台とそっくり同じで、マクベスの玉座も例の大釜もある。

「うわあ、めちゃくちゃ細かい。ドラえもんのスモールライトがあったら、ここに立ってみるのになあ。……あれ、ここちょっと壊れてますね」

はしゃいでいた貴水が、ミニチュア舞台の中央を指さして振り返った。「ほら、ここ」

言われてみれば、そこに置かれた玉座の装飾が取れてしまっている。繊細な部分でいかにも脆そうではあったが、よく見ると舞台を囲むアーチの角も少しへこんでいた。

「ああ、それは了がやったの」

気を悪くしたふうもなく璃子は言った。

「それはちゃんとわたしの机の上に置いてあったんだけど、去年の定期公演を控えたある晩、美術班の打合せに行って帰ってきたら床に落ちてたてね。了に聞いたら、うっかり手をぶつけて落とした、ごめんって。そうならないように置いてたつもりだったから、本当かなって思ったんだけど」

「本当かなっていうのは？」

「言いにくいんだけど、もしかしたらわざとなんじゃないかって。わたしが出かける前、了がいないときに綾乃が訪ねてきたんだ。了に用事があったみたいで、ここで待ってもいいかっていうから、彼女を残してわたしは部屋を出たの。『百獣』の稽古で魔女がダメ出しされまくってるときだったし、深刻そうな雰囲気だった。わたしが戻ったとき、もう綾乃はいなかったけど、ひょっとしてふたりは口論にでもなったんじゃないかな。それでどっちかがかっとして、そこにあった『百獣』の模型を叩き落とした……とかね」

あくまでもただの想像だよ、と璃子は念を押すように言った。

「その夜、了は体調が悪そうで早く寝ちゃったし、謝ってくれたのに次の日にまた蒸し返すのも気が引けたから。なんにせよ、いまとなってはどうでもいいことだけどね」

「それっていつのことですか？」

「え？　その数日後に台本が変更になったから……本番の二週間くらい前かな」

どきりとした。本番二週間前といえば、了が貴水との電話で妙なことを口にしたころだ。

『知り合いが盗聴してたらどうする？』そして『〈魔女〉め……』

おまけに魔女役を演じたひとりである綾乃の名まで出てきた。貴水がそこに関連を見出そうとしているのは明らかだ。

「ところで、璃子さんは了が個人的に書いてた脚本に心当たりないですか？　学校の公演とか課題とかとは別に。たぶん二年生になってから、『百獣のマクベス』を執筆する前かそれと並行して書いてたと思うんですけど」

「さあ、わかんないな。何を書いてるとかいう話はぜんぜんしなかったから。役に立てなくてごめん」

しばらく璃子と話をして部屋を出た。結論として、璃子が了について知っていることは他の同級生たちと変わらなかった。人と交流するより自分の創作活動に集中したいという点でふたりは気が合っていて、互いのプライベートに干渉することはなかったという。一緒にいても会話はほとんどせず、そもそも了はひとりで執筆するために部屋を空けていることが多かったらしい。

ドアを開けてさやかたちを送り出すとき、璃子はさやかに脚本の進捗状況を尋ねた。

「がんばって。楽しみにしてる」

ありがとうと答えながら、さやかは綾乃のことを考えていた。


さやかとふたりの部屋に綾乃が帰ってきたのは午後九時すぎだった。努力家の彼女の一週間は、すべての曜日が何らかのレッスンで埋まっている。今日はたしかボイストレーニングだったか。こういう生徒が多いため寮に門限はない。

綾乃におかえりと告げたとき、さやかはパジャマの上からカーディガンを羽織って、自分の机で『百獣のマクベス』の台本を読んでいた。放課後、貴水に邪魔されて中断した続きだ。しかしいまは貴水がいないにもかかわらず、ページを繰る手の動きは鈍かった。どうもよけいなことを考えてしまって集中できない。

ただいまと応えた綾乃は、バッグを机の横の決まった位置に置くと、制服を脱いでクローゼットのハンガーにかけ、部屋着のワンピースに着替えた。外から帰ってきてひとまずベッドに座りこむとか、バッグをそのへんに放り出すとか、綾乃のそういう姿は一度も見たことがない。彼女の持ち物は常にきちんと整頓されており、またさやかも散らかっているのは嫌いなので、ここは寮でいちばん秩序が保たれた部屋だと言われている。

綾乃はすぐに浴場へ行くつもりらしかった。夕食はおそらく取っていないだろうし、取るつもりもないのだろう。体型維持のために、夜遅くなったときは食べないことが多い。

入浴セットを手に出ていこうとする綾乃を、さやかはとっさに呼び止めた。そうしてから、いまでなくてよかったのにと思い、さらにそもそも訊かなくていいのにと思ったが、呼び止めてしまったからにはと口を開いた。

「突然だけど、了から盗聴がどうとかって話、聞いたことある?」

貴水の説を真に受けたわけではないが、璃子から聞いた話がどうにも気になってしかたない。綾乃自身に否定されればすっきりして作業に集中できるだろうと思い直した。

「……盗聴?」

物騒な単語に、綾乃は面食らったようだった。いぶかしげに形のいい眉をひそめ、「作品の話?」と聞き返す。

さやかはほっとした。事情を知らない者ならみんなそう考えるに違いない。やはり綾乃は無関係なのだ。

「ごめん、なんでもない」

「了のことで何かあったの？」

追及されてばつが悪くなった。貴水の思いこみに巻きこまれてばかみたいだ。「本当になんでもないから」と強引にはぐらかし、そそくさと立ちあがって部屋を出る。

浴場へ向かう綾乃に追いつかれないよう階段やエレベーターとは反対方向へと早足で歩きだし、しばらく廊下を進んだところで、部屋の鍵を持ってくるのを忘れたことに気がついた。綾乃がいなくなった頃合いを見計らって戻るつもりだったのに、鍵がなくては入れない。逆を言えば、さやかが鍵を持っていないことに綾乃が気づけば、彼女は部屋から出られない。取りに戻るしかなかった。さっと取ってまたすぐに出るのだ。

部屋の前まで引き返したさやかは、ノックも省略して急いでドアを開けた。綾乃はクローゼットに収納された背の低いチェストの前に膝をついて座っており、そのいちばん下の引き出しが開いていた。いきなりドアが開いて驚いたらしく、振り向いた綾乃の手から何かが零れ落ちて床で硬い音を立てる。綾乃はすぐさまそれを拾い、両手で包むようにして持ち直したが、その一瞬を捉えたさやかはぎくりとして立ちすくんだ。

「びっくりした。どうしたの？」

さやかのほうへ顔を向けたまま綾乃は尋ねた。白いたまご型の顔に浮かぶのは、普段と変わりない優美な微笑だ。

「あ……鍵を忘れて」

「わたしが出ていく前に気づいてよかったわ」

綾乃は傍らに置いた入浴セットのランドリーバッグのなかに、持っていたものを入れた。

その動作はさりげなくもすばやく、さやかからは彼女の白い手の甲しか見えなかった。

「じゃあわたしは行くわね」

チェストの引き出しを閉め、入浴セットを持ち上げて悠然と出ていく彼女を、さやかは戸口から動けずに見送った。心臓がどきどきしている。

さっき綾乃が落としたものは、コードのない電源タップのように見えた。そしてそれはふたつに分解されているようだった。だが本当に電源タップなら、なぜ浴場へ向かういまそんなものを持ち出すのか。綾乃がそれを拾う動作はあまりにすばやすぎはしなかったか。ランドリーバッグにしまうとき、意識的にさやかの目から隠そうとしてはいなかったか。

電源タップに見せかけた盗聴器があるという話を、どこかで聞いたことがあった。さやかが盗聴の件について尋ねた直後に、綾乃が似た形状のものを持ち出したのは偶然か――。

部屋に入って後ろ手にドアを閉め、いま見たものを頭のなかで再現する。綾乃の態度に不審なところはなかったが、優れた俳優である彼女ならば一瞬で平静を装うことも難しくはないだろう。

部屋を出るとき慌てて立ちあがったせいで、読んでいた『百獣のマクベス』の台本が床に落ちていた。拾って机に置き、椅子にどさりと腰を下ろす。本番の二週間ほど前に深刻な様子で了を訪ねたという綾乃。そのときはまだ台本が変更される前で、三人の魔女は了から厳しいダメ出しを受けつづけていた。なかでもいちばんきつく当たられていたのが綾乃だ。

綾乃は真っ青になりながら、よく耐えて食らいついたと思う。もういい、と見限られそうになったときは、もう一度やらせてくださいと頭を下げて懇願した。

同級生に対してそこまでへりくだることを、その場の誰もおかしいと言わなかったのは、よく考えれば異常だったのかもしれない。さやかも演出補佐のひとりとして稽古を見ていたが、綾乃たちを気の毒に思い、了のやり方にかすかな反発を覚えはしたものの、口を出そうとは考えなかった。補佐役とはいっても実質は雑用係にすぎなかったから、というのは言い訳で、要は自信がなかったのだ。了の力に圧倒され、もっと言えば引け目を感じていた。よい舞台を作るという点において、了は正しかった。そして、よい舞台を作ることがあの場にいた全員の望みだったのだ。

だからこそ綾乃も耐えられたのだろうが、耐えられるというのはつらくないということではない。才色兼備でおよそ欠点が見当たらないと称えられてきた優等生だけに、さぞプライドが傷ついただろう。弱音を吐くことも悪態をつくこともなく毅然とふるまっていたが、本当はかなりまいっていたのを知っている。夜あまり眠れていないようだったし、心ここにあらずというふうに見えることが多かった。またこれは誰にも、本人にも言っていないことだが、めずらしくおやつを食べていると思ったらあとでトイレで戻したらしいと感づいたことが何度かあった。気づかれたくなさそうだったから、そっとしておいたのだけれど。

考えてみれば、その前にも綾乃は了のせいで大変な目に遭っている。あれは去年、五月初めのことだ。そのころすでに神に近づきつつあった了が、演習での綾乃の演技を見て言い放った。きみの芝居はつまらないね、と。眉ひとつ動かさず、何のためらいもなく、誰でも知っている当たり前の事実のように。綾乃はその場ではショックを受けたそぶりを見せなかったが、その日から稽古の量をうんと増やした。もともと稽古の虫だったのに、それは明らかにオーバーワークであり、ある日の放課後、学校のスタジオでひとり自主練習に励んでいた彼女は、膝の靭帯を損傷する大けがをした。もっとも了のせいとばかりは言い切れないし、綾乃自身もけっしてそうは言わなかったが。

綾乃は了を恨んでいたのだろうか。それで了を盗聴して——そこまで考え、さやかはスマホを手に取った。試しに訊いてみるだけ、と自分に言い訳しながら、ＬＩＮＥを起ち上げて芽衣あてにメッセージを入力する。

『いまどこにいる？　ちょっと話したいんだけど』

翌日の放課後、さやかが非常階段に出る扉を開けると、貴水はすでにそこにいて、手すりにもたれて四階からの景色を眺めていた。昼休みに彼女がさやかのもとを訪れた際に、呼び出しておいたのだ。

「早いね」

さやかはスマホを確認した。あと十分ほどしたらビデオ通話をする約束になっている。予定変更の連絡は入っていない。

「何さんでしたっけ、いまから会う人」

「南麻衣《まい》さん」

芽衣の姉で、百花演劇学校の去年の卒業生だ。制作科に所属し、去年の定期公演では舞台監督を務めていた。

舞台監督はいわば裏方の総責任者だ。美術、照明、音響など技術関連作業の取りまとめ、スケジュールや予算の管理、舞台の安全確保、本番中のスタッフや出演者へのキュー出し、その他もろもろ、役割は挙げればきりがないほど多岐にわたる。舞台監督の助けなしに、演出家が自分の意向を実現することはできない。

約束の時間きっかりに、さやかはビデオ通話の発信ボタンをタップした。数回のコール音のあと、妹とそっくりの麻衣の顔が画面に現れた。三月に卒業したばかりなのに、在学中よりはるかに大人っぽく見える。芽衣によると新進気鋭の劇団に入団して苦労しているらしいが、表情はいきいきしている。

「おー、久しぶり……でもないか。もしもし？　聞こえてる？」

「聞こえてます。急にすみません、結城さやかです」

「知ってるって。あいかわらず真面目なんだから。さっそくだけど、あの事故について聞きたいんだよね？」

「はい。今年の定期公演でわたしも迫りを使った演出を考えてるので、脚本を書く前にちゃんと知っておきたいと思って」

その旨は芽衣から伝えてもらっていた。ただし貴水も同席することは伝えていない。同席させるかどうか、さやかもぎりぎりまで迷っていた。貴水はカメラに映らない位置に立って画面を見つめている。

「最初にはっきりさせときたいんだけど、あれはわたしのせいじゃないからね」

「わかってます」

麻衣は舞台監督としての責務をまっとうした。彼女に落ち度がなかったことは、関係者全員が認めるところだ。

「ならいいよ。どこから話せばいい？」

「大釜を奈落に下ろしたあとからお願いします」

「っていうと、わたしが綾乃たちを捕まえたあたりからでいいかな。一幕が終わっていったん楽屋へ引きあげようとしてた魔女三人を、わたしは舞台袖から出て追いかけたの。二幕の照明位置を少しずらすってことを伝えたくて。バックヤードへ続く通路を数メートル行ったところで捕まえたんだけど、綺羅はトイレに行きたいからって用件だけ聞いたらすぐに行っちゃって、綾乃と氷菜と少しだけ立ち話した。ほんの一、二分くらいかな。そのあと綾乃たちは並んで楽屋のほうへ歩いていって、わたしは舞台袖に戻ったんだけど、袖に引っこむ前にちょっと綾乃たちのほうを見たら、その正面から了が歩いてくるのが目に入ったの。つまりバックヤードのほうから」

そのことは知っている。事故の状況を把握するために学校と警察が行った調査で、了を除く当事者全員が同じことを話したとうわさで聞いた。

「了はバックヤードにいたんですね」

「みたいだね。バックヤードのどこにいて何をしてたのかは知らないけど」

バックヤードとひと口に言っても広い。巨大な劇場という建物において、舞台や客席やロビーなど表に見えている部分は一部であり、残りのすべてがバックヤード――すなわち舞台裏だ。幕の裏側や奈落もそうだし、照明や吊り物の操作をするための天井のキャットウォークもそうだ。楽屋だけでも何部屋もあるし、トイレやシャワー室もあれば、エレベーターや階段を使って他の階へ移動することもできる。

「了はなんとなく気が急いてるような感じだったな」

「気が急いてる？」

「いや、わかんない。予定外に舞台に出ていったから急いで確認したいことがあったんだろうって、あとから思っただけかも。動作としてはあの子らしくふらふら歩いてたし、綾乃たちを見て足を止めたわけだしね」

「了がふたりに声をかけたんですよね」

「そうそう。何を言ったかわたしの位置からは聞こえなかったんだけど、あれだけダメ出ししてただけに気になるじゃない。それで聞き耳を立ててみたら、最後の部分だけはかろうじて聞き取れたんだよね。『きみたちの演技は完璧だった』――たぶんそう言ったと思う。ほっとしたよ」

「きみたちの演技は完璧だった……」

「はっきりとじゃないけど、そう聞こえ……」うなずきかけた麻衣が、ふと言葉を切って眉をひそめた。「いや、待てよ。なんか違うような」

　首を傾げて頭をかく。ややあって、その目がぱっと大きくなった。

「そうだ、『きみたち』じゃなくて『きみ』だ。『きみの演技は完璧だった』って了は言ったんだ。いま話してたら思い出したわ。ふたりに向かって言ってたから、わたしのなかでいつの間にか複数形になってたけど、そうだよ、『きみ』って言ってた」

　血が顔へ上ってくるのを感じた。了が綾乃と氷菜を褒めたというのは聞いていたが、具体的な言葉までは知らなかった。褒めて当然の出来だったし、綾乃も氷菜も手柄を吹聴する性格ではない。ましてあんな事故のあとでは。そこには何の疑問もなかったが、こうなってくると話は別だ。

「綾乃と氷菜、ふたりのうち一方だけを褒めたってことですか？」

「普通に受け取ったらそうだよね。まあ、単なるレトリックって可能性もあるけど」

それもそうか。『きみの演技は完璧だった』の前に『ふたりに言うよ』という前置きがあったのかもしれない。冷静になれ、とさやかは自分に言い聞かせる。

「仮にどちらか一方だけを褒めたんだとしたら、麻衣さんはどっちだと思いますか？」

「うーん、どうだろ。実力でいえば氷菜のほうが上だと思うけど、成長って意味では綾乃を褒めてあげたくなりそうだしなあ。言われたふたりの反応からすると氷菜かな。氷菜の反応が薄いのはいつものことだけど、綾乃のほうも黙って身じろぎもしなかったから。綾乃が褒められたら、言葉なり態度なりに表れそうじゃない。稽古であれほど苦労したんだから、特に。まあ、わたしからは後ろ姿しか見えなかったからわかんないけどね。本人に聞いたわけでもないし」

「もし本当に氷菜だけが褒められたんだとしたら、綾乃は傷ついたでしょうね」

まあねえ、と麻衣は苦笑した。

「正直、了は人としてはどうかと思うよ。でもそんな了だからこそ、あれほどの舞台が作れたんだよね。なら文句は言えないじゃない。わたしたち舞台人にとっては、いい舞台を作ることが正義なんだもん。それより優先することなんてないし、そのために我慢できないこともないでしょ」

貴水が何か言いかけて堪えた。わずかに声が出たが、麻衣には聞こえなかったらしい。

「……了は綾乃の、あるいは氷菜の、どこが不満だったんでしょう」

「了にしかわかんないよ。あの子の目は特別製だから。あ、もし比較して落ちこんでるんだったら、そんな必要はないんだからね。自分でわかってるだろうけど、さやかはそういうタイプじゃないでしょ」

タイプ、タイプか。これはたんにタイプが違うという話なんだろうか。

「もしかして本当に聞きたかったのはそういう話？　事故のことを聞きたいっていうのは口実で」

いたずらっぽく尋ねられ、さやかは一瞬、理解が追いつかず返事ができなかった。それを麻衣は、図星を指されたせいだと誤解したらしい。悩まないで、と大らかな笑みを浮かべて言った。

「了は了、さやかはさやかだよ」

ひととおり事故の話を聞いたあと、よく礼を言ってビデオ通話を切り、さやかはふうと息をついた。了が綾乃と氷菜にかけた言葉の他に新しい情報はなかったが、それは無視できないように思えた。

「どう思う？」と貴水に目を向ける。貴水は納得がいかないという顔をしていた。

「あんなのおかしいですよ」

「何が？」

「麻衣さんが言ってたじゃないですか。舞台人にとってはいい舞台を作ることが正義で、それより優先することなんてないし、そのために我慢できないこともないって」

そのことか。あそこで貴水が何か言いかけたことには気づいていた。

「でも、仕事ができるからって暴言とか暴力とかやっちゃだめですよ。芸の世界はそういうものだなんて言ってたらいけないと思う。っていうか、そんなやり方でしか仕事ができない人を有能だとは、わたしは思いません」

さやかさんは？　目で問いかけられ、返答に窮した。

貴水の言うことは正論だ。正常で健康な考え方だと思う。おそらく芸事に限った話ではなく、何かひとつの世界にどっぷり浸かっていると、その世界の慣例が常識になってしまう。小学生のときに体験した藍染で、染料に浸しておいた白い布が濃淡の差はあれみんな藍色に染まったように。了の横暴を止めなかった自分も、自覚している以上に藍色なのだろう。

ただ、麻衣が「舞台人にとっては」とひとくくりにしたほどには藍色ではなかった。彼女の言うように、舞台のためにすべてを——限りなくすべてに近いものを犠牲にできる人はいるのだろう。舞台に立つために生まれてきたとか、舞台を作れないなら生きる意味がないとか、心からそう思える人たち。たぶん了はそうだった。さやかは違う。舞台を作るのが好きで、本気で脚本家、演出家を目指していて、その仕事に一生をかける覚悟だってあるつもりだが、必ずしもそれを最優先にはできない。いくらいい舞台を作るためでも、誰かをむやみに傷つけることはしたくない。いまはまだ出遭っていないが、絶対に我慢できないこと、我慢してはいけないことだってあると思う。もしも舞台づくりに携わることができなくなったら——考えるだけで暗闇に放り出されたような気持ちになるけれど、それでも自分は生きていくだろう。観客として演劇を楽しみながら、他にやりたいことを見つけて、それなりに幸せに生きていく気がする。

嫌になるほど、自分は普通だ。何をもって普通と呼ぶかはさておき、少なくとも了のように特別ではないし、麻衣の言うような舞台人でもない。わかっていても認めたくはなかった。舞台人がうらやましく、舞台人になりたかった。そうでなければ夢は叶わないのではないか、舞台人である他の人たちに敵わないのではないかと、常に不安だった。

だから貴水が「おかしい」と断言したのは衝撃だった。貴水はそこに引け目を感じたりはしないのだ。鈍感なのか、大物なのか。いずれにせよ痛快な気分にはならなかった。それどころか、自分が目を逸らしてきたコンプレックスを直視させられたようで、うらめしく感じた。

熱いのか冷たいのかわからない体に、明るい日差しが降り注ぐ。目を閉じてみてもまぶしさは消えない。

さやかは話を換えた。

「奈落に落ちる前、了はなんで舞台に向かったのかな。気が急いてるみたいだったたって麻衣さんは言ってたけど」

その理由は麻衣にも見当がつかないという。

貴水も前の話題に拘泥《こうでい》せずに乗ってきた。

「氷菜さんだけを褒めたっていうことと、何か関係があるんですかね」

「それはわからないけど、急いでたってことは緊急の目的があったわけでしょ。ならそこで自殺するとは考えにくいと思うけど」

「それは……」貴水はちょっと口ごもってから認めた。「そうですね。でも麻衣さんも確かじゃないような言い方だったし、どっちにしろ了の目的が何だったのかは気になります。誰もわからないなんて変じゃないですか」

「まあね。ところで盗聴の件だけど、事実だとすれば、綾乃はそれに関係してるかもしれない。少なくとも何か知ってると思う」

貴水の目が大きくなり、鋭くなった。

「なんでですか？」

ためらいを振り切り、さやかは昨夜の一件を話して聞かせた。

「そういうことは早く教えてくださいよ」

「だってうかつに話したらあんた、安直に犯人あつかいするでしょ」

「違うっていうんですか？　話を聞くかぎり、綾乃さんは了を恨んでてもおかしくなさそうですよ。盗聴して秘密を握って自殺に追いこもうとするかも」

ありえないと一蹴することができなかった。そんなはずがないと思っているけれど、了の死には自分の知らなかった背景がある。

「綾乃に確かめてみよう。知ってること全部、話してもらう」

さやかにはめずらしいことに、意思よりも言葉のほうが先だった。口から出た言葉にあとから考えが追いついた。そうだ、足踏みしている場合じゃない。自分は定期公演の脚本に取りかからなければならないし、その作品が上演されることになれば、綾乃には中心の役を担ってもらわなければならないのだ。

「言っとくけど、わたしの考えに変わりはないからね。無実を証明するために、信じるために疑うの」

　貴水の表情がやわらいだ。

「それ、いいですね。信じるために疑うって。なんかさやかさんらしい」

「わたしらしいって何よ」

　言ってから、あまりに陳腐な台詞だったと顔をしかめた。

10/7
20:17

了（百花2年）→貴水（中学3年）

「もしもし、貴水？　いま大丈夫？」

「ゲームやってたけど、停止っと。よし、なになに」

「突然へんなこと聞くけどさ」

「んー？」

「……知り合いが盗聴してたらどうする？」

「んっ？」

「……」

「え、なに、どういうこと？　創作の話？」

「……まあ、そんなとこかな」

「一瞬、現実の話かと思って驚いたよ」

「ごめん、やぶからぼうに。自分で考えてみるよ」

10/11
12:01

貴水（中学3年）→了（百花2年）

「あっ、了」

「ああ、貴水？」

「もしかして寝てた？」

「ああ、まあ、うん。……痛ッ……！」

「了？」

「（舌打ち）……（小声で）〈魔女め〉……」

「〈魔女〉？」

「ああ、なんでもないよ」

「こないだの盗聴うんぬんどうなった？　創作の話ならと思って流しちゃったけど、いつもと様子違ったし、なんか気になっちゃって」

「きみはやさしいんだね」

「知り合いが盗聴してたら、わたしならひとまず相手に理由を訊くかな」

「そっか、ありがと。でも本当になんでもないから。忙しいからもう切るね」

2

午後六時半すぎ、寮の自室に綾乃が帰ってきた。今日のように学外でのレッスンがない日は、学校に残って自主的に稽古をするのが常だ。

室内に貴水がいるのを見て、綾乃は表情をこわばらせた。アフロヘアの熊——とさやかは思ったがゴリラらしい——がでかでかとプリントされた変なパーカを着て、さやかのベッドにくつろいだ姿勢で腰かけている。さやかは自分ひとりでいいと言ったのだが、貴水が立ち会いたいと言って聞かなかったのだ。

自分の椅子に座って待ち構えていたさやかが、話があると告げるより早く、綾乃は拒絶の態度を示した。昨日、盗聴の件について尋ねて以来、彼女は明らかにさやかとの会話を避けている。

おかえりなさいと貴水が朗らかに声をかけた。綾乃は一瞬ためらったのち、意を決したように部屋に入ってきた。きりりと口を結び、お邪魔してますと挨拶する貴水を無視して、いつものようにバッグを置いて着替えに取りかかろうとする。

「綾乃、話があるの」

綾乃はさやかを見なかった。

「疲れてるの」

「ごはんかお風呂に行くなら、戻ってくるまで待ってる」

「だから……」

「話したくないのはわかってるよ。でも、昨日あんたがチェストから取り出したもの、落として慌てて拾ったものが、わたしには……盗聴器に見えたの。だから綾乃から話を聞きたい」

制服のブラウスを脱いだ綾乃の白い肩に力が入っているのがわかった。振り向いてさやかをにらんだその顔も心なしか青ざめている。

「どうかしてるわ。この新入生に何を吹きこまれたの？」

さやかが一瞬ひるんだところへ、この新入生こと貴水が代わってずばりと言った。

「了は誰かに盗聴されてたんですよね？　その件について知ってることを教えてください」

綾乃は貴水のほうを見ず、さやかからも視線を外し、脱いだブラウスを軽くたたんで洗濯かごに入れた。代わりに部屋着のワンピースを取って頭からかぶったが、取り方が乱暴だったために、かけていたハンガーが暴れてクローゼットの奥の壁に当たり鈍い音を立てた。芝居以外で綾乃のこんな動作を見たのははじめてだ。

「綾乃さんが盗聴してたんですか？」

再び振り返った綾乃の顔は、今度こそはっきりと青ざめていた。

「なんですって？」

ヘアバンドでまとめた長い髪が一筋、ワンピースの襟ぐりのなかに入ったままになっている。

「あなたが隠し持ってたものは盗聴器だと、わたしは思ってます」

突きつけるように貴水は言った。

「去年の五月、了のせいで大けがをしたそうですね。ひどいことを言われて。それに『百獣のマクベス』の稽古中にも、理不尽なほど集中的なダメ出しを受けた。綾乃さんは了を恨んでたんじゃないですか？」

貴水はためらうそぶりもなく、まっすぐに綾乃の目を見て淡々と告げる。

「あなたは盗聴によって了の弱みを握ってやろうと思った。これ以上、ひどい目に遭わされないように。あるいは立場を逆転させて仕返しするために。そして、他人に知られたら死にたくなるほどの弱み、何らかの秘密を手に入れた」

綾乃は貴水のほうへ向き直り、襟ぐりのなかに入っていた髪をさらりと出した。いつもの自分を保とうとしているようだった。

「どういう意味かしら、死にたくなるって」

「了は事故で死んだんじゃなくて、自殺に追いこまれたんじゃないかって意味です」

貴水が間髪容れずに答えたのとは対照的に、綾乃の唇が半開きの形で固まった。その唇が再び動いて「ばかげてる」という言葉を押し出すまでに、たっぷり三秒はかかった。

「あれは事故だって警察も断定したのよ。そもそも了がみずから命を絶つなんてありえないけど、百歩譲ってそんな選択をしたとしても、公演中の舞台をその場所に選ぶことは絶対にないわ。舞台が台無しになるもの」

「普通の精神状態だったらそうでしょうね。でもあのときの了は……」

「それに、わたしは了を恨んでなんかいなかったわ。たしかにきついことを言われたけど、それはわたしに至らないところがあったからだし、成長させるためだってわかってた。期待してくれてるから、信じてくれてるからだって。わたしはもっと努力しようと思った。そして応えてみせたわ。だからこそあの魔女が生まれたの」

「でも了はあなたの魔女が不満だったんじゃ？」

「そんなことないわ。少なくとも新しい台本に変わってからは、あまりダメ出しされなくなったもの」

「じゃあなんで本番では、氷菜さんだけを褒めて綾乃さんを無視したんです？」

綾乃の両目が大きく見開かれた。この反応から察するに、麻衣の見立ては正しかったようだ。あのとき了は綾乃を無視した。そのことを知られているとは思わなかったのか、綾乃の面には驚愕と屈辱の色が表れている。

「了は結局ずっと、あなたの演技が気に入らないままだったんじゃないですか？　ダメ出ししなくなったのは、見限ったからかも」

「……そんなことない」

胸の前で組み合わされた両手の指の関節が白くなった。

「あなたは了に認められてなかった」

「そんなことない！」

綾乃が保とうとしていたものが、ついに崩れた瞬間だった。声を荒らげ、潤んだ目で貴水をにらみつける。さやかは息を呑んだ。こんなに感情的になった綾乃の姿は見たことがなかった。

「わたしは了に認められてた。認められてたのよ」

「本当にそう思ってます？　なんだか自分に言い聞かせてるように聞こえるけど」

貴水の追及は容赦がなかった。綾乃を待っていたときからずっと身を硬くしているさやかとは対照的に、リラックスした姿勢のまま、笑顔でこそないものの平然としている。その強靭な精神をさやかは恐ろしいと感じた。

「綾乃……」

　呼びかけたさやかを綾乃はにらみつけた。綾乃が了を自殺に追いこんだなんて思ってない、ただ知っていることをすべて教えてほしい――そう続けようとした言葉が喉で止まった。綾乃から見ればさやかも貴水と同類だろう。そう、同じなのだ。貴水がこうやって得る情報を自分も得たいのだから。綾乃に敵と見なされるのは思ったよりもつらかったが、弁解するのは卑怯な気がした。

　綾乃はさやかに視線を残しながら、ゆっくりと再び貴水に向き合った。蠟のように白い顔のなかで、両目だけが燃えるように光っている。

「あなたたちの妄想は根本からして間違ってる。きれいは汚い、汚いはきれい。状況が逆さまなのよ」

「どういう……」

「了は盗聴されてたんじゃない、了が盗聴してたの。了はわたしたち、百花演劇学校の同級生みんなの秘密を握ってたのよ」

現実に恐ろしいものを見るよりも
想像するほうがずっと恐ろしい。

子どものころから繰り返し見る夢がある。綾乃の夢はどういうわけか決まって悪夢なので、その夢もやはり悪夢だ。

綾乃はクラシック・チュチュに身を包みトウシューズを履いて舞台に立っている。コンクール本番。居並ぶ審査員。スポットライトが綾乃ひとりを照らしている。音楽が始まる。神経を研ぎ澄まし細心の注意を払って、体に刻みこまれた動きをなぞっていく。いよいよ最大の見せ場にして難所のグラン・フェッテだ。左足の爪先で立ち、上げた右足を鞭のように振って回転する。あっ。突然、軸足がぐらりと揺らぐ。体の軸が傾く。どうしよう、回れない。このままじゃ足をついてしまう。どうにか体勢を立て直そうとすればするほど、手足の動きがばらばらになっていく。もう音楽も聞こえない。自分が何を踊っているのかもわからない。なんで。あんなに練習したのに。練習では完璧だったのに。どうしていまこのときに限って。

ああ、だめ――。

パニックと絶望のただなかで冷や汗にまみれて目を覚ます。コンクールでなく発表会だったりヴァリエーションでなくパ・ド・ドゥだったり、さまざまなバージョンがあるが、結末はたいてい同じだ。

　実際にはそんなことはなかった。三歳からバレエをやってきて、舞台で無様な失敗をしたことなど一度もない。綾乃は常に教室でいちばんうまい子だったし、コンクールでも優秀な成績を収めてきた。にもかかわらずそんな夢ばかり見るのは、メンタルに問題があるとバレエ教室の講師は言った。

　世界的なバレリーナになるのが、幼いころからの綾乃の夢だった。覚えているかぎり生活はバレエ中心で、食事も睡眠もバレエのため、スケジュールは常にバレエ優先、誕生日やクリスマスのプレゼントは決まってバレエに関するものをリクエストする、それが当たり前だった。前髪まですべてまとめてお団子にできるように、髪を切ることなど考えたこともない。中学生にもなるとレッスンは週六日になり、夏休みにはイギリスとロシアのバレエスクールが開催する短期講習に参加した。学校の同級生とは話が合わず友達らしい友達はいなかったが、かまわなかった。自分と彼女らの道は違うのだ。中学を卒業したら海外へバレエ留学するつもりだった。

　しかし遅めの初潮を迎えたころから予定が狂ってきた。自分に厳しい言い方をするなら、現実が見えてきたと言うべきか。あるとき突然、自分と他の子たちの差が縮まっていることに気がついた。綾乃はけっして怠けていたわけではないから、他の子たちの力が伸びてきたのだ。いまはまだ綾乃がいちばんで、コンクールで優勝することもできる。でも、この先は？　ずっとこのままでいられるとは思えなかった。追い抜かれる想像が頭を離れなくなった。それに、自分は太る体質らしいということもわかってきた。運動も食事制限もしているのに、水を飲んでも太る。そういう年齢だからと家族は励ましてくれたが、好きなだけ食べても太らない子は太らないのだ。そんな子でないとバレリーナにはなれない。素質で明確に線が引かれる世界だ。

わたしには無理なんじゃないか。希望よりも不安のほうが勝りはじめたころ、たまたま同じバレエ教室に通っている子が舞台俳優を目指していることを知った。それだと思った。俳優ならバレエの経験も無駄にはならないはずだ。舞台ならなおさら。そうだ、そちらへ方向転換すればいい。

教室の講師の勧めで、綾乃は百花演劇学校を目指すことになった。急いで俳優養成所に入り、持ち前の勤勉さで努力を重ねた。具体的な目標と努力の方法が示されている状態は、綾乃の精神を安定させた。二年と少しのあいだに綾乃は着実に力をつけ、みごと合格した。

百花のレベルは想像以上に高かった。上級生による新入生歓迎公演はプロの舞台と比べても遜色がなかったし、同級生には大物俳優の娘である神崎氷菜や、みんなの視線を集めずにはおかない美少女の加賀美綺羅がいた。そんななかでも綾乃は優等生だった。ひとつひとつのジャンルにおいてはそれに特化した生徒に敵わないが、何をやっても高水準の力があって弱点がない。バレエをやっていたときもそうだった。

しかし綾乃の学年で最も高く評価されたのは、綾乃ではなかった。氷菜でも綺羅でもない。それは俳優志望ではなく脚本・演出家志望の設楽了だった。

了は紛れもなく天才だった。彼女の作品は常に異彩を放っており、ありきたりなものはひとつもなかった。そのすべてがおもしろく、講師陣からも絶賛されていた。しかし綾乃にとって何よりも重要だったのは、了の役者を活かす能力だ。演習で発表するごく短い作品でも、彼女の演出を受けた生徒は例外なく実力以上にうまく魅力的に見えた。評判が評判を呼び、俳優を志す生徒たちはこぞって了の作品に出たがった。

綾乃もそのひとりだったが、一年のときの綾乃は了にとって魅力のある役者ではなかったらしい。了が一年生にして脚本と演出を手がけた定期公演ではかろうじて端役に選ばれたものの、彼女の関心はもっぱら同学年の桃音に向けられていた。同じく一年生にして伝令役に抜擢された桃音は、氷菜や綺羅のように華があるわけでなく、とりえといえば背が高いことくらいでさほど注目もされていなかったが、了の目には特別な才能と映ったらしい。了は桃音にかかりきりで、綾乃はほとんど放っておかれた。

学年が上がってもそれは変わらなかった。二年生の一学期に行われた俳優科と制作科の合同演習において、ランダムに分けられたグループごとに短い劇を発表するという課題で、綾乃は了と同じグループになった。桃音も一緒だったが、綾乃には主役に選ばれる自信があった。一日たりとも稽古を休まず、俳優志望の生徒がおろそかにしがちな座学も手を抜かず、ときには飛行機や新幹線を使ってでも遠方までレッスンに通うなど、努力を惜しまず研鑽を続けてきた甲斐あって、このころの綾乃はオールマイティな実力派として頭ひとつ抜けた存在になっていた。一方、桃音のほうは前年の定期公演以降、気力を喪失して精彩を欠いていた。ところが、了が主役に選んだのは桃音だった。本人がやりたくないというのを強引に押し切った形だった。そして定期公演のときと同様に、あるいはそれ以上に厳しく彼女を叱咤した。二年生になって一か月もたたずに桃音は学校へ来なくなり、やがて梅雨の到来を待たず退学することになる。

学校へ来なくなった桃音に代わって、綾乃が主役に選ばれた。了からのダメ出しは脇役だったときよりはるかにきつくなったが、それがかえって誇らしかった。おそらく綾乃だけでなくグループ全員が、設楽了のカンパニーの一員であることに優越感のようなものを抱いていた。グループの連帯意識や士気は高く、桃音に同情する気持ちがあったとしてもそれが了への反発に結びつくことはなかった。

発表はうまくいった。綾乃たちに向けられた拍手はけっして儀礼的なものではなく、他のどのグループに向けられたものより大きかった。講師による講評も上々だった。いちばん高く評価されたのはもちろん了だったが、綾乃も賛辞をもらい、謙虚にふるまいながら内心は鼻が高かった。

そのあと、了の評価を聞くまでは。

「きみの芝居はつまらないね。変わるかと思ってあれこれ言ったけど、結局、最後までつまらないままだった」

冷水を浴びせられたようだった。受け取った賛辞はすべて消え去り、頭のなかは了の言葉だけになった。綾乃に向けられた了のまなざしはこの上なく冷淡で、きみには興味がないと告げていた。

「桃音が壊れさえしなければなあ」

罵倒されたほうがどれだけよかったか。体が凍りつき、あらゆる音が遠くなった。まるでいつもの悪夢みたいに、手足が言うことを聞かなくなって冷や汗が噴き出した。わたしの演技のどこが悪かったんだろう。つまらないってどういうこと？

その日からずっと朝も晩も悩みつづけた。了は今年も定期公演の脚本・演出に選ばれるに違いなく、将来は必ずや演劇史に名を残す人物になる。了に認められることは、俳優としての品質保証書が付くようなものだ。それなのにあんな評価をされてしまうなんて。了に直接、言葉の真意を尋ねる勇気は出なかった。決定的なことを告げられたらと思うと、それだけで震えが止まらなくなった。

綾乃にできることは努力だけだった。これまで以上に稽古に精を出し、膝の痛みをごまかしながらエチュードに取り組んでいた五月初めのある日、いつになく強い痛みを感じて病院へ行った。手術をするほどではなく、十月の定期公演やそのオーディションに支障はないが、一か月は安静にしていなければならないと診断された。その間は体を使う稽古ができず、遠方や乗り換えが複雑な場所での学外レッスンも控えるしかなかった。「一日休めば自分にわかり、二日休めば仲間にわかり、三日休めば観客にわかる」——世界的なプリマドンナのその言葉を常に肝に銘じてきただけに、焦りでどうにかなりそうだった。

綾乃は膝に装具をつけて松葉杖をつきながら学校のライブラリーにこもり、歴代の定期公演や古今東西の名舞台、演劇講座の映像などを片っ端から見た。演技に関する本や俳優のエッセイも読みあさった。自分の芝居が「つまらない」というのはどういうことなのか、改善するにはどうすればいいのか、何としても理解しなければならなかった。了に見限られないために。挽回して認めてもらうために。誰かに相談することはできなかった。了に酷評されたことを人に知られているだけでも、みじめでたまらないのに。

優れた演技をするためにはいろいろな経験をして人間の幅を広げることが大切だと、複数の先達が語っていた。それがおもしろさの条件だとしたら、なるほど、綾乃はつまらないに違いない。幼いころからバレエしかやってこなかった。放課後や休日に友達と遊びに出かけたこともないし、趣味と呼べるものもない。だが具体的にどうしたらいいのか。悩みは深くなるばかりだった。

そんなある日、かつて通っていたバレエ教室の仲間から突然に連絡があった。合コンに欠員が出てしまったので代わりに参加してくれないかという話だった。綾乃にはそれまで片思いの経験すらなく、女子中学に通っていたため異性の友人もいなかった。合コンというものの存在は知っていたが、大学生以上か、いわゆる「遊んでる子」がやることだと思っていた。それに百花演劇学校では異性との交際は校則で禁止されている。不満の声もあるし密かに交際している生徒もいると聞くが、綾乃には関係のない話だった。普段なら即座に断っていたはずだ。

綾乃の心を動かしたのは、「何ごとも経験だと思ってさ」という誘い文句だった。異性との交際に興味はなかったが、新しい経験が自分という人間の幅を広げてくれるかもしれないと期待した。藁にも縋る思いだった。

合コンは日曜日の午後に、繁華街にあるカラオケ店で行われた。綾乃はそのことを誰にも言わず、再開した学外でのレッスンに出かけるような顔をして寮を出た。

メンバーは女子が三人、男子が三人で、綾乃の知り合いはかつてのバレエ仲間ひとりだけだった。彼女は趣味としてバレエを続けていたが、髪を短くして前髪を額に下ろしていた。綾乃を見て、変わってないねと笑ったその笑いに、あきれが混じっているように感じたのは気のせいだろうか。

乾綾乃らしく堂々とふるまうのだと、綾乃はあらかじめ自分に言い聞かせていた。膝をそろえてソファに腰かけ、簡単に自己紹介をすると、翼《つばさ》という男子が「演劇学校に通ってんでしょ」と興味津々の様子で言ったので驚いた。学校名は伏せておくつもりだったのだが、友人が先に話していたらしい。口止めしておかなかった自分のミスだった。

演劇学校というのがめずらしかったようで、翼は綾乃に次々と質問をした。綾乃は答えるばかりで自分のほうからは何も尋ねなかったのに、彼がバスケ部に所属していることや、姉と妹に挟まれた長男であることや、中学の卒業式の日に元カノに振られたことを、いつの間にか知っていた。そして綾乃のスマホには翼の連絡先が、翼のスマホには綾乃の連絡先が登録されていた。綾乃のスマホに家族や講師以外の異性が登録されたのははじめてだった。

その日のうちに翼からメッセージが届いた。今日は楽しかったね、というような当たりさわりのない内容で、綾乃も同じような返信をした。その後も何度かたわいのないやりとりを重ね、次の土曜日にはふたりだけで出かけた。出かけたといっても、午前中は翼の部活があったので、午後二時ごろに待ち合わせて彼の学校の近くの神社へお参りに行っただけだ。翌日から始まるインターハイ予選の必勝祈願だった。長い石段を並んで上がりながら、「勝ち進めば週末は試合続きでしばらく会えなくなるから、今日のうちに会いたかったんだ」と翼は言った。部活帰りの彼からは、さわやかな制汗剤のにおいがした。

惜しくも全国大会出場はならなかったものの、その結果は翼にとって満足のいくものだったらしい。敗退が決まった日の夜、電話で話をしていたら、翼から交際を申しこまれた。いつかそうなる予感はありつつも、そのときが来ないことを願っていたのに。

綾乃の答えは最初から決まっていた。校則を破るつもりはなかったし、もともと異性と交際したかったわけでもなかった。合コンに参加したのも翼と連絡を取りつづけたのも、すべては俳優として自分の殻を破るため。ただ、彼はいい人だったから傷つけたくなかったし、友情が断ち切られるのは残念だった。

「交際は校則で禁止されてるの」と綾乃は言った。それで終わりだと思ったが、翼は理解してくれて、その後も変わらずに連絡をくれた。

彼の存在を最もありがたく感じたのは、定期公演の稽古をしていたときだ。九月に行われたコンペにより、脚本・演出は予想どおり了が手がけることになった。そのオーディションで、綾乃は魔女という重要な役に選ばれた。了の舞台は了のもの。配役についても例外ではない。オーディションに受かったということは、了に選ばれたということだ。しかしその喜びは、さらなる苦悩と表裏一体だった。いざ稽古が始まってみると、了の辛辣な言葉やときには暴力によって、たちまち綾乃の精神はぼろぼろになった。口を開いただけで、指一本動かしただけで、やり直しを命じられるのは当たり前。投げつけられた台本が顔に当たったこともある。わたし以外の審査員が推すからチャンスを与えてみたけど、と了は切り捨てるように言った。彼女にとっての綾乃はつまらない俳優のままだった。

そんな毎日のなかで翼との会話にどれほど慰められたか。たいていはＬＩＮＥでのメッセージのやりとりだったが、たまには通話をして長電話になることもあった。レッスンで学外に出たときに少しだけじかに会ったことも何度かはある。特別な話は何もしなかった。意味のないおしゃべりは時間の浪費に違いなかったが、演劇に関係ない人と演劇に関係ない話をしていると、心が休まった。こちらが何も言わないのに「なんか元気なくない？」と訊かれると、がんばろうと思えるのだった。

そうしているうちに、本番までもう二週間ほどになったある夜のことだ。

寝る前に自室で台本を読み直していた綾乃は、ある台詞の解釈について了に質問に行こうと決心した。そんなこともわからないのかと思われるのが怖くて躊躇していたのだが、直前に翼とメッセージのやりとりをしたことで勇気が出た。明日になったらまた気持ちが挫けるかもしれない。自室の外をパジャマでうろつくのは嫌なので、部屋着のワンピースに着替えて廊下に出た。同室のさやかは本を読んでいて、どこへ行くのかも訊かなかった。干渉しないたちで、綾乃のスマホが何度もメッセージの着信を告げても相手を尋ねたことはない。綾乃にとってありがたいルームメイトだ。

遅い時間だったせいか、廊下に生徒の姿はほとんどなかった。胸の前で祈るように手を組んで緊張をこらえながら了の部屋へ向かい、深呼吸をしてドアをノックした。すぐに返事はなく、少し待って再びノックしてみようとしたとき、ドアが開いて璃子が顔を出した。了と対面する場面ばかり想定していた綾乃は戸惑ったが、そこは璃子の部屋でもあるのだ。

綾乃が部屋を訪ねたことはなかったので、璃子のほうも戸惑っているようだった。

「遅くにごめんなさい。了はいる？」

「いないけど」

「お風呂？」

「わかんない。この時間だし寮内にはいると思うけど、たぶんどこかひとりになれる場所で執筆してるんじゃないかな」

「待たせてもらってもいいかしら」

出直すべきだったかもしれないが、引き返してしまったら勇気も引っこんでしまう気がした。

「いいけど、了のことだから何時に戻るかわからないよ」

「璃子が寝る時間になっても戻らなかったらあきらめるわ」

半ば強引に「どうぞ」という言葉を引き出し、部屋に上がらせてもらった。部屋の半分には芸術品のような舞台模型が所狭しと陳列されており、そちら側が璃子のスペースなのだとひと目でわかる。

もう半分はつまり了のスペースになるわけだが、そちらはおそろしく散らかっていた。シンプルなグレーのシーツがかかったベッドにはパジャマが脱ぎ散らかされ、枕元には眼鏡ケースや埃をかぶった本が積み重なっていて、布団が床に落ちかけている。机もひどい有様で、タブレットにキーボード、ノート、ペン、何かのプリント、充電器、レシート、果ては空のペットボトルやチョコレートの包み紙まで、必要なものもそうでないものもごちゃごちゃに入り乱れている。作業スペースを確保するためか、それらは一緒くたに机の右側に押しやられていた。根っから整理整頓ができないたちらしい。

「よかったら座って」

璃子が自分の椅子を引っ張り出して勧めた。机の上には『百獣のマクベス』の舞台模型が置いてあり、それを壊さないよう細心の注意を払っているようだった。

「わたしはこれから出かけるから。美術班の打合せがあるの」

綾乃はありがたく座らせてもらうことにした。璃子が留守にするとはラッキーだ。話すこともないのにふたりでいるのは気づまりだし、何より了に質問してあきれられたり貶されたりする姿を見られなくてすむ。

璃子を送り出し、たくさんの舞台模型を眺めながら十分ほど待っただろうか。いきなりドアが開いて了が帰ってきた。こんなに早く会えるとは思っていなかったが、それよりも予想外だったのは、了がひとりではなかったことだ。その背後にはなぜか綺羅と氷菜がいた。それから美優も。美優は同じ俳優科演劇専攻の二年生だが、目立ったところがなく定期公演に出演するわけでもなく、綾乃にとってはよく知らないクラスメートだった。綺羅たちの後ろでうつむいて小さくなっており、トレードマークのツインテールを見なければ彼女だとはわからなかったかもしれない。一方、綺羅の顔には激しい怒りが、氷菜の顔には冷たい怒りがあった。

思わず立ちあがった綾乃を見て、綺羅は眉をひそめた。

「なんでいんの？　悪いけどそっちの用はあとにして。それどころじゃないんだ」

「いったい何があったの？」

うろたえまいとする綾乃の問いに答える前に、氷菜がきっちりとドアを閉めた。

「了が備品置き場に盗聴器を仕掛けてたの」

氷菜らしい率直な言い方だったが、綾乃にはその言葉が理解できなかった。

備品置き場――寮の地下にある備品置き場のことだろう。生活スペースから離れていて人の出入りもめったになく、分厚い金属製の扉を備え、かつ隣はボイラー室なので、聞かれたくない話をするにはもってこいの場所として代々の寮生に受け継がれてきた。綾乃も翼と通話する際によく利用していた。

「盗聴器……?」

遅れて衝撃と動揺が襲いかかってきた。いきなり床が抜けたみたいだった。ぞっと総毛立ち、心臓が早鐘を打ちはじめた。あそこに盗聴器? じゃあ、わたしの通話も? いえ、待って。了がそれをやったってどういうこと?

「さっきわたしが備品置き場へ行ったら、了が奥の棚の陰にかがんでごそごそやってたの。扉の開閉音に驚いたように振り向いたんだけど、その態度が明らかに不審だった。よほど取り乱してたんだね。いつも動じない人なのに、わたしが近づいてこれを発見するまで、目を見開いてることしかできなかったんだから」

氷菜が差し出した手のひらには、コードのないタイプの小さな電源タップが載っていた。ただしふたつに分解されて内部がむき出しになっている。

「これが……?」

「了はこれを持ってコンセントのところにかがんでた。あそこに電源があったなんて知らなかったけど、たとえばスマホの充電器を差して電話するならわかるよ。でもタップを差す理由は思いつかない。問いただしてたところに、たまたま綺羅と美優も来て……」

「盗聴器だったりして、って」いらついた手つきでブリーチした長い髪をいじりながら、綺羅が自分の言葉を再現した。

「電源タップに見せかけた盗聴器があるっていうじゃん。まさかと思いながらいちおう見分け方をネットで調べて分解してみたら、そこに出てる写真まんま。ありえないでしょ。……あ、ドライバー持ってきちゃった」

自分がドライバーを握っていることにいま気がついたらしい。備品置き場にあったものだろう。綺羅はその先端を指でなでた。

「やば。こんなん持ってたら、ぶっ刺したくなる」

人形のように大きな目は、黙って立ちつくす了に向けられていた。反論しないということは、信じられないけれど事実なのか。

綺羅はドライバーを了のベッドに放り投げると、いきなり両手で了の肩をつかみ、空港の保安検査場で見かけるような身体検査を始めた。両腕を上げさせて体の輪郭をなぞり、ハーフパンツのポケットに手を突っこんだ。氷菜もそれを鋭い目で見つめており、美優はうつむいて震えているばかりだった。

綺羅たちが何を探しているのか、綾乃にはわからなかった。というより、状況に頭が追いつかなかった。

「これ、何?」

ポケットから手を出した綺羅が、黒いトランシーバーのようなものを了の目の前に突きつけた。直方体の表面にボタンがいくつかあって、アンテナのようなものが付いた機械。

「受信機でしょ」

了の返事を待たずに綺羅は言った。盗聴するには発信機と受信機が必要ということらしいと、綾乃は遅れて理解した。つまり氷菜が持っている電源タップの形状をしたものが発信機なのだと。

ということは——頭のなかがぐらぐらした。本当に信じられないけれど、どうやら了が盗聴していたことは間違いないのだ。

もう片方のポケットからは何の変哲もないノック式のボールペンが出てきた。綺羅はそれも了のベッドに投げつけると、了に詰め寄った。

「訊きたいことは山ほどあるけど、まずはなんで?」

そう、ひとつには理由が知りたい。

了は綺羅を見て、それから部屋にいる残りの三人を見回した。目が合う前に、綾乃は慌てて視線を逸らした。了は無表情で、何を考えているのかわからない。何を知っているのかも。

「……役者の人格をもっとよく知りたかったから」

ややあって答えた了の声は思いがけず明瞭だった。何を、とつぶやいた美優の声は震えていたが、了の声は震えてもいなければ、申し訳なさそうでもなかった。

「は? 何それ。作品のためとでも言うつもり?」

「生存のための行動以外、わたしのやることは全部そうだよ」

ついに了の顔を見て、綾乃は息を吞んだ。いつもの了だった。眼鏡の奥の腫れぼったい目は彼女の内心を映し出さず、そのために冷徹にも非情にも見える。正直に言ってしまえば不気味でさえある。

「役者自身がどういう人間なのかを知ることで、より合った役を与えることができるはずだ。バックボーン、ものの考え方、価値観や感性を把握すれば、その役者なりの演技プランも理解しやすくなるしね。メソッド演技法みたいなものかな」

綾乃たち俳優科の生徒にはなじみ深い言葉を了は出してきた。演じるうえで役柄の内面を重視し、俳優自身の実体験を元に役の感情を深く理解して共感していくというアプローチ方法。簡単に言えば「なりきる」ということで、リアリスティックな演技が期待できる反面、俳優の精神的な負担が大きすぎるなどのデメリットも指摘されている。氷菜が好み、得意とするやり方だ。

その氷菜が口を挟んだ。

「一緒にしないで。極めて個人的な、他人に明かしたくない話を盗み聞きすることが、その人を知ることになるって？」

凍てついた声音にも了は動じなかった。

「そこにこそ本質があるんだよ。世界じゅうどこでも、人の目に映るところはすべて舞台だ。誰もが常に多かれ少なかれ演技をしてる。この学校の俳優科にいるような人たちは、特にうまくやってのけるだろうね」

氷菜が何か言い返したが、綾乃の耳には入ってこなかった。本質！　了が口にしたその言葉が頭のなかにがんがんと響いていた。あの備品置き場の暗がりに、翼とかわしたくだらない会話に、わたしの本質がある？　全身が熱くなっていた。どくどくと脈打つ血管のなかで、不安と怒りが混ざりあって膨れあがっていった。

「……いつから？」

自分の口で綾乃は尋ねた。了の顔が綾乃のほうへ向き、その目が綾乃を捉えた。条件反射のように身がすくんだが、腹に力を入れて声を押し出した。

「いつからやってたの？　そんな……卑劣なことを」

氷菜が回収してきた発信機にはうっすら埃がついていた。

「さあ、いつだったかな。もうずいぶんになるよ」

もう少しで叫び声をあげるところだった。ではやはり綾乃と翼の会話も聞かれていたに違いない。

「電波状況を確認しに行っただけなのに、ついてないな」

「ふざけんな！」

綺羅が関西のイントネーションで怒鳴り、手にしていた受信機を床に叩きつけた。美優が小さな悲鳴をあげた。受信機はそれよりも大きな音を立ててフローリングに傷をつけ、床に積まれた本の塔にぶつかって止まった。

「いかれてる。前から思ってたけど、ほんと完璧いかれてる」

綺羅は金色の頭を振った。氷菜も手のひらをくるりと裏返し、ふたつに分解されていた発信機を床に落とした。おぞましい機械の一方が綾乃の足元へ跳ねてきて、綾乃は反射的にそれをスリッパで踏みつけた。

胸の前できつく組み合わせた両手が痛かった。だけど解《ほど》き方がわからなかった。気持ち悪い。恐ろしい。盗聴なんてことをしでかしておいて、どうして了はこんな態度でいられるのだろう。この子には心というものがないの？　見たこともない巨大な虫と対峙しているような気がした。

「あんたのこと天才だと思ってたけど、何もかも盗聴のおかげだったたってわけ？　いくら作品のためでも、やっていいことと悪いことがあるでしょ！」

綺羅が怒鳴り、氷菜が冷ややかに続けた。

「その一線を越えられるのが芸術家だとでも思ってるの？　作品のためだとか本質だとか、自己陶酔もいいかげんにして」

綾乃も同じようなことを口にしたが、本当はそれよりも問いただしたかった。本当にわたしの電話を聞いたの？　わたしが合コンで知り合った男子と連絡を取ってるのを？　彼から告白されたのを？　その彼と、演劇に関係ないことばかり笑いながら話してるのを？　聞いたならどう思った？　もしかしてわたしが浮かれてるって？　まさかわたしがいいかげんな気持ちで演劇をやってるって誤解したなんてことは……。

だが、それを口にすることははばかられた。綺羅や氷菜の手前もあるし、かえって藪蛇になるかもしれない。代わりに絶え間なく罵りつづけた。よけいなことを口走ってしまわないように。不安に押しつぶされないように。

「録音データは？」

氷菜の問いに心臓が縮みあがった。そんなものがあるのか。

「ないよ。わたしはただ知りたいだけで、知った秘密を創作以外の用途に利用しようとは思ってないから。疑うなら好きなだけ探してくれていい」

「そうさせてもらう」と応じた綺羅が、了を体で突き飛ばすようにして了の机に向かった。大きくよろめいて転びかけた了は、とっさに璃子の机に手をついて体を支えたが、その際に手が当たったものか、そこにあった『百獣のマクベス』の舞台模型が身代わりになって床に落ちた。ああ、と了はそこではじめて申し訳なさそうな顔を見せ、模型を拾ってそっと机の上に戻した。

そんなことにはかまわず、綺羅はタブレットの電源を入れてロック解除のＰＩＮコードを尋ねた。了は素直に答えた。

「fife1103」

「ファイフ？」

『マクベス』に登場する土地の名前だ。ファイフの領主であるマクダフは、暴君と化したマクベスによって妻子を殺害されるが、最後にはマクベスを打ち倒し国を救う。

「なんでファイフ？」と氷菜が尋ねた。

「べつに、なんとなく」

綺羅はそれを入力し、タブレットのなかを調べはじめた。

「ぼーっとしてないで、あんたたちも探してよ。外部メモリに保存して別の場所に隠してるかもしれないじゃん」

言われて綾乃も机に向かった。引き出しを開けると、震動で机の上に雪崩が起きて大量のものが落ちてきた。見覚えのあるリップクリームは、了が二年連続で定期公演の脚本・演出に決まったときに、ある俳優科の先輩が贈った高価なものだった。こっそり渡したつもりのようだがみんな知っている。結局、その先輩には何の役も付かなかった。

そんなことを思い出しながら引き出しをかきまわした。立ててある本をすべて抜き出し、机の裏まで覗きこんだ。隅々まで調べ終えたら、次はクローゼットだ。折れ戸を開けて頭を突っこむと、空間のほとんどは乱雑に積まれた書物やブルーレイなどに占拠されていた。衣類は少なく、ハンガーには制服と何枚かの私服が季節に関係なく吊るされているだけで、引き出しタイプの衣装ケースにもかなり余裕があった。書物のタワーを動かし下着までかき分けて、不審なものが隠されていないかと探したが、何も見つからなかった。ベッドのマットレスの下や枕カバーのなかまで調べた氷菜も、結果は同じだったようだ。

「ないっぽい」と告げた綺羅の声はすっきりしなかった。デジタルガジェットには強いほうらしいが、ものすごく詳しいわけではないのだ。「クラウドもチェックはしたけど……」

金髪をくしゃくしゃとかき混ぜて、綺羅は了をにらみつけた。了はいつの間にかベッドに腰を下ろしていた。その光景だけを見た人は、糾弾されているのは美優だと思うに違いない。綾乃たちが部屋の捜索をしているあいだも、美優は立ちすくんで動けずにいた。一方、当の了は開き直ったかのように平然としていた。

「ほんとに録音してない？」

「そうだって言ったら信じるの？　というか、さっきも言ったはずだけど」

「してない？」

綺羅が語気を荒らげると、了は軽く肩をすくめて「してないよ」と答えた。

「そもそも、きみたちはなんでそんなに録音データの存在を心配してるの？　そんなものがあったとして、わたしがそれを公開したり、公開すると言ってきみたちを脅すとでも？　ありえないよ。考えたらわかるじゃないか。そんなことをしたら、わたしは自分が盗聴したことを明かすことになる。たしか盗聴は法律上、犯罪にはならなかったと思うけど、社会的にはおしまいだよ。いくらわたしでも退学は免れないだろうし、人生にとってマイナスしかない」

綺羅が何か言いかけてやめ、綾乃と氷菜のほうを順に見た。ぬけぬけと、と思うが、了の言うことは筋が通っていた。

「わたしに弱みを握られたときみたちは思ってるだろうけど、それはお互い様だよ。きみたちもわたしの弱みを握ったんだ。わたしたちの立場は対等なんだよ。わたしが盗聴してることを知ったきみたちは、むしろラッキーだったと言ってもいいんじゃないかな。他の子たちはわたしに一方的に弱みを握られてるわけだから」

急に膝の力が抜け、綾乃はその場に座りこみそうになった。そうだ、そういうことなのだ。綾乃の通話の内容が暴露されることはないし、了がどう思ったにせよ綾乃を切り捨てることはできない。

綾乃は目を閉じてゆっくりと息を吐き、再び胸の前で組み合わせていた手を解いた。

「盗聴についてわたしが知ってることはこれがすべてよ。わたしはただの被害者だったの。

了を自殺に追いこんだなんて見当違いもいいところだわ」

忌まわしい記憶を掘り起こし、そのうえ他人に話して聞かせる行為は苦痛だった。話しながら綾乃は、自分にそれを強いたもの――さやかと藤代貴水、そして自身の軽率な過去の行動を呪った。視線を上げると、さやかはひどく驚いた顔でこちらを見ている。一方、貴水の表情はほとんど変わらなかった。

「だから了は綾乃さんを降板させられなかったんですかね。その演技がどんなに気に入らなくても、弱みを握られてたから」

だしぬけに貴水がそう言ったので、綾乃は驚いた。了が盗聴していたと聞いても、さしてショックを受けたふうもない。貴水と了がどういう関係なのかは知らないが、事故の真相を探るために入学してきたというくらいだから親しい仲だろうに。さやかのほうは言葉も出ない様子で、それが自然な反応というものに思える。

いまの貴水の言葉は薄情なだけでなく、綾乃に対して無礼でもあった。すべて打ち明けたことで吹っ切れたような気分になり、綾乃は貴水を堂々とにらみ据えた。

「前にも言ったはずよ。了がわたしを降ろさなかったのは、わたしという役者を信じてたからだって。でも仮にあなたの言うとおりだったとしましょう。それならなおさら、わたしが了を自殺に追いこむ理由はないわね」

「綾乃さんが知られた秘密って、合コンで知り合った男子と親しくしてたってことだけですか？　本当はつきあってたとか」

「いいえ」綾乃はきっぱりと言った。翼から告白されたあの一度を除いて、彼との会話は本当にたわいのないものばかりだった。

「わたしは新しい経験をしたかっただけ。演劇と関係のない友人と話すことで気分転換したかっただけ。すべては演劇のためにしたことで、誓ってやましい気持ちはなかったわ」

だから了に知られたとわかってからは、すぐにスマホから翼の連絡先を削除した。着信拒否にして、LINEもブロックした。そればかりでなく、綾乃をあの合コンに誘ったバレエ仲間とも縁を切った。躊躇も未練もあるはずがなかった。

「誓われても」と貴水は頬をかく。

「まあいいや。でもメリット、デメリットを超えたところで感情的に許せないってことはありますよね？」

「もちろん許せないわ。いくら舞台のためとはいえ、了のしたことは人として最低よ。それでも、いなくなってほしいなんて思うわけがない」

「どうしてですか？」

「彼女は設楽了だもの。さやかならわかるでしょう？」

さやかは返事をしなかった。ほぼ無表情だが、頬に力が入り、奥歯をかみしめているのがわかる。答えに迷っているのではなく、答えたくないのだという気がした。

「了は神よ。どんな仕打ちを受けたとしても、恩寵のほうがはるかに大きいわ。実際、了は盗聴で知り得たことを作品に活かしてみせた。さやかは見てたかしら、台本が変わって戸惑うわたしの耳元に了が何かささやいたのを。了はこう言ったの――『翼くんとのことをみんなに知られたらって想像してごらん』って」

あのとき、背筋が凍りついた。目の前が真っ暗になり、呼吸が浅くなり、膝が震えそうになるのを懸命に抑えた。そうやって〈恐れ〉の魔女は誕生したのだ。

「理不尽に思える試練だって、乗り越えれば確実により大きな幸せが待ってる。わたしたちはそれを知っていて、疑うことはなかったわ。そのためなら感情なんて胸の奥に封じこめてなかったことにできる。了はそういう存在だったのよ」

「盗聴の件を知った全員が同じ考えだったんですか？　綺羅さんも氷菜さんも美優さんも、了に秘密を知られちゃったんですよね」

「でしょうね。でも内容は知らないわ」

「お互い様っていうので、そこでおしまいにしたんですか？　了が何を知ってるのか追及したりは？」

「したくてもできなかったのよ」

「了とふたりきりのときでないと、ってことですか？」

「それもあるけど、あのときは了がいきなり倒れちゃったから」

「倒れた？」

貴水の目が丸く見開かれた。はじめて自分のほうが優位に立った気がして、綾乃の心に少しだけ余裕が生まれた。さやかへと視線を移すと、無表情だった顔に再び驚きの色が浮かんでいる。

「さやかは覚えてない？　あのころの了はすごく疲れてるみたいだった」

うん、とさやかはようやく言葉を発した。「短期間であれほど台本を変えるには、だいぶ無理したんだと思う」

「寝食は後回しだったでしょうね。そうでなくとも過集中の傾向があったし。それで心身ともに弱ってたところへあんなことがあって、やっぱり強いストレスがかかったんじゃないかしら。ベッドに座ってたからよかったけど、気を失ってたわ」

「それでどうなったの？」

「気を失ってたのは数秒だけで、声をかけて肩を叩いたらすぐに気がついたわ。救急車を呼ぼうか迷ったんだけど、単なる寝不足だから大丈夫だって本人が強く言って。わたしたちもなんとなくばつが悪くなって、すぐに部屋から退散したの。了は翌日は学校を休んでたけど、翌々日からは普通に登校してたわね。そしてわたしたちは二度とその件については口にしなかった。少なくともわたしはね」

「あらためて追及しようとは思わなかった？」

「しばらくは気になってしかたなかったわ。でも了の態度はまったく変わらず、わたしの秘密が広まってる様子もなかったから、そのまま触れないでおこうと決めたの。もちろんわたしも了の秘密を漏らしたりはしなかった。それこそ誰が聞いてるかわからないから、氷菜や綺羅とも話題にしたことはないわ。わたしたちと了の関係は安定してたのよ。盗聴の件と了の事故とは無関係だって、これでわかってもらえたかしら」

　さやかは返事をしなかったが、信憑性があると判断したようだった。もっとも彼女が信じようと信じまいと、それが事実なのだ。盗聴をしていたのは了であり、結局のところ、そんな了を綾乃は恨んでいない。今年の定期公演も了に手がけてほしかった。神のカンパニーに置いてほしかった。その力ではるかな高みへと導いてほしかった。

　綾乃はクローゼットのところへ行き、頭上の棚の奥から盗聴器——分解された電源タップのような発信機と、トランシーバーに似た受信機を取り出した。さやかに向き直り、手を伸ばして差し出す。

「あの日、了の部屋を出る前に回収したものよ」

　発信機を壊したとはいえ了のもとに残しておくわけにはいかないと氷菜が言い、綾乃がとっさに拾ってきたのだ。処分したかったが、その方法がわからなかった。記名された郵便物や着古した衣類だって充分に用心して捨てるのに、不用意に捨てるのは恐ろしい。どうにもできないままこうして持ちつづけていたが、さやかに盗聴の件について訊かれ、あの日以来はじめて取り出した。そこを目撃されるとは思わなかった。

「捜さなかったのね」

　さやかには綾乃の留守中に引き出しをあさる機会がいくらでもあったはずだ。だから念のために隠し場所を移しておいたのだが、さやかが綾乃のクローゼットに触れた形跡はなかった。

　さやかは無言で立ちあがって発信機と受信機を受け取った。貴水も近づいて覗きこむ。さやかの小さな手のなかで、つがいの機械はいやに禍々《まがまが》しく見えた。受信機は綺羅が床に叩きつけたせいでアンテナが少し曲がっている。さやかはそれを矯《た》めつ眇《すが》めつして、ボタンやスイッチをいじってみているようだった。バッテリーが切れているのか電源は入らない。

「あげるわ」と綾乃は言った。自分のものではないのにおかしな言い方になった。

「……ありがとう」

さやかも同じようにおかしな答え方をして、盗聴器をいったん机に置いた。不本意な形ではあったが、やっと手放せたと思うとせいせいする。

「事故の直前に了と話したときのことを詳しく教えて」

少し疲れたような声でさやかが言った。綾乃はひそかに奥歯をかみ、記憶がもたらす苦痛に耐えた。

「綾乃と氷菜は楽屋へ向かってたんだよね。了はその正面から、つまりバックヤードのほうから来た」

「そうよ」できるだけ何も考えないようにして淡々と答える。

「一幕の途中で何してたんだろ」

「知らないわ。あとから思えば顔色が悪かったから、休んでたんじゃないかしら。あの子の場合、顔色が悪いのはいつものことだったけど」

「急いでる様子だった？」

「言われてみればそうだったかもしれないわ。でも憔悴《しょうすい》してる印象のほうが強くて」

「了はその足で舞台へ向かったわけだけど、理由は聞いてないんだよね？」

「ええ。了は言わなかったし、わたしたちも尋ねなかった。だいたい了は自分の考えをいちいちわたしたちに説明したりしなかったでしょう。わたしたちは結果を受け取るだけ」

「了は綾乃たちに会って足を止め、氷菜の演技だけを褒めた」

「ええ」

古い傷が熱を持ち、じくじくと鈍く痛んだ。あれから半年がたったいまでも、ときおり襲ってくる痛み。

「正確には何て言ったの？」

「……『きみに〈愛〉の役を当てたのはまったく正解だったよ。わたしのことを軽蔑してかまわないけど、演じた自分のことはどうか誇ってほしい。きみの演技は完璧だった』」

抑揚に乏しい自分の声を聞きながら、忘れてしまえたらどんなにいいかと思う。しかし記憶は一言一句まで正確で、おまけに反芻されることで強固になっていく。

「綾乃にはひとことも？」

「そうよ。それどころか眼中にもないみたいだったわ。わたしと氷菜は了の真正面に並んで立ってたのに、わたしのことはまるでそこにいないみたいに完全に無視だった」

傷が痛む。押さえつけた記憶の蓋が開きそうになる。

あのときはとてもショックだった。何も言えずに歯を食いしばり、その場から逃げ出さずにいるのがせいいっぱいだった。そうして懸命に自分に言い聞かせた。しかたないわ、もともと純粋に演技力だけを比べれば氷菜のほうが上だし、今日の氷菜はまさに完璧だもの。でもわたしの演技に悪いところがあれば了が黙ってるはずはないから、何も言われないのは悪いことじゃないはずよ。

「もういいでしょう。知ってることはすべて話したわ」

言いながら、綾乃はひどい疲労感に包まれていた。翼と話したこと。了と話したこと。話さなかったこと。ずっと同じ釈明を繰り返している気がする。なのに信じてもらえないと感じるのはなぜだろう。

沈黙が訪れ、さやかが貴水を見た。どうやら解放されそうだと思ってほっとしかけたとき、貴水が腑に落ちないというような表情で首を傾げた。

「綾乃さん、まだ嘘ついてますよね」

「なんですって。これだけ話してもまだ……」

まともに目が合った瞬間、言い返そうとした言葉が喉で止まった。なぜか貴水が了に見えたのだ。顔かたちも表情もまったく似ていないのに。連鎖的に恐怖がよみがえった。了の前に立つのが綾乃はいつも怖かった。何もかも見抜かれてしまいそうで。どこまでも追いつめられ、暴かれてしまいそうで。

沈黙を破ったのは貴水のほうだった。

「まあいいや、了の死に関与してないっていうのは本当っぽいし。男子と連絡を取り合ってたことを知られたくらいで怯えてた人が、人を死に至らしめた罪悪感に耐えられるとはとうてい思えない」

そう言って、首をほぐすようにぐるりと回す。了の幻は消え、彼女は貴水に戻っていた。

「ありがとうございました。それじゃ、わたしたちはこれで失礼しますね。ほら行くよ、さやかさん」

明るく急かされ、さやかは戸惑った様子で盗聴器を机の引き出しにしまった。おやすみなさいと朗らかに言い残し、貴水はさやかを押すようにして部屋を出ていった。かちりと音を立ててドアが閉まる。

ひとり残された綾乃は、クローゼットの前にぼんやりと立ち尽くした。全身が震えていることに気づき、気づいたとたんに床にくずおれそうになった。

まだ了に見つめられている気がする。嘘をついていないかと問いかけてくる。問いかけるまでもなく、了は答えを知っているのだ。あの冷徹な目で見抜いている。綾乃が心の奥底にしまいこみ、見ないふりをしてきたもの。なかったことにしようとしてきたもの。それはほとんど成功していた。自分に目隠しをして、いつしかそのことを忘れていた。目隠しをした状態で見えるものだけが綾乃の真実だった。ところがいま、その目隠しを剝ぎ取られた。見たくなかったものが見えてしまった。

本当は。本当は。本当は。

いったん蓋が開いてしまうと、あとからあとからあふれ出してくる。

幼いころ、バレエの発表会で使う衣装に水がこぼれていたことがあった。誰も自分がこぼしたとは言わず、その場にいた全員がひどく叱られた。こぼしたのは綾乃だった。

小学生のとき、学校の飼育小屋の戸が開けっ放しになっていて、うさぎが逃げ出したことがあった。当番のうちでいつもぼんやりしていた男子が閉め忘れたことになった。閉め忘れたのは綾乃だった。

中学生のとき、はやりのプチプラブランドの名前を知らなかった女子が、「デパートでよく見るよね」と知ったかぶりをしたために笑いものになった。綾乃はすまし顔で聞いていたが、綾乃も知らなかった。

そして、あのとき。

了につまらないと酷評された綾乃は、懸命に稽古を続けながら、心の底では演劇が嫌になりかけていた。膝の痛みが出てきても放置したのは、けがをすれば休めると期待したからだ。休むことを自分に許すためには、そんな正当な理由が必要だった。痛みが強くなってきたので病院で診てもらうと、いまのところ異常はないが、このまま無理をすると靭帯を損傷する恐れもあるので一か月ほどはなるべく安静にして様子を見るようにと言われた。異常なしという結果にうっすら落胆する一方で、この言葉はお墨付きのようになった。安静にするよう医師に言われたのだから、つまりはドクターストップがかかったのだから、しかたない。膝を装具で固め、念のために松葉杖を借りて寮に帰ると、同級生たちが驚いて集まってきた。もしかして靭帯を傷めたのかと訊かれ、綾乃は「手術はせずに様子を見ることになったわ」と答えた。それによって綾乃は靭帯を損傷したことになった。その一歩手前だったのだから同じようなものだ。松葉杖をつくと、自然にけがをした人の歩き方になった。痛みがより強くなった気がした。ああ、やっぱり重症だったのだと思った。

ほどなくして合コンの誘いを受け、俳優としての幅を広げるためだと考えて参加した。合コンにふさわしくないと思ったので、装具と松葉杖は置いていった。不思議なことに痛みはまったくなかった。翼と出会って親しくなり、用事もないのに電話をしたりふたりきりで出かけたりしたことも、告白されたことも、有益な経験だと思った。すべては演劇のためにしていることだと信じていた——いや、信じこもうとした。本当はそうではなかったと、目隠しを外せばわかる。異性とつきあってみたかった。恋愛をしてみたかった。そういう意味で翼のことを好きだった。だから彼に告白されたときも、その気はないときっぱり断らず、校則を持ち出して曖昧な答え方をしたのだ。演劇のためというのは、自分を許すための名目、自分に対する言い訳、都合のいい呪文にすぎない。

いつもそうだった。自分の失敗や恥を他人に知られるのが怖くてしかたない。自分で認めることすら怖い。

バレエをあきらめたのも、負けてみじめな思いをするくらいなら自分から背を向けたほうがいいと考えたからだ。いつのころからか、身長がもっと低ければいいのにと思っていた。あるいは、二度と踊れないほどの大けがをすればいいのにと。それならば、しかたがなく、かつ自分には何の非もない理由によって、自動的に道が絶たれる。

そもそも、自分がそれほどバレエをやりたいのかもわからなかった。一生懸命に取り組んではきたけれど、それはバレエが得意だったからというだけではなかったか。うまくやれるものだったから、がんばれた。絵が得意だったら絵をやり、水泳が得意だったら水泳をやっていたのではないか。

舞台俳優を目指そうと決めたのだって、人の話を聞いて、それならうまくできるかもしれないと思ったからだ。演劇が好きだったわけでも、演劇をやりたかったわけでもない。やりたいことではなく、できそうなことを探して飛びついた。できないということに耐えられないから。ミュージカルでなくストレートプレイを専攻したのは、ダンスをやってきた子のなかにいるより埋没する可能性が低いかもしれないと思ったからだ。

折れ戸に手をついて体を支えようとしたが、支えきれずにずるずると座りこんだ。足の力が抜け、体のどこも自由に動かせない。まるであの悪夢のように。

もう見ないふりはできなかった。目隠しはない。呪文も効かない。

わたしにはやりたいことがない。

綾乃の生きてきた環境では、夢を持つのはいいことだった。大きな夢を持つことはすばらしいことだった。百花に来てみたらみんなが夢を持っていて、ひそかに劣等感を覚えた。自分がそれを持っていないと知られるのが怖かった。

そんな綾乃に、了は夢を与えてくれた。了に認められること。選ばれること。自分で見つけたものではなくとも、それを目指しておけば間違いはない。苦難と栄光に彩られた、誰が見ても大きな価値があるとわかる夢。それが実はレプリカだとは誰にもわからないだろうし、綾乃にとってもどうでもいいことだった。

でも、その了ももういない。

急に激しい飢餓感に襲われ、綾乃は這うようにして机に近づいた。いちばん下の深い引き出しを開け、そこに収納してあるラタンの蓋つきバスケットを開ける。中身はレッスンで学外に出たときに買ってきたさまざまな菓子だ。チョコレート、クッキー、グミ、スナック、焼き菓子まで何でもある。手を突っこんで最初に触れたチョコレートを取り出し、三つ、四つと立て続けに口へ放りこんだ。それからクッキーをかじり、グミをほおばり、スナックの袋も開けた。口のなかがいっぱいになってうまくかめない。味もよくわからない。

さらにフィナンシェを手に取ったとき、両目から涙があふれ出した。食べたいわけじゃない。太りたくないし、どうせあとで全部吐く羽目になる。共同生活をしているなかで誰にもばれないように吐くのは神経を使うし、吐くのは苦しい。わかっていても食べずにいられないのだ。空っぽの自分を満たすために。

激しく咳きこんで、口のなかのものを手のひらに出してしまった。涙と鼻水と唾液が、いつも清潔に保っている床を汚した。

涙でぼやけた視界にそれを捉えながら、祈るように思う。

誰かわたしに目標をください。努力しだいで実現できるものを。

そうでなければ、いっそ何もいらない。夢も目標もない、普通の女子高生になりたい。


「最後のあれ、なんでそう思ったの?」

綾乃と別れて廊下を十メートル歩いたところで、さやかは貴水の背中に尋ねた。ちょうど人影はなく、どこかの部屋から数人が集まって談笑する声が漏れてくる。

「あれって?」と貴水は振り返った。その顔がいつもの貴水の顔だったので、さやかはほっと緊張を緩めた。さっきは貴水が別人のように——なぜか了のように見えたのだ。まったく似ていないのに。

「まだ嘘ついてるって言ったでしょ、綾乃に」

「ああ、そのこと。綾乃さんが靭帯を損傷したっていうのは嘘だったんじゃないかなって」

「え?」

「時期が合わないんですよ。綾乃さんが膝の痛みで病院に行ったっていうのは五月初めでしょ。そのとき一か月は安静にするよう言われて、松葉杖までついてたんですよね。ところが合コンで知り合った彼とデートっぽいことをしたのは、インターハイ予選が始まる前日。彼はバスケ部だって言ってたから、するとそれって五月中旬のはずなんです」

そうか、貴水は中学時代はバスケ部だったのだ。インターハイについても前に話していた。

「二週間もたたないうちに神社へ行って長い石段を上がったって言うから、変だなって思ったんです。合コンはさらにその前の週ですよね」

言われてみれば、綾乃は合コンやデートの時期を明言していなかった。バレエ一筋に生きてきた綾乃には、インターハイ予選という言葉が時期を特定するものだという頭がなかったのだろう。それはさやかも同じで、合コンはけががよくなってからの話だと勝手に受け取って聞いていた。実際、綾乃の装具が外れたのは彼女が病院に行ってから一か月以上あとのことで、その期間は体を使う科目のほとんどを休んでいた。

「ずっと痛そうにしてたのに、ぜんぶ演技だったたってこと……?」

「痛みがあったのは嘘じゃなかったのかも。でも、靭帯損傷ほどの大けがじゃなかったはずです」

当時の綾乃の様子を思い出す。みんなの前で了に酷評されたあと、腐らずにいっそう稽古に励む彼女の姿は、気丈を通り越して悲愴なほどだった。ふと魔が差して、仮病を使ってでも休みたい、逃げたいと思ったとしても不思議ではない。けがが治って——実際には翼と知り合って復調し、『百獣のマクベス』では魔女の座を射止めたものの、稽古が始まるとやはり精神的に追いつめられているようだった。過食と嘔吐を繰り返すほどに。もし翼の存在がなかったら、それではすまなかったかもしれない。桃音のように退学していたか、最悪の場合は……。

「さやかさん？」

いつの間にか足が止まっていた。さっき声が漏れてきた部屋のあたりから、誰かが廊下へ出てきそうな気配があった。さやかが階段のほうへ向かって歩きだすと、貴水も肩を並べた。無言で階段を下り、玄関でスリッパからスニーカーに履き替えて外へ出る。日中はすっかり春だったが、この時間になると肌寒いくらいだ。まだ帰ってくる生徒もいるので、人目につかないよう玄関から離れたうえで、街灯の下で再び貴水と向き合った。

「それで、綾乃の話をあんたはどう思った？」

「まだ確実とは言いきれないけど、盗聴にまつわる話は信じていい気がします。綾乃さんたちが盗聴のことを知って問い詰めたのが、定期公演の一週間くらい前でしょ。了が電話で『〈魔女〉め』って言ったのも同じころで、盗聴の話が出たのがその数日前だから、時期が合ってます。それに璃子さんから聞いた話とも一致してますよね」

定期公演の二週間くらい前に綾乃が了を訪ねてきたという話だ。机の上に置いてあった舞台模型が壊されていたとのことだったが、綺羅に突き飛ばされた了がそれを落としたと綾乃は語っていた。貴水との電話の際に了が痛そうにしていたというのは、机にぶつかったときに軽いけがでもしたのだと考えればつじつまが合う。

「わたしも同感」

応じる声にため息が混じる。綾乃とは入学したときからずっと同室だったのに、何も気づいていなかった。靭帯損傷が嘘だったことも、男子とひそかに連絡を取り合っていたことも、了とのあいだにそんな出来事があったことも。

了が綾乃に〈恐れ〉という役を振ったとき、他の大勢と同じようにさやかも違和感を覚えた。了には酷評されていたとはいえオールマイティな優等生である綾乃に、何を恐れることがあるのかと。それは綾乃から最もかけ離れた感情のひとつに思えた。だがいまならわかる。あの優雅なふるまいの裏で、綾乃は過剰なほどに恐れていた。失敗すること、失望されること、とりわけ了に見限られること。他にももっとあったかもしれない。湖に浮かぶ白鳥の足は、実は恐怖にすくんでいたのだ。いつ沈むかもしれないという恐怖と戦っていた。

「了は盗聴によって、綾乃の嘘や隠し事を知った。そのうえで綾乃を観察して、秘められた内面、すなわち了が言うところの本質を見抜いた」

「役者自身がどういう人間なのかを知ることで、より合った役を与えることができる、でしたっけ」

了の言葉をなぞる貴水の口調は、ばかばかしいと言わんばかりだった。そんな考えを実行に移した友人に腹を立てているようでもあった。

最寄り駅に電車が到着する時間だったのか、数人の生徒が外から帰ってきて玄関に吸いこまれていく。彼女らも盗聴の被害者で、そのことを知らずにいるのだ。念のために全員が通りすぎるのを黙って待つ。

そのとき、流れに逆らって玄関から飛び出してくる人影があった。まろぶように出てきて、きょろきょろと周囲を見回している。貴水が「綾乃さん?」と声をかけながら駆け寄っていき、さやかもすぐに続いた。驚いたことに、綾乃の足元はスリッパのままだ。

「どうし……」

「ひとつ言えなかったことがあるの」

胸の前で両手を組み合わせ、前置きなしに綾乃は言った。その顔を見て、さやかは息を呑んだ。ひどい顔だ。こちらの反応を待たず、通りすぎる生徒の目もかまわず、綾乃は憑かれたようにしゃべりだした。

「定期公演の本番中のことよ。一幕の最後、マクベスが王を暗殺しに向かうあの場面。了は客席前方、下手側の扉の横に立って舞台を見てたの。舞台上のわたしたちからも了が見えたわ。その表情まではっきりとね。了の表情は普通じゃなかった。あれは驚愕、いいえ、恐怖。そして絶望――」

「待って、綾乃。落ち着いて」

さやかは綾乃の腕を取り、さっきまで貴水と話していた街灯の下まで引っ張っていった。人に聞かれたくないのもあるが、それよりもこんな状態の綾乃を人目にさらしていたくない。

綾乃は明らかに冷静な状態ではないが、さやかも混乱していた。了の表情が、なに？

綾乃の言う場面は即座に思い出せる。皆が寝静まった真夜中の城、マクベスはひとり短剣を手に王の寝室へ向かう。恐れと野望と愛がせめぎ合う心中を語りながら。マクベスは客席に背を向けている。同じ舞台の下手では、三人の魔女が声もなく笑い、歩きまわり、身をくねらせている。一瞬たりとも同じ形をしていない炎のように。あるいは人の心のように。魔女の見せ場のひとつであり、圧巻の名場面だった。さやかはゲネプロ――すなわち最終リハーサルしか見ていないが、それでも身震いが止まらなかったから、本番はもっとすごかったに違いない。了は客席をあちこち移動しながら舞台を見ていたというが、そのときは下手前方にいたのか。

「そのときの了は明らかにわたしたちを見てたわ。マクベスじゃなくて、三人の魔女を」

玄関から離れると、綾乃はまたすぐにしゃべりだした。街灯の下で見る白い顔には涙のあとがあり、口元は食べかすのようなもので汚れていた。

「了のあの顔。両目を見開いて、食い入るようにわたしたちを見つめてた。顔がゆがんで、どんどんゆがんで、そう、まるで自分が殺した相手の幻を見たマクベスみたいに」

綾乃は両手で自分の顔を覆った。

「見間違いだと思ったの。いいえ、思おうとしたの。だって、了は場面の途中で逃げるようにどこかへ行ってしまって、次に姿を見たのは幕間のあの通路だったんだもの。わたしたちを見てあんな顔をしたすぐあとに、了は死んだのよ」

まったくの初耳だった。綺羅からも氷菜からもそんな話は聞いていない。

額をくっつけるようにして貴水が尋ねる。

「そのことと了の死に関係があると？」

「わからない。何だったの、あれは？」顔を覆ったまま綾乃は激しくかぶりを振った。「いいえ、関係あるわけない。わたしは知らない。第一、あれは間違いなく事故なんでしょう」

綾乃の全身が恐怖を訴えていた。

「そうよ、だからやっぱり見間違いかもしれない。それか了はわたし以外の、綺羅か氷菜を見てたのよ。もしくは幽霊でも見たのかも。了がわたしを見てあんな顔をする理由なんて、まったく心当たりがないもの」

「そう信じこむことにしたんですね」

貴水の声は静かで抑揚がなかった。綾乃の肩がぴくりと跳ね、ややあって両手が力なく下ろされた。

「……昔から得意だったのよ、自分をだますのは」

自嘲するようにつぶやいて、顔を上げる。その目は穴のようにうつろで、常に高い目標を見つめて前進する綾乃とはまるで別人だった。

「だけどもう限界みたい。今度こそこれで全部よ」

ふらりと体の向きを変えて寮のほうへ歩きだす綾乃を、さやかはとっさに追いかけようとした。

「戻るならわたしも一緒に……」

「悪いけど、少しひとりにして」

言われて足を止めたものの、そのとおりにしていいものかわからない。本心なのか、そうでないのか。本心だとして、それが正しいことなのか。本人が自分の心を正確に把握できているともかぎらない。踏み出すべきか留まるべきか決められずに立ち尽くすさやかの肩に、貴水がぽんと手を乗せた。背が高いだけあって大きな手だ。

「次は氷菜さんに話を聞きましょう。最後に了と話した人だし、さっき綾乃さんが話してくれたことも気になります」

すぐには返事ができなかった。肩に置かれた手を払いのける気力もない。了の非道な行いを知り、思いがけない綾乃の内面に触れ、心がひどくくたびれていた。そんなつもりはなかったが、なんだかんだで自分は彼女らのことをわかっている気になっていたのだろう。性格は違っても、同じものを愛し、同じものを目指す人間なのだからと。公演や課題などのプロジェクトを一緒にやりとげてきた人たちなのだからと。錯覚だった。それに、こうして新たな情報を集めてみても、さやかが〈魔女〉だという了の言葉の意味はあいかわらずまったくわからない。

無意識のうちにさやかはうつむいていた。頭上の街灯の光がわずらわしい。

短い沈黙ののちに、唐突に貴水が言った。

「了のタブレットのＰＩＮコード。〈fife1103〉」

さやかは顔を上げ、落ちてきた髪を片方の耳にかけた。綾乃の姿はもうなかった。貴水は街灯のはるか上の空に輝く北斗七星を見ていた。

「十一月三日がわたしの誕生日なんです」

さやかははっとして、何を言えばいいのかわからずに貴水の横顔を見つめた。その表情はただ夜空を映したようで、内にあるものは読み取れない。

「さっきの綾乃さんの話が本当なら、了は客席から姿を消す前、一幕最後の三人の魔女を見て表情を変えた。そこで何かを目撃したか、何かに気がついたか。やっぱりわたしたちの知らない何かがあるんですよ、了の死の裏側には。了を死に追いやった犯人を、わたしは必ず見つけます。そして了がわたしに当てて書きしてくれた脚本も」

ふいに貴水がさやかのほうを向いた。いきなりまともに目が合って、どきりとした。

「手を引くって言うなら、盗聴の一件をマスコミに公表します」

「な……」

そんなことをされたら大ごとになる。今年度の定期公演もどうなるかわからない。

うろたえるさやかに向かって、貴水はにっこりした。

「だから手伝ってよ。お願い、さやかさん」

なんてふてぶてしい笑顔だろう。裏も表もありませんとばかりの。

血がふつふつと熱くなり、声が戻った。せめて思いきり顔をしかめて告げる。

「それはお願いとは言わない」

5/22
18:21

了（百花1年）→貴水（中学2年）

「ごめん貴水、いま帰り？」

「うん、部活終わって気分爽快」

「ちょっと声聞きたくて」

「ホゲーッ　ホゲーッ　ボゲーッ」

「ちょ、ふざけないで。普通にしゃべってよ」

「そう言われると難しいな。何かあった？」

「言ったでしょ。きみのためにホンを書くよって。そのためには、きみを定期的に摂取しておかないとね」

「……」

「きみもこの学校に入ってほしいなあ。わたしはほんとに、きみを求めてる」

「でもわたし、北海道のバスケ界に求められてるかもしれない逸材だからなー」

「そういう話は聞きたくないから、ストレス発散に生クリームゲロ甘あんぱん蜂蜜がけを食べることにするよ」

「ウワーッ、聞いただけで胃がよじれる！」

4/16
20:58

了（百花1年）→貴水（中学2年）

「もしもし貴水」

「しもしも了」

「なんだい、しもしもって」

「しもしもはしもしもだよ」

「今日から本格的に授業が始まったんだけど、この学校はすばらしいよ！」

「おっ、よかった」

「きみも知ってるかもしれないけど、『希望！　希望！　希望！』の日本初演を演出した田《た》坂孝司《さかこうじ》、彼が教鞭を執ってるんだ。劇団黒鷺航空の主宰だった三木谷雲雀《みきたにひばり》もね。彼らから直接指導を受けられるなんて、北海道にいたときは想像もできなかった。そうだ、――（以下、延々と演劇の話が三十分以上続く）」

「ねえ、了」

「なんだい？」

「学食でおいしそうなメニューは？」

「え、なに。よく見てないからわからないけど」

「勉強もいいけどちゃんと食べなきゃ。学食も青春の一部じゃん」

「食べるのはあんまり得意じゃないんだ。人からは偏食だって言われるしね」

「何が嫌いなの？」

「え、そうだな。鶏肉の皮のぶよっとしたところは好きじゃないかな。トマトのプチュッとした中身も、しいたけのグニャグニャの食感も」

「子どもか！　直したほうがいいよ」

「うん、そうだね」

3

探偵ごっこを継続するなら、次は氷菜に話を聞くというのは妥当な判断に思えた。貴水も言っていたとおり、了と最後に言葉をかわしたのは氷菜だ。盗聴の件を知るひとりでもあり、さらに綾乃の話を信じるなら、氷菜を含む三人の魔女の演技を見て了は何らかの大きなショックを受けたという。くだんの場面の出演者は四人しかおらず、マクベスは後ろを向いていたから、了のその表情を目撃したのは三人の魔女だけということになる。

そこまで考えて、さやかはかぶりを振った。綾乃のことを思うと胸が重くなる。スリッパを履いた足を引きずるようにして去る彼女の後ろ姿を見送ってから、もう三週間になる。翌日さやかが目を覚ますと、寮の部屋に綾乃の姿はなかった。学校もずっと欠席しており、事情があってしばらく実家に帰ると届けがあったらしいが、その事情を聞いた者はいない。連絡してみようかと何度も考えてはやめた。寮を離れたのはさやかと顔を合わせたくないからに違いないのだ。ひとりにして、と最後に綾乃は言った。

放課後のざわめきのなかを通り抜け、昇降口へ向かう。同じ敷地内に建つ十二夜劇場の裏、搬入口のところに氷菜を呼び出してあった。了の事故に関して聞きたいことがあるのでひとりで来てほしいと。氷菜のような人気者とひそかに会うのは難しいが、使われていない日の劇場なら生徒が寄りつくこともない。

靴箱には例のごとく嫌がらせの紙が入っていた。

『コンペには参加するな　おまえは神の代わりにはなれない』

後半はいつも同じだが、前半が最近はより具体的になって脅迫文めいている。すぐに握りつぶし、いちばん近くのごみ箱に捨てた。機械的に処理することにも慣れたつもりだが、誰かが吐き捨てたガムがずっと体のどこかにへばりついているような気がする。

さやかが待ち合わせ場所に到着すると、二分後に貴水が、そのすぐあとに氷菜が来た。約束どおり氷菜はひとりで、遠巻きにしているファンもいない。ついてくるなと氷菜が強く言ったのだろう。

「聞きたいことって？」

プラタナス並木の木陰にたたずみ、前置きなしに氷菜は尋ねた。態度が冷ややかなのは、綾乃の欠席から察するものがあったのか。

気が重いさやかをよそに、貴水がずばりと明るい声で切りこんだ。

「まずは、去年、当時の二年生の寮で起きた盗聴事件について教えてください」

氷菜は驚いたふうもなかった。

「綾乃から聞いたの？」

「ノーコメントで。了が備品置き場で盗聴器をいじってるところを発見したのは、氷菜さんなんですよね？　一部始終を話してもらえませんか」

「それはつまり、盗聴と了の事故に関係があると、あなたたちは考えてるってこと？」

「わたしはそう考えてます」と貴水は明言した。「ちなみに事故じゃなくて自殺だと思ってますけど」

「自殺?」氷菜の眉がかすかに動く。

「はい。了は何者かによって自殺に追いこまれたんじゃないかって」

「あの設楽了が、自分の舞台を自分で台無しにするわけない」

切れ長の目が貴水からさやかへと向けられた。まさかあなたもそう思ってるの、とまなざしが問いかけてくる。さやかは腹をくくって慎重に答えた。

「そんなはずないと思う。でも……断言はできない」

そのときの了はいつもの了ではなかったかもしれない。貴水と電話で話したときの様子や、綾乃が目撃したという表情など、了らしくない意外な情報がぽろぽろと出てきている。そもそも「いつもの了」というものをはたして自分たちは知っていたのか。盗聴していたなんて夢にも思わなかったのに。

「さやか」

氷菜が低い声で名前を呼んだ。失望と非難を伝えるにはそれだけでも充分だったが、彼女はさらに続けた。

「あなたには他にやるべきことがあるんじゃない?　定期公演の脚本・演出を務めるつもりなら、作品とそれに関わる全員に対する責任をまっとうして。力が足りないと思うならなおさら、全力を尽くして」

まったくもっともな指摘だった。もう五月だというのに、脚本はいまだにアイディアさえまとまらず、生まれては消えての空中分解を繰り返している。返す言葉もなく、恥ずかしさがこみ上げる。

沈黙を待っていたかのようにスマホが震える音がした。電話の着信だ。氷菜が自分のブレザーのポケットを見下ろし、しかし応答はせずに、こちらに背を向けて立ち去ろうとした。その腕を貴水がつかむ。

「待ってくださいよ。他にも聞きたいことが……」

氷菜は乱暴に貴水の手を振り払った。体温が低そうで、静と動なら圧倒的に静のイメージを持つ彼女がそんな動作をするのはめずらしく、さやかはちょっと驚いた。氷菜はつかまれていた腕を抱えこむようにして、鋭い目で貴水を見据えた。

「触らないで」

「……ごめんなさい」

さすがの貴水も面食らったようだ。銃でも突きつけられたみたいに、おとなしく両手を顔の横へ上げる。

無言で立ち去る氷菜を、さやかたちはなすすべもなく見送った。盗聴についても了の表情についても、何も聞き出すことはできなかった。両手を下ろした貴水が、さっき氷菜の腕をつかんだ手をじっと見つめ、制服の上から腕をさする。

「痛いの？」

「ああ、いえ。でも怒らせちゃったみたいですね。氷菜さんってボディタッチが嫌いなんですか？」

「べつにそんなことないと思うけど」

「氷菜さんは〈愛〉でしたよね。それも意外でした?」

「うん。氷菜は他人に関心が薄いみたいで、とにかく我が道を行くタイプだから。誰かや何かを特別に好きだっていうのも聞いたことないし、自分のファンに対しても淡白だし。お父さんに溺愛されてるっていうのは有名だけど、氷菜は全然お父さんの話なんかしないしね」

「氷菜さんのお父さんって、筧正太郎《かけいしようたろう》さんなんですよね。クラスの子から聞きました」

筧正太郎は演劇ファンなら誰もが知る〈劇団六文芝居〉の看板俳優だ。舞台のみならずテレビや映画の世界でも活躍しており、かつて小学生の氷菜とともに出演したCMが話題となって以来、娘を溺愛するパパ俳優というキャラクターでお茶の間にもよく知られている。

「そういえばバラエティ番組なんかで、演劇をやってる娘の話をよくしてますよね。塩対応でつらいとか、悪い虫がつかないか心配だとか。苗字が違うから気づかなかったけど、筧さんが芸名なんですね」

「わたしはバラエティはあんまり見ないからよく知らないけど。演劇ファンにとっては筧正太郎といえば、何年か前の全国ツアーでやった『マクベス』の主役でしょ。綺羅が六文芝居の大ファンで、史上最高のマクベスだ、はまり役だって絶賛してたよ。そのさらに何年か前にも全国ツアーで『マクベス』をやってて、そのときはマクダフ役だったらしいけど、そっちは観られてないって悔しがってた」

「筧さん、うれしかったでしょうね、氷菜さんが去年の定期公演で『マクベス』の魔女役をやるって決まったとき」

「ああ、あちこちでかなり喧伝《けんでん》してたらしいね。氷菜のほうはあいかわらず他人事みたいに無関心だったけど」

そんな氷菜に了が与えた役は〈愛〉。それも盗聴で知った秘密に由来しているのだろうか。

「筧さんはあの日の公演を観に来てたんですよね」言いながら、貴水はポケットからスマホを取り出した。「了の死を知って情報を探してたら、SNSに投稿されたこの写真を見つけたんです」

表示された画面には、筧正太郎と高校生くらいの少女が並んで映っている。場所は十二夜劇場の楽屋だとすぐにわかった。開演前に氷菜を訪ねたのだろう。少女のほうは知らない顔だが、まっすぐな長い黒髪がよく似合うきれいな子だ。

「この子は誰?」

「KOHAKUちゃんっていって、有名な女子高生インフルエンサーらしいです。芸能高校に通っててモデルとかやってるみたい。これは彼女のインスタなんだけど、ほら、フォロワー数がすごいんですよ。写真はこれだけじゃないんです」

貴水が画面を横にスワイプすると、同じときに投稿された二枚目の写真が表れた。写っているのはKOHAKUと、これは綺羅だ。チャイナドレス風のノースリーブの衣装にウサギの耳をつけ、本番用のメイクをして、笑顔で楽屋の椅子に腰かけている。その華奢な両肩に、後ろに立ったKOHAKUが手を乗せている。

「そういえば、三人の魔女の衣装ってそれぞれちょっとずつ違ってましたね」

「綺羅のアイディアだよ。ウサギの毛っぽいものを衣装の一部に入れたいって言って、綺羅はこのとおり手首に、綾乃は襟元に、氷菜は足首に黒いファーを着けることになったの」

「へえ、俳優科の人が衣装に意見を言ったりもするんですね」

「うちの学校の場合、普通は言わないね。舞台に統一感を持たせるために、衣装は役者より演出のイメージが優先されるから。衣装デザイン担当の子にも考えがあるわけだし。綺羅ははじめての大きな役だったから思い入れが強かったんじゃない？　了はファーなしがよかったみたいだけど、あのときは綺羅の意見を呑んだんだった。了にしてはめずらしい対応だったから、よっぽど綺羅が強く訴えたんだろうね」

ふたりの美少女の写真の下には、「とある公演の楽屋へ陣中見舞い」という短い文章が掲載されている。さらにその下には#がずらりと並んでいる。#舞台俳優志望、#未来のスター、#親友、#ジモトモ、#同小、#同中、#お互いの夢を応援——多すぎてとても全部は読めない。

「百花の定期公演だって言っちゃだめなんですか？」

「うちの学校はメディア出演やSNSの投稿は原則禁止でしょ。他人のSNSの場合は微妙なとこだけど、念のために綺羅が名前は出さないでって言ったんじゃない？」

「それで綺羅さんの名前も書いてないのか。でもコメントでは出ちゃってますね」

貴水が指したところを見ると、KOHAKUと綺羅の共通の友人が書きこんだものだろうか、『綺羅、元気だった？ｗｗ』というコメントがついていた。

「#のなかにあるジモトモって何？」

「地元の友達じゃないですかね」

要するにこのKOHAKUという子と綺羅は、同じ地域の同じ小中学校出身でともに舞台俳優を目指す友達どうしなのか。たしかにとても仲がよさそうだ。

「KOHAKUちゃんのインスタをさかのぼって見てたら、前にも綺羅さんと撮った写真がありました。えーと、ほらこれ」

貴水が画面に表示してみせた写真は、去年の九月に投稿されたものだった。休日にどこかのカフェで撮ったものらしく、ふたりともおしゃれな私服姿だ。この写真の下にも楽屋の写真と同じような#が並び、やはり友人らしき人物から『すでに女優じゃんww』とのコメントがついていた。

「この投稿がバズって、綺羅さんも一時ネットで有名になったらしいですよ。謎の美少女としてちょっと騒がれたって、クラスの子が教えてくれました。さやかさんも覚えありますす？」

「言われてみれば、綺羅がインスタでどうのって話を聞いたような気もするけど。九月ごろからは校内の空気は定期公演一色になるから、そんなに話題にはならなかったと思う。綺羅本人も何も言ってなかったし」

普段は基本的に「まあいいじゃん」「なんとかなるって」というスタンスの綺羅も、あのときばかりは余裕がなかったのだろう。二年生で大きな役を射止めるのは簡単なことではないし、稽古が始まってからはもっと大変だったはずだ。綾乃の憔悴ぶりが目立っていたが、綺羅も当時は張りつめた顔をしていた。

「ふうん……」貴水はスマホをポケットにしまうと、ふと思い出したように顔を上げた。

「そうそう、さやかさんに言わなきゃいけないことがあったんだった。ニュースですよ。これは内緒なんですけど」

「もったいぶらずにさっさと言いなさいよ」

「実はですね……ふっふっふ、聞きたいですか？」

「もういい」

「あっ、待ってくださいよ。あったんです、去年の定期公演の映像が！」

本気でいらついて立ち去りかけていたさやかは、動きを止めて貴水を見た。風が吹いて、プラタナスの葉がさわさわ鳴った。

「何があったって？」

「去年の定期公演『百獣のマクベス』の映像です。本番当日の。もちろん一幕だけですけど」

貴水の顔ににんまりと得意げな笑みが広がっていく。

「本当にないのかなと思って、ここへ来る前に校長室へ行って訊いてみたんです。学校でいちばん偉い人なら知ってるはずだと思って。強気でカマをかけたら、事故前までの映像を収めたディスクがあるって認めました。いまから一緒に見ましょう」

「見ましょうって……見られるの？」

「一生懸命お願いしたら、すぐに返すならいいって。いやあ、言ってみるもんですねえ」

自分がばかみたいに口を開けていることに気がついた。信じられない行動力だ。

「学校のライブラリーで見られますよね？　わたしは校長室に寄ってディスクを借りてくる

んで、さやかさんは先に行っててください」

言いながら貴水はすでに駆けだしている。はしばみ色のプリーツスカートの裾が軽やかに翻り、金色のボタンがきらりと光る。

校舎四階のライブラリーに到着した時間はほとんど変わらなかった。貴水は走ってきたらしく、前髪が浮いて頬に赤みが差している。

利用者はふたりだけだった。脚本コンペの前だから研究に余念のない生徒たちでいっぱいかと思ったのに、今年はエントリーしない子が多いという芽衣の話は本当らしい。たしかに、やめたと宣言する声をさやかもちらほら耳にしている。

ラッキー、と歌うように言って、貴水が視聴用のモニターへと向かっていった。入ってすぐのいちばん目立つ棚に、歴代の定期公演と新歓公演の映像を収めたディスクが陳列されている。

モニターの前の椅子をさやかに譲り、貴水は隣のブースから椅子を運んできた。同じく隣から持ってきたヘッドホンを装着し、機器の操作は丸投げする気まんまんの様子でブルーレイを差し出す。さやかは黙って受け取り、再生の操作を行った。文句を言わなかったのは、映像を手に入れたのが貴水の功績だからというよりも、緊張していたからだ。

始まる。了の『百獣のマクベス』。

さやかも貴水もいっさい口をきかなかった。画面から目を離すことも、身じろぎすることさえなかった。貴水が隣にいることをさやかは完全に忘れていた。

例の場面がやってくる。主君暗殺の決意を固め、マクベスは短剣を手に王の寝室へ向かう。

マクベス役の三年生の後ろ姿。定まらない心のひとり語り。舞台下手では三人の魔女がうごめいている。マクベスの恐れを、野望を、愛を、全身を使って言葉以上に雄弁に見せつける。

ふいにさやかは貴水の存在を思い出した。貴水がはじめて身じろぎしたからだ。さやかも声こそ出さなかったものの、あっと口を開けた。

突然、三人の魔女がぎょっとしたような顔をしたのだ。それは一瞬のことで、あらかじめ知っていなければ気づかなかっただろう。しかしその一瞬、魔女たちはたしかに綾乃と綺羅と氷菜という人間に戻っていた。客席の何かを見てひどく驚いたようだった。それが何なのか、さやかたちは知っている。

一幕が終わり緞帳が下りるのを見届けて、さやかはヘッドホンを外した。体ががちがちに固まっていることに気づいたが、どうやって力を抜けばいいのかわからない。暑くもないのににじっとりと汗をかいている。

同じくヘッドホンを外した貴水が、水を浴びた犬のようにかぶりを振った。

「いやあ、すごいですね！　役者はみんなうまいし、美術も音楽も照明もみごとだし。魔女たちの演技は新歓公演のときも鳥肌ものだと思ったけど、このときのほうがもひとつすごい気がする。やっぱり定期公演のほうが気合が入るんですかね。あー、最後まで見たかったなあ」

余韻に浸っているのか、貴水は停止した画面に目を向けたままでいる。

さやかも同じく画面を見つめ、同じことを思っていた。この公演はすばらしい。そして魔女の演技は新歓公演のときよりもいい、と。

貴水の言うように、定期公演のほうが気合が入るという面はあるかもしれない。新歓公演は百花生とその保護者に見せることが目的だが、定期公演は一般客や、さらには劇団のプロデューサーや演出家なども観に来る。しかしそれだけが理由ではないと、さやかにはわかっていた。新歓公演の演出家はさやかで、定期公演の演出家は了だ。もともと了は役者の魅力を引き出すことに長けていた。この場合は盗聴という禁断の劇薬の効果もあるとはいえ、やはり了の手腕は際立っている。たとえ同じ薬を手にしたとしても、自分はこんなふうには使えないだろう。

息が苦しい。呼吸のやり方がわからない。

「ところで綾乃さんの言ったとおりでしたね」

無邪気に話しかけられ、さやかはどうにか首を貴水のほうへひねった。首や顔面の筋肉がぎしぎしときしむ音が聞こえる気がした。

「例の場面で、魔女は三人とも客席の何かを見てひどく驚いたみたいでした。了の表情が異様だったっていう綾乃さんの話、信じていいと思います」

驚愕、恐怖、絶望――その表情をそんなふうに綾乃は表現したのだったか。それから、自分が殺した相手の幻を見たマクベスのような、とも。

「やっぱり氷菜さんと綺羅さんにも話を聞かないといけませんよね。それからわたし、いまの映像を見て、綺羅さんにはもうひとつ訊きたいことが……」

さやかはブルーレイを取り出して貴水の前に置いた。

「返しといて」

返事を待たずにモニターの電源を落として席を立つ。

「え、どこ行くんですか?」

「帰る」

「作戦会議しましょうよ」

「ひとりでやって。わたしにはやることがあるの」

氷菜に突きつけられた言葉がいまさらのように胸を圧迫している。「力が足りないと思うなら」——そう、自分は了に比べて力不足だ。周りからもそう思われているし、自覚もある。

「ひとりって、脳内会議ってこと? そんなあ。さやかさんってば」

貴水の呼びかけを無視してライブラリーを出る。貴水は追ってきていないのに、追われているかのように急いで二階へ降り、自分の教室で荷物を取って昇降口へ向かう。

自分と了とは違うのだと、頭ではちゃんとわかっていた。だが意識すまいとすればするほど、去年や一昨年の舞台を意識してしまい、自分のアイディアを客観的に評価することができない。かといって誰かに助言を求めたとしても、その言葉を心から信頼できるとは思えなかった。鏡の前に立ったとき、さやかを見つめる少女はいつだって頑固そうな顔をしている。十七年のつきあいで彼女の性格はよく知っていた。結局は自分自身が納得するしかないのだ。そうできるものを作るしか。わかっているのに、それがこんなにも難しい。

靴箱を開ける瞬間はいつも緊張する。気にしないと自分をだましてみても、本当はそうではないことを自覚している。いまは特にそれを感じる。

——『おまえは神の代わりにはなれない』

ひとりになりたいと痛切に思った。自分の傷を知る人間とは一緒にいたくない。だから綾乃が黙って姿を消した気持ちはよくわかる。いつ帰って来るのだろう。まさかもう帰ってこないなんてことは……。

堂々めぐりの思考に頭を支配されているうちに、いつの間にか寮に到着していた。タイムカードに打刻したとき、綾乃のカードを確認してみようかという考えが頭をよぎったが、一秒でも早く部屋に戻ってひとりになりたかった。

この時間に帰寮している生徒はまだ多くない。寮内は静かで、三階の自室に帰るまで誰にも会わなかった。部屋の鍵はアナログ式だ。バッグのサイドポケットから鍵を取り出し、鍵穴に差しこんで回す。ノブをひねってドアを開ける。無人の室内を見て、やっぱり帰ってないか、とぼんやり思いながら足を踏み入れた。

その瞬間のことだ。

突然、強い力で真横から突き飛ばされた。不意打ちで身構えることもできず、壁に側頭部をしたたかにぶつけて、激しい衝撃とともに目の前が白くなる。床に崩れ落ちながら振り仰ぐと、もうろうとする視界に、ドアの横にいたらしい人影が映った。人影は廊下に飛び出して逃げていった。かすむ目が最後に捉えたのは、はしばみ色のプリーツスカート……。助けを呼ぶこともできず、たちまち意識が遠のいていった。

気がついたときにはフローリングの床が目の前にあった。

「さやか？」

疑問形の呼びかけに、のろのろと首を動かして視線を上げる。

「……綾乃？」

視界がぼやけているが、そこにあるのはたしかに綾乃の顔だった。一瞬わからなかったのは髪型が変わっていたせいだ。長かった髪が顎のラインで切りそろえられ、きれいな首筋があらわになっている。綾乃は心配そうな表情で、倒れ伏したさやかの顔を覗きこんでいた。

「帰ってきたんだ。その髪……」

「そんなことよりどうしたの？　大丈夫？」

「わたし、ひょっとして気絶してた？」

「そうよ。わたしが帰ってきたら倒れてるんだもの、心臓が止まるかと思ったわ」

さやかがゆっくりと体を起こすのを、綾乃は慌てて支えた。

「待ってて、いま管理人さんに報せて救急車を呼んでもらうから」

「いい、平気」

「でも……」

「たぶんただの貧血だよ。もうなんともないから」

本当は壁に頭をぶつけた際に脳震盪でも起こしたのだと思われるが、事実を話して大ごとになるのは避けたい。

一瞬見ただけだが、さやかを突き飛ばした相手は百花の制服を着ていた。状況から考えて、彼女がこの部屋に侵入していたところへさやかが帰ってきたため、とっさにさやかを突き飛ばして逃げたのだろう。綾乃は留守だったし、さやかも最近はいつももっと遅くまで学校に残っている。

壁に手をついて立ちあがりながら時計を見ると、五時半を過ぎたところだった。さやかが寮に帰ってタイムカードを押したのが、たしか五時二十何分かだった。

「綾乃が帰ってきたとき、部屋の近くで誰か見なかった？」

「誰かって？」

「見てないならいい」

犯人はぎりぎりのタイミングで難を逃れたわけだ。

制服のスカートを整えながら、さやかは室内を見回した。荒らされた形跡はなく、いつもどおりきちんと整頓されていて、朝出ていったときと変化はないように見える。

――いや。さやかの目が机の上のノートパソコンを捉えた。開いている。いつも使い終わったら閉じるのに。嫌な予感に衝き動かされてパソコンに飛びついた。画面は真っ黒だったが、マウスに触れると明るくなった。電源は切れておらずスリープ状態だったのだ。

目覚めた画面には、文書ファイルが開かれた状態で表示されていた。

『おまえは神の代わりにはなれない』

記された一行が目に飛びこんできて、さやかは息を呑んだ。靴箱に投げこまれるあの言葉だ。コンペに参加するな、定期公演をあきらめろと脅す、あの。

「さやか？」

綾乃に見られる前に、とっさにファイルを閉じた。マウスをつかむ手に力がこもり、心臓が早鐘を打っていた。さらにさやかは妙なことに気がついた。デスクトップがいやにすかすかしていると思ったら――ない。そこにあったはずのいくつものファイルが。脚本や演出のアイディア、さまざまな資料、いままでに書いた脚本まで、舞台づくりに関するものがそっくり消えている。

ほとんどパニックになってマウスを動かし、パソコンのなかを検索した。クラウドにもアクセスしたし、無関係と思われるフォルダも片っ端から開いてみた。カチカチとクリックする音がむなしく積み重なるばかりだった。

「ねえ、どうしたの？」

しきりに尋ねる綾乃に応える余裕がない。引き出しにしまってあったUSBメモリを出し、何度も差し損なった末にやっと開いてみると、バックアップデータまでもが消えている。

「どこ行くの？」

さやかは発作的に部屋を飛び出した。いまさら侵入者に追いつけるはずもないのに。廊下を通りかかった生徒たちがぎょっとしてこちらを見る。

侵入者は脅迫文の送り主だ。さやかがコンペをあきらめようとしないので、さらなる手段に出たというわけだ。部屋は施錠されていたが、内部の人間であれば管理人室からこっそりマスターキーを持ち出すことも不可能ではないだろうし、カードを使ってこじ開ける方法も何かで読んだことがある。自分しか使わないパソコンだからとロックをかけておかなかったのが、第一の間違いだった。第二の間違いは、それをどこかで不用意に口にしたのだろうということだ。

さやかはふらふらと部屋に戻り、パソコンの前に座って頭を抱えた。

ほとんど眠れずに朝を迎えた。

あのあと室内やパソコンをよく調べてみたが、盗まれたものはなく、盗聴器のような不審な機器もアプリも見当たらなかった。侵入者の目的は脅迫だったと断定していいだろう。ここまでするのか。いなくなった了に代わってさやかが定期公演の脚本・演出を手がけようとすることが、そんなにも気に食わないのか。いったい誰が……。

今日は休んではどうかと綾乃は言ったが、それで何がよくなるとも思えなかった。眠れない時間はネガティブな思考を増幅させる。綾乃の気遣いをありがたく思う一方で、すべて彼女の自作自演である可能性も否定できないのだと思いはじめたりして、そんな自分が嫌だった。

一緒に行こうと綾乃が言うのを断り、重い体を引きずって寮を出ると、通学バッグを提げた貴水が入口の前で待っていた。注目を浴びているが気にするふうもなく、さやかを見つけるなり駆け寄ってくる。

「昨日、綾乃さんが帰ってきたって聞いたんですけど」

さすがは綾乃だ、一年生にももう伝わっているのか。

ひとまず「うん」と答えて歩きだしながら、昨日のできごとを話したものかどうか、さやかは迷った。こんなよく知りもしない相手に。

思えば、貴水の言動には引っかかる点がいくつもある。まず根本的な疑問として、貴水は了の死の真相を調べるためにこの学校へ来たというが、いくら友達だからといってそこまでできるものなのか。そもそも友達というけれど、了について貴水が知っていることには大きな偏りがある。食べ物の好みは知っているのに、交友関係は知らない。了が最も、というより唯一関心を抱いて他人に語りたがった演劇関係の話は聞いていない。それから、昨日のブルーレイの一件。存在しないとされていた去年の定期公演の映像を、貴水は校長を丸めこんで借りてきたという。あのときは行動力に感心したものの、はたしてそんなにうまくいくものだろうか。

ずっと抱いてはいたけれどもはっきりと意識してはいなかった疑念が、ここへ来て急に存在を主張しはじめた。さやかは貴水とともに了の件を調べているが、それは了が死の直前にさやかを〈魔女〉だと言ったと貴水から告げられたため、そして盗聴の件を公表すると脅されたためであって、心をひとつにした相棒というわけではない。言ってしまえば、さやかは貴水の目的のために利用されているだけなのだ。

さやかはゆっくりと瞬きをして、暗いほうへと向かっていく思考を強制的に断ち切った。貴水を信用しきれないにしても、少なくともさやかの部屋に侵入したのは貴水ではない。貴水が学校を出たのは、さやかと同時かそれよりあとだったのだから。

「……ついてきて」

人目が気になったので場所を移すことにした。学校まで五分の道のりを無言で歩き、図書室に近い非常階段の扉へ向かう。なりゆきで貴水を連れていく羽目になるまで、そこはさやかにとってひとりきりになれるお気に入りの場所だった。入学以来、逃げ出さずにいられないような非常のときにはそこへ行く。

今日はいい天気だが少し風があって、扉が重かった。髪を軽く押さえながら手すりのところまで出ていったさやかは、ついてきた貴水に背を向けたまま、一連の出来事を手短に話して聞かせた。靴箱の脅迫文のことも。反応がないので振り返ると、貴水はショックを受けた様子でその場に棒立ちになっていた。

「……本当にないんですか？　演劇関係のデータ」

「ない」

「勘違いとか、ＰＣの不具合とか」

「よく考えたし何度も確認した」

「ひどい。許せない。脅迫のこと、学校に訴えたりしなかったんですか？　調べてもらえば犯人がわかるんじゃ」

「無駄だよ。よく聞く話だし、いじめと同じで学校は見ないふりをしたいはず。了とか桃音だって一年で抜擢されたときは似たようなことがたくさんあったと思うよ。わたしも脅迫文くらいで大騒ぎしたくなかったし」

そもそも犯人は同じ学校の生徒に決まっているのだ。暴いたところで、そのあと一緒に公演をやりとげなければならないかもしれないのに、プラスになるとは思えない。

「ここまでやられるとは思ってなかったけどね」

貴水は唇をかんでうなだれた。

「ごめんなさい。さやかさんがそんな目に遭ったのって、了の件を調べてるせいかもしれない。わたしが巻きこんじゃったから」

前髪が目にかかって影を作っている。本当に落ちこんでいるようで、さやかはひそかに動揺した。

「べつに、それとこれとは無関係でしょ」

「絶対に無関係だって言い切れますか？　今回のことは脅迫にしては度を越してる。靴箱に脅迫文を入れるのとはレベルが違うよ」

貴水はちょっと言葉を切り、暗い目を伏せたまま続けた。

「了に百花への進学を勧めたのってわたしなんです。どういう学校か、よく知りもしないのに。もしわたしが勧めなかったら、了は地元の高校に通ってたはず。いまも生きて、演劇を続けてた」

「……そんなの」

「ここまでにしよう」

顔を上げ、静かに、貴水は言った。目元の影が消えても、瞳の色は暗いままだった。

「……真相を知ることをあきらめるっていうの？」

「真相なんてないって、さやかさんは最初から言ってたじゃないですか。あれは単なる事故だって。これからはわたしひとりで調べるから、さやかさんは脚本に集中してください。コンペ、やめませんよね？」

もちろんやめるつもりはなかった。卑劣な脅迫に屈するつもりはない。データの件は本当にショックだったし、いまも落ちこんでいるが、自分の頭のなかに保存されたデータまで失ったわけではないのだ。思い出すことも、新たに作り出すこともできる。

「あ、協力してくれなきゃ盗聴の件を公表するって前に言ったけど、本気じゃないから安心してください」

「やめないよ」

「よかった、そう来なくっ……」

「コンペも、探偵ごっこも」

明るさを取り戻しかけた貴水の目が丸くなった。さやかはふんと鼻を鳴らした。

「無理やり巻きこんどいて今度は手を引け？　それは勝手が過ぎるでしょ」

「でも」

「中途半端にやめるのは気持ち悪い。こんなんじゃコンペにも身が入らない。嫌ならあんたが降りてよ。わたしひとりで調べるから」

「え、いや、それはおかしいでしょ」

めずらしく貴水がうろたえている。いつもさやかのほうが振り回されてばかりなので、悪くない気分だ。

「あんたが了のためにこの学校へ来たって聞いたときから、友達だからってそこまでできるものかってずっと疑問だったんだけど、さっきの話を聞いて納得した。責任を感じる必要はないとわたしは思うけど、外野が言ってもね」

「うん、でも……」貴水は少し口ごもった。「最初は了のことだけが目的だったんだけど、だんだん学校生活が楽しくなってきちゃって。講義はおもしろいし、周りはみんな演劇が好きな子だし、何かに全力で打ちこむのって気持ちいいじゃないですか。何より、やっぱり演劇って楽しいなって。そう思えば思うほど、了に申し訳なくなるんです」

「演劇が好き?」

貴水はためらいながら、はいと答えた。

「だから不確定な情報をまき散らして公演の邪魔をするような真似はしません。ただ、了の死の真相をこのまま闇に葬りもしません。結果として、たとえば定期公演が中止に追いこまれたとしても、それはしかたないと思ってます」

貴水の瞳に力が戻ってきた。決意を口にすることで、意識的に自分を奮い立たせているように見えた。貴水は貴水で自分の気持ちに折り合いをつけようと戦っているのかもしれない。

さやかはため息をついた。ふてぶてしい態度は憎たらしいが、さっきみたいな暗い顔を見せられるのはもっと不快だと気づいてしまった。嫌なものをふたつ並べてどちらがましかという選択をしなければならないのは、つくづく不幸だ。

「なら、次は綺羅に話を聞くよ。あの様子じゃ氷菜のほうは当分、無理でしょ。それにあんた、公演の映像を見たとき、綺羅に訊きたいことがあるって言ってたよね。時間とれるか訊いてみる」

「いや、待ってよ。むちゃくちゃだよ、さやかさん。ねえ、わたし、実はさやかさんに言わなくちゃいけないことが……」

これ以上、議論する気はなかった。さっさと校舎のなかへ戻り、さやかさん、さやかさんってば、とまとわりついてくる貴水を無視して廊下を歩く。

図書室へ続く廊下と交わるところで、歩いてきた生徒たちとぶつかりそうになった。小さな悲鳴をあげて立ち止まったのは、芽衣と美優だった。

「びっくりしたあ。でもちょうどよかった。さやかを捜してたの」

芽衣は貴水が一緒なのに気づいてためらうそぶりを見せたが、「何?」と促すと、眉をひそめて声を落とした。

「昨日、何があったの?　様子が変だったから」

データの消失に気づいて廊下に飛び出したところを見られていたらしい。

「べつに何もないよ」

「そんなわけないじゃん」芽衣はいらだったように笑った。「隠さなきゃいけないようなこと?」

「何もないって」

「もしかしてコンペに関係ある?」

今度はさやかが眉をひそめる番だった。「それってどういう意味?」

芽衣が瞳を覗きこんでくる。まるでその奥に後ろ暗い秘密が隠されているかのように。やがて目を逸らし、不満げに言った。

「だってさやかにとって、いまいちばんの重大事でしょ。ま、言いたくないならいいけど」

ぷいと顔を背け、そのまま身を翻して立ち去っていく。

うろたえてあとを追おうとする美優を、貴水が呼び止めた。

「待って、こっちも美優さんに訊きたいことがあるんです」

「わたしに?」

美優はツインテールを揺らして振り返り、目をしばたたいた。ずんずん遠ざかる芽衣を気にしながら「何？」と尋ねる。

「了の盗聴について」

ずばりと貴水は言った。美優の目が大きく見開かれた。ここでそれを持ち出すとは思わなかったので、さやかも驚いた。だが、遅かれ早かれ美優には話を聞かなくてはならない。彼女は盗聴発覚の場に居合わせたひとりなのだ。

「隠さなくていいですよ、知ってるから。了は寮の備品置き場に盗聴器を仕掛けて、みんなの内緒話を盗聴してたんですよね。定期公演の二週間くらい前に、氷菜さんと綺羅さんと美優さんがそれに気づいて問いつめた」

美優は顔色を変えてさやかを見て、それからすばやく周囲を見回した。あたりにひと気はなく、始業まではまだ時間がある。

「誰から聞いたの？　わかった、綾乃でしょ。綾乃がしばらくいなかったことと関係ある？」

「いいから話してください。何を聞いても美優さんから聞いたとは誰にも言いませんから」

「そんなこと言われても。わたしはあのときたまたま備品置き場に居合わせただけで、なりゆきで了の部屋まで一緒に行ったけど、綺羅たちが了を問いつめたり部屋をかきまわしたりしてるあいだもただおろおろしてて」

当時の感情がよみがえったみたいに美優はぎゅっと顔をしかめた。

「パニックだったし、怖くて生きた心地がしなかった」

「腹は立たなかったんですか？　美優さんも盗聴されてたわけですよね」

「それはもちろんひどいと思ったけど……でもわたしの場合は大した秘密もなかったから」

美優は嫌いな食べ物にしぶしぶ箸を伸ばすときの目つきで、さやかと貴水を順に見た。それから観念したようにため息をついた。

「わたしが備品置き場に行ってたのは、桃音と電話するためだったの」

「桃音さんって了のパワハラで退学した人ですよね」

「桃音の一件は、みんなの傷なんだよ。みんなで見て見ぬふりをしたことを認めたくなくて、あの子の話題は自然に避けられてたし、話すとしてもあの子に責任がある、あの子が悪いって言い方をする人が多かったんだよ。だから桃音とまだ繋がってるってことをなんとなく知られたくなくて。それだけと言えばそれだけのことでしょ」

「たしかに、それくらいなら聞かれても実害はないね」

さやかが認めると、美優はいくらかほっとしたようで口が滑らかになった。彼女の語るあの夜のあらましは、綾乃が語ったそれよりもいくぶんマイルドになってはいたが、内容はそっくり同じだった。

「ちなみに、綾乃と綺羅と氷菜がどんな秘密を握られてたのか知ってる？」

「ううん。当たり前だけど誰も自分の秘密は口にしなかったし、了がいきなり倒れたせいで話がうやむやになって」

やはりそうなのか。視線を交わすさやかと貴水に、美優は不安と好奇心が混ざり合った目を向けた。

「貴水は了の事故について調べるって言ってたけど、まさか本当に調べてるの？　さやかも一緒に？　それがあの夜のことと何か関係があるの？」

　わからないとさやかは答えた。まるで舞台の裏側みたいに、見えていなかったことが多すぎる。

「了の死が」とさやかは言葉を濁さずに言った。目を逸らさずに直視しようと決めたのだ。「本当に単なる事故なのか、そうじゃないのか。そうじゃないとしたら、誰がどんな形で関わってるのか」

「ちょっとさやか、本気で言ってる？　誰かが関わってるって……まさか氷菜たちが了に何かしたなんて思ってるんじゃないよね？」

「信じたいと思ってる」

「二年間、一緒にやってきた仲間じゃない。了だって」

「マクベスも主君と戦友を裏切ったよ」

　美優は絶句し、理解できないという顔でさやかを見つめた。こちらも理解してもらえるとは思っていない。頰に力を入れて注視に耐える。

　ところで、と貴水が割って入った。璃子に尋ねたように、了が個人的に書いていた脚本について心当たりがないかと尋ねる。了とあまり関わりがなかっただろう美優は、案の定、まったくわからないと答えた。尋ねるタイミングを逸してしまったが、美優よりは三人の魔女や、同じ制作科で好奇心旺盛な芽衣のほうがまだ知っている可能性が高い。

「あの、そろそろ行っていい？　芽衣も気になるし。悪く思わないであげてね。さやかのこと、だいぶ心配してたんだよ」

美優は早く立ち去りたそうだった。すでに片足の踵を浮かせ、ワイヤレスイヤホンを装着しようとしている。

「なに聞いてるんですか？」

空気を変えようとしたのか、空気を読めないのか、貴水がのんきな調子で尋ねた。

「ああ、落語」

美優はスマホを出してプレイリストを見せ、片方のイヤホンを外して貴水に差し出した。貴水がそれを装着しているあいだに、「これだったら知ってるかな」とプレイリストを操作する。「『死神』っていう有名なやつ」

それならさやかもだいたいの筋は知っている。しかし貴水は少し聞いて首をひねった。

「知らないなあ。落語、好きなんですか？」

「うん。それに演技の勉強になるから、時間を見つけて聞くようにしてる。凡人は努力するしかないからね」

ね、というように、かすかに苦い笑みをさやかに向けると、美優は貴水が返したイヤホンを装着して去っていった。綾乃から聞いた話を確認することはできたものの、新たな収穫はなかった。

胸に残った苦いものに気づかないふりをして、さやかは尋ねた。

「それで、あんたはどうする？」

「え？」

「わたしは綺羅に当たってみるけど」
「やります。続けますよ、当然」
「じゃあ綺羅にはわたしから言ってみる」
さやかはバッグからスマホを取り出し、貴水の反応を待った。きょとんとしている貴水に舌打ちを浴びせる。
「ぼけっとしてないであんたも出して。連絡先。交換してないでしょ。話がついたらあんたにも連絡するから」
了の死および盗聴の件について話を聞きたいという申し入れを、綺羅は思いのほかすんな
りと承諾した。条件は彼女の秘密を他言しないことと、都心の有名カフェの季節限定パフェ
をおごること。六月は〈贅沢メロンパフェ〉だという。
「こんな恰好でいいのかな」
綺羅との待ち合わせ時刻より十分ほど早く、三年の寮の前で落ち合った貴水は、両手を広
げて自分の体を見下ろした。袖のゆったりしたシャツにハイウエストのパンツ。梅雨時の湿
気を吹き飛ばすさわやかさで、手足の長さが強調されて見える。さやかは似たような服を選
んでしまった自分を呪った。
「なんたって都心のおしゃれカフェですもんね。さやかさんはかわいいよ」
「ばかにしてんの?」
「えっ、なんで?」

言いがかりだという自覚はあるので、さやかは強引に話題を変える。

「綺羅、本当に話してくれるかな」

さやかの視線を追って、貴水も寮の玄関を見やる。まだ綺羅は出てこない。

綺羅が申し入れを承諾したのはとても意外だった。綾乃や氷菜のように拒否するものと思っていたのだ。彼女の返事を聞いたときは「本当にいいの?」と確認したくらいで、いまだに何か裏があるような気がしてならない。やっぱりやめたと手のひらを返されるとか、まったくのでたらめを聞かされるとか。綺羅ほど、ぺろっと舌を出す表情が似合う子もいない。

ここ数日はそんなことを考えてもやもやしていたが、一方で意外にも脚本づくりがはかどった。手ごたえを感じるアイディアを思いつき、それが空中分解せずに発展しそうな兆しを見せている。了の死に主体的に向き合うと腹をくくったことが、精神面でプラスに働いたのかもしれない。

貴水は貴水で罪悪感と折り合いをつけたらしく、あの日以降はさやかを問題から遠ざけようとはしなくなった。俳優志望の学生として本分にも打ちこんでいるようだ。

綺羅を待ちながら、「昨日の講義で」と貴水は語りだした。「おもしろいエチュードをやったんですよ。セールスマンになりきって、自分が履いてる特殊なシューズをクラスメートに実演販売する、っていう」

さやかも似たようなことをやらされた覚えがあった。設定や台詞を考えるのはおもしろかったが自分で演じるのは苦痛で、役者になるわけじゃないのにと不満を抱いたものだ。

「いろんなシューズが出ましたよ。これを履いたら飛べますとか、瞬間移動ができますとか」

「それって実演できなくない？」

「そうなんですよ。実演できない理由を説明したり、お客に突っこまれたら途中からガラの悪い押し売りに変貌したりして、そこがまたおもしろくて。すごかったのは、このシューズは食べられますって言って、本当にかじった子がいたんです。あと、これを履いたら絶対に動けませんって言って、一分間ぴくりともせずにいた子もよかったな」

「あんたは？」

「履いてるだけでぐんぐん背が伸びるシューズ。わたしが実例です、一年前はクラスでいちばん小さかったのにこれを履きだしたらこんなになりました、って」

「間違いなく詐欺でしょ」

「効果には個人差があります、ってちゃんと言いましたよ。そしたらなんかウケて」

なんとなく想像がつく。設定や演技の巧拙はともかく、貴水には人を巻きこむ力があるから場は盛りあがっただろう。何にせよ、貴水は楽しんで演劇を学んでいるようだ。

「でね……あ、来た」

話の途中で貴水が言った。玄関に綺羅が姿を現したことに、もちろんさやかも気づいていた。どこにいても綺羅は目立つ。いまはピンクに染めている髪が金だったときも緑だったときも、黒だったときだって目立っていた。飛び抜けて顔がかわいいというのもあるが、華とはどういうものなのか、群衆のなかで彼女を見れば一目瞭然だ。

「あれ、わたし、遅れてないよね？」

左手のスマートウォッチを確認しながら綺羅は近づいてきた。三人のなかでいちばん薄着で、丈の短いトップスとパンツの隙間に素肌がのぞいている。内臓が全部入っているとは思えないほど薄いおなかだ。

学校にいるときよりカラフルなメイクをした綺羅の顔をじっと見て、貴水が尋ねる。

「それってカラコンですか？　すごくきれい」

「でしょ？　服とかメイクに瞳の色も合わせられるように何色か持ってんの」

「ほえー、おしゃれー」

「貴水も今日はおしゃれじゃん。いつもの変なTシャツも好きだけど」

「わたしのTシャツなんかいつ見たんですか？」

「よく見てるよ。着替えてスタジオに移動してるときとか。昨日も見たよ、『チリも積もればゴミ屋敷』って書いてあるやつ。いいセンスしてるよね。あ、そうだ、せっかくだから一緒に写真撮ろ」

言うが早いか綺羅は貴水に顔を寄せ、スマホの画面を自分たちに向けて掲げた。

「ほら、さやっちも」

「わたしはいい」

スタンプラリーじゃあるまいし、行く先々で、あらゆる場面で、いちいち記録を残したいとは思わない。

「めんどくさ。いいから入って」

まったく理不尽な言われようだったが、貴水までもが「さやかさん」と促して二対一で待たれる恰好になったので、これでは本当に自分が面倒をかけているようだと思い、さやかもしぶしぶ頭を寄せた。ふたつの笑顔とひとつの仏頂面がフレームに収まる。

「せっかくだからみんなでピースでもします？」

言いながら貴水はすでに両手でピースを作っている。綺羅もスマホを持っていないほうの左手をピースの形にしたが、一般的なピースとは表裏が逆で、手の甲を正面に向けた恰好で指を自分の顎に当てた。その位置といい少し傾げた首の角度といい表情といい、自分の見せ方を心得ている感じがする。「ほら、さやかさん」とまたしても聞き分けの悪い子どものような扱いを受け、さやかもしぶしぶ片手でピースをした。曲がった二本の指が胸の前あたりにある、しなびたようなピースだ。

シャッター音が鳴り、貴水と綺羅はふたりで画面を覗きこんだ。満足のいく出来だったらしい。

「そういえば見ましたよ、ＫＯＨＡＫＵさんのインスタ」

貴水の言葉に、綺羅は気のない反応を示した。

「あー、そんなんあったね。そんなことより、さやっちと撮るのってはじめてじゃない？　超レア」

それを聞いて、ふと思う。

「もしかして了と撮ったこともある？」

「あるよ」

綺羅はたちまちその写真を探し出して画面に表示してみせた。ジャージ姿の了と、スタンダードな黒いバニーガールの衣装——首に蝶ネクタイ、手首に白いカフス、尻に丸いふわふわした尻尾——を身に着けた綺羅が、並んで立っている。指でハートマークを作り挑発的な笑みを浮かべた綺羅に対し、了のほうは無表情に近くポーズもない。

「これって」

「『百獣のマクベス』の衣装合わせのとき。結局、この衣装にはならなかったけどね。このときに了が、これじゃつまんないって却下したから」

「そういえば、綺羅はこっちの衣装のほうがいいって言ってたっけね」

綺羅の衣装を写すためか写真には全身が入っていた。了のジャージはありふれた黒の上下セットで、さやかも見慣れたものだ。似たような紺の上下もあって、その二セットを彼女は使いまわしていた。奈落へ転落したときに身に着けていたのは紺のほうだ。パンツの右ポケットからボールペンの頭が覗いている。了はメモを取らないタイプだったが、これが定番のスタイルだった。

脳の血管にどっと血が流れるような、記憶を刺激される感覚があった。実際に思い出がよみがえることはなかったが、了とさして交流のなかったさやかでもこうなのだから、親しかった人間はさぞ苦しいだろう。そう思って貴水の様子をうかがうと、そこには想像以上に動揺した顔があった。

「了、こんなに痩せてたっけ」

たしかに公演前はやつれていたが、毎日姿を見ていたさやかたちはさほど気にならなかった。しかし長らく見ていなかった貴水にとっては、衝撃的な変化だったようだ。食い入るよのかわからない。

うに画面を見つめる貴水に、さやかは動揺した。こんな貴水ははじめてで、どう扱えばいい

「了はのめりこむタイプだったからねー。綾乃なんかも稽古の虫だけど、そういうのとはまた違ってさ。どっちにしろ、よーやるわって感じ」

綺羅があっけらかんと言って、斜めがけにしたミニバッグにスマホを戻した。それとは別に大きなスポーツバッグを肩にかけている。パフェを食べたあとレッスンに行くという。

「行こ、時間なくなっちゃう」

居心地の悪い時間が断ち切られたことに、さやかはほっとした。

さやかと綺羅の三年生ふたりが並んで歩き、貴水が後ろをついてくる形になった。駅までのあいだ貴水はめずらしく無口だったが、綺羅が普段の調子で話しかけるので、それに答えるうちに気持ちを切り替えることができたようだ。電車に乗りこんだときには、人当たりがいいけれどどこかつかみどころのない、いつもの彼女に戻っていた。

電車を二回乗り換え一時間ほどかけて降り立った都心の街は、さやかと貴水にとってははじめての場所だった。巨大なビルの隙間に少しずつ角度の異なる大小さまざまな道が無数に伸びていて、改札を出たとたんどっちへ進めばいいのかわからなくなる。すごい人、と貴水が驚いた声を出した。しかし綺羅によれば、いまはまだ少ないほうらしい。大通りからすっと路地に入り、慣れた様子ですいすい進んでいく綺羅は、美しく敏捷な熱帯魚のようだ。多くの視線を引き連れて泳いでいく。

どうにかついて歩きながら、いろんな人がいるなあと思った。きちんとしたスーツを着て

急ぎ足の会社員らしき人、カジュアルな服装でふざけあうグループ、ドレスアップして結婚式にでも行くような人、スポーツウェアで犬を連れてウォーキングをしている人。ある人は真夏で、ある人は真冬だ。ハイブランドのバッグを持った通行人の足元に、ホームレスが寝そべっている。老人も若者も、日本人も外国人も、その他ぱっと見ただけではわからないあらゆる違いを持った人々が集まっているのだろう。そして時間と場所を一瞬だけ共有し、互いに見知らぬまま離れていく。同年代の少女たちが同じ制服を着て同じ夢を目指す百花演劇学校とは正反対だ、と思ったあとで、そうだろうかと思い直した。極端な言い方をすれば、百花の生徒だって同じところなど何ひとつないのでは？　三年という時間は人生のうちでは一瞬にすぎず、本当に知っている人間など誰ひとりいないのでは？

「あそこ」

歩道でふいに足を止めた綺羅が、雑居ビルの上階を指さした。五階か六階建ての上から三フロア分に同じ看板が出ている。

「アクション・スタント・アクロバット・殺陣《たて》……」看板に書かれた文字を貴水が声に出して読みあげていく。「カフェ、じゃないですよね」

「わたしが通ってる教室のひとつだよ。今日、カフェのあとで来るとこ」

「へえ、こんなのも習ってるんですね」

「あとは演技とボイトレね。定期的に通ってるのはそれだけ。本当はパーソナルジムにも通いたいんだけど高いからさ、学校のジムで我慢してる。あとはいろんな劇団が不定期に開催する勉強会とかワークショップに参加したり」

「そんなに？」

「意外だった？」と綺羅はさやかを見て言った。

たしかに、綺羅に努力家という印象はない。もちろん努力なしにいまの実力を身に付け、かつ維持できるはずはないが、綾乃などに比べるとはるかに余裕を持って取り組んでいるように見える。器用で要領がよく、座学で寝ていたとか稽古がかったるいというようなことをあけすけに口にするし、放課後や休日に遊びに出かけたような話もよくしている。よい役や評価を得るために目をぎらつかせ、同じ俳優科の生徒に対抗心を燃やす様子もない。それでいてさらりとうまくやってみせる。同じ階段を上るにしても、他の生徒が這うように必死で上っていくなかを、ひとりスキップで上っていくような軽やかさがあった。それは彼女の大きな魅力だと思う。

「わたし、スターになりたいんだよね。誰よりも光り輝いて、人の視線を奪わずにはおかない、誰もがどうしようもなく惹きつけられる、そんな俳優に。もちろん実力があるのは大前提だから、こうやっていろいろがんばってるわけよ。つまり、大いなる野望のために」

さやかがはっとなったのを見て、綺羅はいたずらっぽく笑った。目尻がきゅっと上がり、ライトブラウンの瞳のなかに星が見えた。

野望、と貴水が復唱する。それは『百獣のマクベス』で了が綺羅に与えた役だ。おそらくは盗聴で秘密を知ったことによって。

「そういうこと。これがわたしの秘密ってわけ。ぶっちゃけわたし、野望を実現するためならなんでもやると思う。お金や体を差し出す必要があればそうするし、悪魔に魂を売れって言われたら売るよ。でもそういうのってわたしのキャラじゃないじゃん？」

綺羅はピンクの髪をさらりと指ですいた。

「人からこんなふうに見られたいっていうの、誰だってあるでしょ。がつがつしたり泣いたりもがいたり、そういうとこ見せたくないんだよね。苦しくても歯を食いしばってがむしゃらに努力してますなんてキャラ、わたしの趣味じゃないもん。美学なんて言うと人げさだけどさ。だからレッスンもわざわざこんなとこまで来てんの」

電車を二回乗り換えて一時間、たしかに便利とは言えない。遊びに出かけた話をよくしているのもそういうことだったのか。

「もしかして今日のパフェもカムフラージュ？」

「それだけじゃないけどね。ちゃんとごちそうしてもらう」

綺羅の言うことは理解できなくはない。さやかだって、了に対する劣等感を人に見抜かれるのは嫌な気分だ。でも――。

「納得いかないな」さやかより先に貴水が言った。

「いままでに集めた情報によると、盗聴が発覚したとき綺羅さんはものすごく怒ったんですよね。事実を知った四人のなかでいちばんってくらいに。先頭に立って了を糾弾して、受信機や録音データを探したって聞きました」

おしゃべり、と綺羅が口をへの字に曲げる。誰がしゃべったのかは見当がついているようだ。

「こう言っちゃなんだけど、いま綺羅さんが語った秘密はそれほど重大なものとは思えません。野望っていうけど綺羅さんなら充分に実現可能な夢だと思うし、そのために実際にやましいことをしたならともかく」

「そう言われてもね」

「実は気になってることがあるんです」

貴水は自分のスマホを取り出し、画面を綺羅のほうへ向けた。さやかも覗きこんで見ると、あらかじめ準備してあったらしく、前に見たＫＯＨＡＫＵのインスタの写真が表示されていた。十二夜劇場の楽屋で撮られたものだ。

「気になったのは、写真につけられた共通の友達っぽい人からのコメントです。『綺羅、元気だった？ｗｗ』って、言葉は普通だけど、なんで『ｗｗ』なんだろって。これ以前の九月に投稿された写真につけられたコメントもそうでした。『すでに女優じゃんｗｗ』」

「……書いたやつの単なる癖でしょ」

「かもしれないけど、揶揄してるみたいにも見えますよね」

さやかは見過ごしてしまっていたが、たしかにそうも見える。だとしたら、これらのコメントはどういう意味になるのか。

「綺羅さんとＫＯＨＡＫＵさんは本当に親友なんですか？　ぜんぜんそんなんじゃないのにこんなに仲良さそうに写ってるから、『すでに女優』なんじゃないですか？　このインスタの写真で綺羅さんは有名になったのに、綺羅さん自身はその話題に触れようとしなかったそうですね。わたしがさっきその話を出したときもそうでした。スターになりたい人なのに、ＫＯＨＡＫＵさんとは距離をとる。それで思ったんです。ＫＯＨＡＫＵさんとの関係は綺羅さんにとっていいものじゃなくて、むしろ人に知られたくないものなんじゃないかって」

綺羅が何か言うのを期待するように、貴水はそこで少し間を置いた。しかし綺羅が黙っているので、小さく息をついて再び口を開く。

「その左手」貴水は綺羅の左手首に目を向けた。バンドの太いスマートウォッチに。それからふいにさやかへと視線を転じる。

「綺羅さんはいつもこの時計をしてるんですか？」

急に質問を振られて、さやかは戸惑った。貴水が何を言おうとしているのかわからない。

「わたしの知るかぎり、舞台とか特別な場以外ではそうだと思うけど」

「いつから？」

「入学したときからじゃなかったかな」

「バンドもいつも同じ？」

「そのはずだけど」

さやかの返事にかぶせるように「入学祝いでもらったものだからね」と綺羅が言う。時計の上から右手で左手首をつかんでいるのは無意識だろうか。貴水が再び綺羅を見た。

「服に合わせてカラコンまで使い分ける人が、時計のバンドはいつも同じですか。ところで『百獣のマクベス』の衣装について、綺羅さんは手首にファーを着けることを強く主張したそうですね。神さまである了の反対を押し切るほど」

「できるかぎりいい姿で舞台に立ちたいと思うのは当然でしょ」

「さっき三人でピースして写真を撮ったとき、綺羅さんは左手首を内側に向けましたね。了とふたりで撮った写真でも、綺羅さんは指ハートのポーズだったから手首は内側に向いていた」

「そんなのたまたま……」

「魔女の衣装って最初はオーソドックスなバニーガールで、綺羅さんはそっちのほうがよかったんですよね。それならカフスで手首が隠れてる。あなたはできるかぎり手首が――左手首が露出するのを避けたいと思ってるんじゃないですか。スマートウォッチとかカフスで覆われた状態でさえ、なるべく左手首の内側を人目にさらしたくないって。見せたくない何かがそこにあるみたい」

ぷつっと時間を断ち切ったような沈黙が降りた。貴水の言わんとしていることがようやくわかって、さやかはひとりうろたえた。とても信じられないが、もしそれが事実だとしたら、こんなふうに暴いて語らせるべきではない。

貴水と綺羅は無言でにらみ合い、ややあって綺羅の大きなため息が沈黙を終わらせた。どこかなげやりな口調で「うっざ」とつぶやき、うらめしげに貴水を見る。「ごまかせると思ったのに、意外と鋭いじゃん」

「それが綺羅さんの秘密。了は盗聴によってそのことを知ってたから、ファーを着けたいっていう綺羅さんの要望を受け入れたんですね」

綺羅はもう一度ため息をついてピンクの髪をかき上げると、「ついてきて」と言って歩きだした。首都高沿いの湾曲した歩道に出て、贅沢メロンパフェのカフェの前を通りすぎ、一度も振り返ることなくまだずっと進んでいく。

無言で十分近く歩いたところで、綺羅はぴたりと足を止めた。体の向きを変え、道路を渡ったところにそびえる大きな建物を見上げる。それが何なのかはさやかも知っていた。白い壁面の高いところに、デザイン化された〈六文桟敷〉の文字がある。〈劇団六文芝居〉の劇場だ。専用の劇場を持つ劇団は日本にごくわずかしかない。いま入口は閉ざされているが、開演時間が近づけばチケットを手にした老若男女で道はいっぱいになるだろう。六文芝居のチケットは入手困難なことで知られている。通りすがりの女性が掲示されたポスターの写真を撮っていく。

「わたしはここに入って、この舞台のまんなかに立つ」

綺羅は劇場を見つめたまま、挑むような口調で宣言した。六文芝居への入団は、百花演劇学校への入学よりもはるかに難しい。入団テストは毎年行われているが、合格者ゼロという年もざらにある。しかし綺羅の声は自信に満ちて力強く、首都高を走る車の音にかき消されることなくはっきりとさやかの耳に届いた。日陰にいるのに瞳がぎらぎらしている。いや、ぎらぎらしているのは彼女そのものか。

その輝きに思わず目を奪われていると、ふいに綺羅が真顔でこちらを向いた。

「もういない了について知ることって、そんなに大事？」

「え？」

「知ったところで了は帰ってこないのに？　そのために生きてるわたしを傷つけるとしても？　その覚悟ある？」

すぐには答えられなかった。演技以外で綺羅のこんな顔を見たことがない。息苦しくなるほど真剣な目だ。緊張して身構えているのがわかる。秘密を暴きたてようというのだから、傷つける可能性は当然あった。事実、綾乃のことをひどく傷つけた。それでもと腹をくったつもりでいたが、こうやって正面から問われると気持ちが揺らぐ。

　答えたのは貴水のほうだった。

「ごめんなさい、それでも知りたいんです。死んだ了のためだけじゃなくて、生きてるわたしのためにも。お願いします」

　同じくらい真剣な目で綺羅を見据えて訴える。

　綺羅は再び劇場を見上げ、痛みをこらえるみたいに目を細めた。

「……百花に入る前の話だよ」

　語りはじめた綺羅の声はいつになく硬かった。

「わたしはいじめられてたんだ。好きなものをばかにされて、笑われて、踏みにじられて」

　この一段、
踏み外して転ぶか、飛び越すかだ。
俺の行く手をさえぎっているんだからな。星よ、光を消せ！
俺の胸の奥底の黒々とした野望を照らすな。

小学生の綺羅にとって人生は直線だった。急がば回れ、なんてばからしい。そんなん直進できないときの言い訳やん。どう考えてもまっすぐ行ったほうが早いに決まってる。

子どものころから、やりたいと思ったことは何でもすぐにやった。親の留守に包丁と火を使うこと、クラブ活動をかけもちして渡り歩くこと、ネットで知らない誰かとやりとりすること、髪を染めること、デニムに自分でダメージ加工をすること、おさがりの学習机の色を塗り替えること、その他もろもろ。やってはいけないと言われてもまだ早いと言われても耳を貸さなかった。法に触れたり他人に迷惑をかけたりしなければ、自分の人生、何をしようと自由のはずだ。

綺羅の「やりたい」は「やる」と直線で結ばれていた。

だからばあばとじいじの住んでいる大阪で、はじめて〈劇団六文芝居〉の公演——オリジナルのファミリー向けの作品だった——を見てとりこになった綺羅が、彼らのようなお芝居をする人になりたいと思い、レッスンに通いたいと両親に告げたのは自然なことだった。そのとき綺羅は四年生で、いくら自由といっても保護者の許可と協力が不可欠だった。

綺羅ちゃん、将来は女優さんになれるんちゃう？　そんなことを親戚や近所の人に言われてはまんざらでもなさそうだった両親だが、本当に娘がそう言いだしたのには困惑したようだ。両親はイタリアンレストランを経営しているが、母方の親戚から引き継いだ庶民的な店で、いちばん人気のメニューは千円弱の日替わりパスタランチだと聞いたことがあった。綺羅がそれを告げたときは、ドリンク&デザート付きセットのメニュー表記を従来の「デザート」のままでいくか「ドルチェ」に改めるかでもめていた。

「そやから先代が生きてるうちは」と父が言ったところで、綺羅は「話あんねんけど」と居間に入っていった。タイミングを見計らうとかあとにするという発想はなかった。どうせこの手の論争はあっちへ行きこっちへ行きしてすぐには結論が出ないのだと知っていた。その点、自分の話は直線だから早い。

芸能界などとは無縁の両親は、ぽかんとして顔を見合わせた。役者、しかも舞台俳優。

「つまりおまえ、よしもと入りたいんか」

的外れな反応をする両親に、綺羅は六文芝居の動画を見せて熱心に訴えた。なあ、めっちゃすごいやろ？　めっちゃきらきらしてるやろ？　うちもこれになりたいねん！　語りながら、自分の言葉の拙さがもどかしくてたまらなかった。心臓をわしづかみにされたようなあの感動の、百分の一も表現できていないと思った。それでも、そこはスマホの画面のなかの劇団員たちが補ってくれるはずだった。百聞は一見にしかず。彼らに魅了されない人なんていない。まだ幼かった綺羅はそう信じていた。

ところが両親の反応は鈍かった。「はあ、これがそんなにええの」とおぼつかない調子で言われ、綺羅はいらだった。こちらからすれば「なんでわからへんの」だ。ただひとり年の離れた兄だけが「ええやん、目立ちたがりの綺羅に似合ってるわ」とぞんざいに応援してくれた。

話は思ったより早くすまなかったが、最終的に綺羅は地元で唯一の演劇教室に通わせてもらえることになった。子ども向けのクラスでは、まずは演劇というものに慣れ親しむことを目的に、ボイストレーニングや体づくりなどの基礎を教えていた。

書道やそろばんに比べれば少々お高めの習い事ではあったが、両親は娘の興味はそのうち移ると高をくくっていたようだ。しかしそうはならなかった。綺羅は暇さえあれば鏡に向かって練習に励み、教室に通いはじめて半年後の公演では、大人たちに交じって重要な役を任された。教室の先生からは、生まれ持っての才能があると太鼓判を押された。

綺羅にははっきり見えていた。スポットライトに照らされた舞台の中央へと続く、人生の直線が。その線がわずかにゆがみはじめたのは、五年生に進級した春だった。

「舞台俳優、目指してるって本当？」

まっすぐな長い髪を耳にかけながら問いかけてきたのは、学校で斜め前の席に座る琥珀《こはく》ちゃんだった。目がぱっちりしたアイドルみたいな美少女で、朗らかな笑顔が特にかわいかった。去年までは違うクラスで、その日まではろくに話したこともなかったが、なんと琥珀ちゃんもミュージカル俳優を目指して大阪のスクールに通っているという。一気に距離が縮まった。演劇教室に同年代の仲間はいるものの、遊び感覚の子がほとんどで、同じようにプロを目指している相手と出会ったのははじめてだった。

だからかもしれない。なにか変だと気づくのが遅くなってしまったのは。

琥珀ちゃんは頻繁に綺羅を家に誘ってくれた。舞台風のメイクをお互いにしあったり、琥珀ちゃんが持っているミュージカルのブルーレイを見たり、それぞれ演技や歌を披露して琥珀ちゃんのタブレットで撮影したりと、演劇に関する遊びがほとんどだった。動画に関しては、だんだん綺羅が撮影されるほうが多くなってきたが、撮るより撮られるほうがだんぜん好きなのであまり気にならなかった。

綺羅ちゃん、上手！　綺羅ちゃん、かわいい！　綺羅ちゃん、体めっちゃ柔らかい！　綺羅ちゃん、おもろい！　なあ、『キャッツ』ごっこしようよ。グリザベラやってみて。わあ上手、めちゃ上手、次は……！　琥珀ちゃんのリクエストに応えているとき、綺羅はスター気分ですらあった。

夏休みにばあばの家へ泊まりに行き、お土産の地域限定スナックを手に、一週間ぶりに琥珀ちゃんの家を訪ねたときのことだった。靴脱ぎを見てあれっと思った。琥珀ちゃんのものではない女児用の靴が三人分、並んでいたのだ。子ども部屋へ行くと、琥珀ちゃんが靴の持ち主たちと一緒に、甲高い笑い声をあげながらタブレットを覗きこんでいるところだった。

「ああ、綺羅ちゃん。前に撮ったやつ、みんなにも見てもらってたの。みんなもおもろいって」

その日から彼女らも一緒に遊ぶようになり、綺羅にリクエストをするのは琥珀ちゃんひとりではなくなった。もっとメイク濃くしてみよ。変顔して、変顔。何か動物の演技してみてよ。ギャハハ、上手すぎ！　天才ー。アカデミー賞、獲れるんちゃう？

琥珀ちゃんの家に行くのがだんだん憂鬱になった。嫌なら行かなければいいし嫌なことはしなければいいはずだったが、琥珀ちゃんの誘いを断るのはなぜかとても難しかった。

あとになって理解したことだが、琥珀ちゃんは綺羅とは対照的に回り道が得意で、あっちこっち遠回りしながら、いつの間にか目的地に到着する人だった。琥珀ちゃんが綺羅を引っぱっていこうとしていた先がようやくわかったとき、ふたりはもうゴールにたどり着いていた。女王様と道化、もしくはご主人様と奴隷《おもちゃ》の関係。

中学生になっていた。たぶんはじめて話をしたときからずっと、琥珀は自分とキャラがかぶる綺羅を目障りだと思っていたのだ。琥珀は巧みな戦略でもって綺羅に様々なレッテルを張りつけ、自分たちがまったく違うものであるという認識を周囲に植えつけることに成功した。

琥珀の部屋に集う少女たちの顔は時とともに移ろったが、リクエストは過激化の一途をたどった。彼女らの手には入学祝いに買ってもらったスマホが握られていて、ばか笑いを爆発させながら残酷な撮影会に興じるのだった。男子が交じるときもあり、そのときはいっそう苦痛だった。主催者の琥珀は「綺羅ちゃんはやっぱりすごいわ」「みんなよくおもろいこと思いつくなあ」と、あの朗らかな笑顔で傍観に徹していることが多かった。少女少年たちは仲間たちからの、特に琥珀からのよりよい評価を勝ち取るべく、「ウケる」リクエストを探求していった。

そしてある日、綺羅の忍耐は限界を超えた。朝、制服に着替えたものの、部屋から出ようとすると猛烈な腹痛と吐き気に襲われた。次の日もその次の日も同じで、部屋から出られなくなってしまった。あんなに楽しかった演劇教室には、とっくの昔に行けなくなっていた。自分が学校でどういう扱いをされているのか、教室の人たちにも知られているんじゃないかと想像すると、恐怖と恥ずかしさで身がすくんだ。

姿見に映る自分を見るのがつらかった。膝を抱えてうずくまった自分は、評判の美少女でも、才能に太鼓判を押された生徒でも、夢に向かってひた走る人間でもなかった。いじめによって尊厳も夢も失ったみじめな負け犬。スポットライトなんて似合わない。むしろ暗がりに隠れていたい。舞台の中央に続いていたはずの直線は、もうすっかりゆがんでしまった。

不登校に陥った綺羅がとうとう手首にカッターで赤い直線を引いた日、両親は東京の大学に進学していた兄に助けを求めた。いつもは必ず高速バスで帰ってくる兄が、その日のうちに新幹線でやって来た。

部屋と廊下を隔てる襖越しに、兄妹は話をした。根ほり葉ほりという訊き方ではなかったのが綺羅にはありがたく、学校にはどうしても行きたくないという意思を伝えた。兄の回答は、思いがけないものだった。

「よし。じゃあおれ、おまえに投資するわ」

「……は？　何それ、意味わからん」

まあ聞け、と兄は咳払いをした。なんでも兄は、大学の友達と事業を起ち上げるべく学業そっちのけで資金集めに奔走していたそうなのだが、その一部を綺羅に投資するので東京の百花演劇学校を目指せと言う。

「おれはよう知らんけど、友達の従妹がその百花の出身で、おまえの好きな六文芝居で役者やってるらしいねん」

六文芝居も本拠は東京だ。

「それともおまえ、もう演劇自体が嫌になったんか？」

そうや、と返すつもりだったのに喉が詰まった。兄の話を聞いて、とうに死んでいたはずの心が動いた。あんなに愚弄されても、好きなものは好きなままだったのだと、胸にともった火はまだ消えていなかったのだと、気づかされてしまった。

百花を目指すならレッスンは必須だが、地元の教室が嫌なら大阪まで通えばいいと兄は言った。その交通費も出してやるからと。それは兄が自分の夢のために苦労して集めた金のはずだった。さすがにありがとうとは言えない綺羅に、これは投資なのだと兄は強調した。

「おまえがビッグな俳優になって、倍にして返してくれたらええねん」

一週間後、再び兄がやって来た。綺羅は襖を開け、兄に向かって手首に傷がついていないほうの手を差し出した。握手を交わした瞬間、スポットライトに照らされた舞台がはっきりと見えた。

そこからは直線だった。週に二日は大阪の俳優養成所に通い、残りの五日は自宅でトレーニングと勉強に打ちこんだ。百花の入学試験は圧倒的に実技重視だが、最低限の学力は求められる。やりたいことがあって、やるべきことがはっきりしたら、あとはやるだけだ。他の子が義務教育に勤しんでいる時間をすべて受験の準備に費やした。技術を磨き、容姿もぴかぴかに磨きなおした。そうしているうちに手首の傷は薄くなり、よくよく目を凝らさないとわからないほどになった。

百花の制服に身を包んで颯爽と正門をくぐったとき、同じ新入生たちが羨望のまなざしを向けてくるのがわかった。いい気分だったが、ここは通過点に過ぎないのだと肝に銘じた。綺羅が目指すのは、六文芝居の舞台の中央だ。

同級生のなかに筧正太郎の娘がいたのには驚いた。筧正太郎は六文芝居の看板俳優であり、小学四年生の綺羅をとりこにしたあの日の公演にも出演していた。当時の綺羅だったら、すぐに娘に話しかけて仲良くなろうとしていただろう。しかし六年後の綺羅はそうしなかった。

誰に対しても一定の距離を保とうと決めていた。信用しすぎてはいけない。一方で、誰に対しても明るく友好的にふるまい、敵を作らないよう努めた。隙を見せてはいけない。

百花での生活は順調だった。学ぶことはごく一部の座学を除いておおむね楽しかったし、綺羅は小学五年生の春以前の自分を取り戻していた。少なくとも表面の、人から見える部分においては。綺羅がかつていじめに遭っていたなんて誰も思わないだろう。あの了だって見抜けまい。

それなのに――まさか再びあいつが自分の人生にしゃしゃり出てくるなんて、思ってもみなかった。

二年の二学期が始まってすぐのことだ。学校のジムで汗を流して寮へ帰ろうとしていると、正門の陰から他校の制服に身を包んだ少女が現れた。日は傾いていたが日傘を差しており、その下にかつて見慣れた笑顔があった。

「綺羅ちゃん、久しぶり」

悲鳴をこらえられたのは、周りにクラスメートがいたからだ。うちひとりが「高校生インフルエンサーのKOHAKUちゃん？」と興奮ぎみに尋ねると、琥珀は謙遜しつつ肯定した。

「ごめん、急に会いに来たりしてびっくりしたよね。綺羅ちゃんが百花にいるって知って、いてもたってもいられなかったの。地元の友達と東京で会えるなんて奇跡みたい！」

琥珀は都内にある有名な芸能高校の名を挙げ、いまはそこに在籍して、小さい案件ながらいくつかの芸能活動もしているのだと語った。琥珀が目の前に立って東京の言葉を操る様は、悪い夢のようだった。縁が切れたと思っていたのに。

綺羅は自制心をフル稼働させ、はしゃぐクラスメートから不審に思われないようにふるまった。笑顔を作り、懐かしげに言葉を交わした。これは芝居なのだと自分に言い聞かせ、会えてうれしいなどと心にもない嘘を連発するあいだ、動悸がうるさくてたまらなかった。汗が止まらなかったのは、九月の暑さのせいだけではないはずだ。琥珀に促されるがままに連絡先を交換し終えると、悪夢の化身はようやく去っていった。

連絡はその日のうちに来た。電話の着信を告げるスマホをつかみ、寮の備品置き場に駆けこんだ。ブロックしてしまうことも考えたが、一方的に拒絶したら何をされるかわかったものではない。いじめられるとわかっていながら、彼女からの呼び出しを拒めなかったあのころと同じだ。

「はい？」

平静を装って応答したが、そんな綺羅の反応を琥珀はおもしろがっているようだった。

「なに怯えてんの。うちら親友やん」

故郷の方言で告げられた言葉に、耳を疑った。「……どういうつもり？」

「考えてみ。うちら、どっちも芸能人やん。こっちはひよこ、そっちはたまごやけど。いじめたの、いじめられたの、なんて話はどっちにとってもええことなしやろ。ふたりは幼なじみで一緒に夢を追いかけてました、ってことにしとけばウィンウィンやん」

頭がくらくらした。琥珀はあのころとまったく変わっていなかった。

「あんた、自分がわたしに何したかわかってんの？　あんたとわたしの立場は同じじゃない」

「でもさ、いじめられるほうにも原因があるって思ってる人、世の中にけっこう多いよ。それに、ずっとそういう目で見られつづけるのはそっちも嫌じゃない？　どっちが得か、考えんでもわかるやん」

「謝ってとは言わない。いまさら意味ないし。でも親友のふりなんて死んでも無理」

「えー、じゃあ死ぬ？　死にたくなるようなネタなら、手元にいーっぱいあるよ」

琥珀はグリザベラの歌を口ずさみはじめた。かっと頭が熱くなり、一方で胸は冷たくなり、スマホをつかんだ手が震えだした。忘れていない。重なり合うばか笑いと、自分に向けられたカメラのレンズ。吐き気がこみ上げ、口を押さえた。

「動画は消して。……お願い」

「そしたら今度、うちのチャンネルに出てよ。ミュージカル俳優を目指してるＫＯＨＡＫＵの親友が、百花生で舞台俳優を目指してるって、エピソードとしておいしいやん。しかも#ジモトモ」

「うちの学校、基本的にメディア出演は禁止だから、それは無理、ほんとに」

「えー、つまらん。百花に行かなくて正解やったわ」

琥珀の進学先の選択肢に百花も入っていたと知り、心底ぞっとした。

YouTubeを断る代わりにインスタ用の写真を一緒に撮ることを約束させられ、通話は終了した。琥珀のほうが先に電話を切り、綺羅はスマホを耳に当てたまましばらく動けずにいた。逃れられたと思ったのに、これからは琥珀の「親友」としての人生が始まるのだ。

「……ふざけんな」

気づけば歯を食いしばっていた。みしみしときしむような奥歯の隙間から、ひび割れた声が漏れてきた。

「いつまでもあんたなんかの言いなりになってたまるか。あんたなんかにわたしの人生を支配させてたまるか。見返してやる。必ずあんたよりも成功して、はるかに高いところからあんたを見下ろして笑ってやるから」

わかっていた。手首の傷はいつか消えても、そこに傷があったことは消えない。その証拠に、いまだに左手首を人目にさらすことを避けてしまう。人にはわからなくても、自分の目には傷跡が見えているから。琥珀と出会う前の自分には戻れない。けれど、新たに始めることはできる。

綺羅はぐいっと目元を拭った。必ず行くのだ、あの舞台の中央へ。一直線に。

琥珀との再会とほぼ時を同じくして、学校では定期公演の稽古が始まった。『マクベス』は全国ツアーが何度も行われるほど人気の演目で、綺羅も六文芝居所属の筧正太郎が主演を務めたバージョンを大阪で観ていた。できることなら全公演に通いたかったが、当時中学生だった綺羅には一度のマチネが精いっぱいだった。お年玉で買ったブルーレイは何度観たかわからない。

一年生のときの定期公演では、舞台には立てたものの台詞もない端役だった。舞台に立てるだけですごいと言われたが、同じ一年生の桃音が伝令役を射止めていたから悔しい気持ちしかなかった。ダメ出しの繰り返しで彼女が病んでいくのを見て、自分のほうがうまくできるのに、自分なら耐えてみせるのにとひそかに歯嚙みしていた。もちろんそんな思いはおくびにも出さなかったけれど。

　それから一年がたち、二年生にして魔女の大役をつかんだ。しかしこれが難役だった。魔女の台詞の大半は、意味不明の言葉遊びのようなものだ。それでもあんなに観ていたのだからできると思っていたのに、いざ稽古が始まってみるとダメ出しの嵐だった。役が大きいだけに、前年の桃音よりも厳しくやられた。

　脚本・演出を担当する設楽了は同じ二年生で、入学してすぐのころから天才と呼ばれていた。稽古の初日、了は綺羅に向かって「わたしの眼鏡違いだったみたい」と言い放った。眼鏡違いという言葉を綺羅は知らなかったが、貶されているのは十二分に伝わった。そういうのは何語であっても伝わるものだ。

　それ以降も、「書かれた台詞を読むだけのお人形」だの「何も理解してないし考えようともしてない」だの「無駄に目立つから始末が悪い」だのと罵倒されつづけた。了は常にきょろきょろして、稽古場に存在するあらゆる不出来を見逃すまいとしているようだった。そのくせ、どこが悪いのか、どう直せばいいのかを尋ねても、明確な回答は与えずに自分で考えろというのだ。講師のなかにもそのタイプは複数いたが、芸事の世界にはびこる「教わろうとするな、目で盗め」という考え方が綺羅は大嫌いだった。そんな回り道、非効率きわまりない。

　さらに琥珀から頻繁に来る連絡が、綺羅を絶えずいらだたせていた。琥珀の言いなりにインスタ用の写真を撮ったあとも、用もないのにＬＩＮＥや電話をよこしてくる。彼女にとってはちょっとした娯楽だったのだろう。あのころと同じに。琥珀を憎みながら、連絡が来るたびに怯えてしまう自分にも腹が立った。インスタの写真が評判になったのも嫌でたまらなかったし、学校でその話題を振られて笑顔で対応しなければならないのも苦痛だった。うまく隠しているつもりだったが、了には集中していないと厳しく指摘された。

どっちを向いても理不尽で気分の悪いことばかりだった。せめてもの救いは、ダメ出しされるのが自分だけではなかったことだ。プロ顔負けの三年生でさえ例外ではなかったから、より経験の少ない綺羅たち二年生がより多くの指摘を受けるのはしかたないと、かろうじて自分を慰めることができた。

それに綺羅はまだましだった。役をもらった三人の二年生のうち、いちばんダメ出しが少ないのは氷菜で、綺羅は二番目だった。悲惨だったのは綾乃だ。ひとこと台詞をしゃべるたび、ひとつ動作をするたび、了は芝居を止めて彼女に容赦ない言葉を浴びせた。それはときにはダメ出しというレベルを超えて罵詈雑言になり、もっとひどいときは机を蹴ったり物を投げつけたりという暴力にさえなった。そのたびに綾乃は真っ青になり、やり直すたびに演技はより悪くなった。綾乃ひとりのために稽古が進まず、三人の魔女はもちろん、出演者やスタッフ全員が巻き添えを食うことも多かった。

それでも綾乃を悪く言う者がいなかったのは、彼女が無類の努力家だったからだ。稽古のしすぎで靭帯を損傷したというのは有名な話で、とにかくいつでもがんばっていた。努力は必ず報われるなんて信じている人間は少ないだろう。でも、そうであってほしいとは誰もが思う。綺羅もそうだ。

しかし了は違うようだった。了は役者を評価するにあたって人柄も芝居に対する誠実さも考慮しない。どれだけ努力したかも関係ない。ただ現状と成果のみを見た。公平かつ明快なスタンスで、その点は綺羅は嫌いではなかった。

そんな了だから、盗聴していたということ自体には綺羅はさほど驚かなかった。

あの夜、いつものように琥珀から電話がかかってきたので備品置き場へ行き、扉の前で美優と鉢合わせした。こわばった顔の彼女に声をかけるより早く、備品置き場のなかから鋭く詰問する声が聞こえた。声が漏れないからこそ内緒話に最適な場所なのに、このときは扉が閉まりきっていなかったのだ。綺羅は扉を開け、了の卑劣な行いを知った。

もちろん驚いたが、了がそんなことをするはずがないとは思わなかった。目的のためにそれが有効だと判断すれば、彼女はためらわずやるだろう。しかし許せるかというとまったく別の話で、爆発的な怒りが一瞬にして理性を燃やした。

了の部屋へと場所を移し、氷菜と綾乃とともに了を追及した。美優は震えていただけだったが、四人でひとりを取り囲むのは、琥珀の部屋の悪趣味な再現のようでもあった。綺羅は了の身体検査をして、受信機を発見した。部屋じゅうをあさりタブレットやスマホも調べたが、録音データは見つからなかった。デバイスに保存されていたのは、脚本の原稿やアイディアのメモ、演劇関係の資料くらいだ。音楽や写真もほとんど保存されておらず、ゲームのたぐいもインストールされていなかった。

録音データが確実に存在しないとは言い切れなかったが、盗聴が発覚したのは了にとって予期せぬ事態であり、デバイスを調べられたのも不意打ちだったはずだ。クラウドにも上がっていないのなら、バックアップを取られている可能性は限りなく低い。

それでも不安は消えてくれなかった。調べているあいだ、琥珀の口ずさむグリザベラがずっと聞こえていた。──死にたくなるようなネタなら、手元にいーっぱいあるよ。

ところが、追及の手に思わぬ形でストップがかかった。突然、了が意識を失ったのだ。いや、突然ではないか。了の顔色が悪いことに綺羅は薄々気がついていた。痛みに耐えているようでもあり、目に力がなく、どこを見ているのだろうといぶかった瞬間も何度かあった。だがまさか倒れるとは。

ひたすら小さくなっていた美優が、弾かれたように駆け寄った。了を罵倒していた綺羅たちも取り乱し、幸い了はすぐに意識を回復したものの、追及はそこでうやむやになった。

綾乃が壊れた盗聴器を回収し、了ひとりを残して部屋を出た。ドアを閉めてから、綺羅は他の三人に問いかけた。

「ところで、あんたたちの秘密って何だったの?」

前を行っていた綾乃と氷菜は、それぞれに「らしい」やり方で振り向いた。綾乃は背後から急に襲われでもしたみたいに。氷菜は透明な楯を構えてからゆっくりと。

「べつに言いたくないならいいよ。ちょっと興味があっただけだから」

「大したことじゃない」と先に氷菜が答えた。「わたしも同じよ」と綾乃が硬い声で言った。

氷菜は名のとおりの冷たい無表情で、綾乃は青ざめていた。どちらも嘘をついていると思ったが、綺羅は追及しなかった。特に知りたかったわけではないし、追及したところであの様子では口を割らなかっただろう。たぶん言葉とは裏腹に、彼女らにとってはとても重大な、もしかしたら致命的な秘密なのだ。綺羅の秘密がそうであるように。

半歩後ろにいた美優が「わたしは……」とうめくように言いかけたが、綺羅は強くかぶりを振った。

「もういいよ、ほんとにもういい」

何もかも自分たちだけの胸に納めようと氷菜が言い、綺羅たちも同意した。回収した盗聴器はそのまま綾乃が処分することになり、四人はめいめいの自室へ引き取った。以降、この件が口に出されたことはない。


「以上、盗聴事件についてわたしが知ってることでしたー。パチパチパチパチ」

ことさらにおどけた口調を綺羅は選んだ。あーあ、と喉まで出かかったため息をぐっと堪えると、やがて張りつめていた肩の力が抜ける。やってられない。沈鬱な表情でこちらを見ているさやかと貴水はすぐには言葉が出ないらしく、悪いことを聞いてしまったときの罪悪感を漂わせている。これだから嫌なのだ。

「いまさら謝ったりしないでよ。わたしを傷つけても聞く覚悟があるのかって、わたしは最初に言ったはず」

「話してくれてありがとうございます」

謝る代わりに礼を言って、貴水は再び強いまなざしで綺羅を見た。

「でもいまの話からすると、綺羅さんは了を憎んでたんじゃないですか？　死んでほしいと願うくらいに」

「なに、もしかして了の事故はわたしが仕組んだとかそういう話？　謝るどころかそう来たかー。まあ、いいけどさ。しないよ、そんなこと。どうせやるなら、了より琥珀のほうをぶっ殺してるって」

実際、それを思い描いたことなら何度もある。琥珀だって綺羅の命を奪いかけたのだからお互い様だと、もう痛まないはずの手首の傷がしきりにささやいたころもあった。

ですよね、と貴水はあっさり認めた。本気で疑っていたわけではないらしい。

「盗聴の録音データを探して了のデバイスを調べたとき、脚本のデータがあったって言いましたよね。内容も見ました？」

「見てないよ。わたしが探してたのは音声ファイルだから、文書ファイルは関係ないし。ファイル名から脚本だろうと思っただけで、実際に脚本だったかもわかんない。なんで？」

「そのなかに『百獣のマクベス』の脚本ってありました？」

「え？　さあ、どうだったかな。言われてみればなかったような気がするけど……」

「じゃあ、未知の脚本はどうですか？　タイトルに心当たりがなかったり無題だったり。まだ新しいファイルだったと思うんです」

「ねえ、いったい何が訊きたいわけ？」

貴水は一瞬だけ迷うそぶりを見せたが、すぐに心を決めたようだ。了が貴水を主役にした脚本を書いていたという話は、綺羅にはまったく初耳だった。

「すごいじゃん、あの設楽了による当て書きなんて。貴水って実は大物？　なんか氷菜もあんたのこと意識してるっぽいし」

新歓公演の日に名前を検索したときは何も出てこなかった。あのあと漢字を知ってもういちど検索してみたが、結果は同じだった。

「大物かどうかはわからないけど、イケメンとはよく言われます」

真面目くさった調子で貴水が言うので、綺羅は思わず声を出して笑った。思い出したくもない過去を語った直後に笑えた自分に、少し驚いた。

「あ、待てよ。未知の脚本……」

「何かありました？」貴水が身を乗り出す。

「もしかしてあのとき言ってたのがそれだったのかも。いや、定期公演前日のゲネプロの日に十二夜劇場の楽屋の前を通ったら、了が誰かと話してるのが聞こえたんだよ。もうひとつのマクベスがどうとかって」

「もうひとつのマクベス？」

「通りすがりだったしはっきり聞こえたわけじゃないけど、たぶんそう言ってたよ。脚本の話かどうかもわかんないし、そのときは気にもとめなかったんだけど。それが貴水に当て書きした脚本だったんじゃない？　で、貴水が入学する今年の定期公演でやるつもりだったとか」

思いつきで口にしたことだったが、そのときさやかの顔色が変わったのに気づいた。さやかは今年の脚本・演出家の最有力候補だ。

「そのデータが盗まれたっていう可能性はないですかね」

また貴水が突拍子もないことを言いだした。

「盗まれた？　誰に、何のために？」

「了が楽屋で話してた相手って、うちの生徒でした？」

「たぶんね。部外者は入れないし、女子の声だったから」

了の声はさんざん聞いていたからわかったが、もうひとりの声はわからなかった。そもそも通りすがりに扉越しに聞いただけだ。

「たとえば、その脚本に自分の秘密が書かれてるっていうのはどうですか？　だから脚本を闇に葬りたかった」

「ああ、それも盗聴の話につながるわけね。ありえなくはないかも。言っとくけどわたしは違うからね」

「もしくは、単純に了の未発表の作品がほしかったとか」

「そりゃまあ、そんなものがあるなら読んでみたいとは誰でも思うだろうけど」

しかし、だからといって盗むまでするだろうか。

「誰でも思う、か」

綺羅の言葉をなぞり、貴水は考えこむように少し黙った。そばを通りすぎていった若い女性のふたり連れが、いまの子めちゃくちゃかわいくなかった？　と話しているのが聞こえてきた。一緒にいた子はすごく背が高かったよね、モデルとかかな。うつむきかげんだった貴水が顔をあげ、再び綺羅を見つめる。

「綺羅さんも了を神だと思ってました？」

唐突な質問に面食らった。さやかも戸惑ったように貴水を見ていた。貴水は真顔で、気のせいか少し緊張しているようにも見える。

了は神だから――そんなふうに軽く口にしてきたが、あらためて訊かれるとどうだろう。神、神か。目が自然に正面の劇場に吸い寄せられた。六文桟敷。あの日から憧れつづけた光り輝く場所。

「わたしにとっての神は、ずっと六文芝居だよ。でも、もし六文芝居より先に了の舞台に出会ってたら、了が神になってたと思う。そのくらいあの子は特別だった。六文芝居の舞台に立ちたいって思うのと同じ気持ちの強さで、了の舞台に立ちたかったよ。了に認められる役者になりたかった。了が六文芝居に入って脚本・演出をやったら……」想像するだけで体がぶるっと震える。「最っ高だったろうなあ！」

そして、その舞台に自分も立つことができたなら。もうけっして叶わないことが悔しい。残念を超えて、とてもとても悔しい。

「うん、そうだね。やっぱり了は神だったよ。こうやって六文芝居の舞台を見上げるように、わたしはあの子を見上げてた」

その返答に満足したのかどうか、それには触れずに再び貴水が口を開く。

「あの日、一幕の最後で舞台上の魔女たちを見て、了の様子がおかしくなったそうですね」

綺羅はため息をついて貴水を見た。貴水の表情は読めない。

「そんなことまで知ってんだ。話したのは綾乃か氷菜だね、どっちでもいいけど。びっくりしたよ。了のあんな顔、見たことなかった。何か恐ろしいものでも見たみたいな」

「そのことを黙ってたのはどうしてですか？」

「だって、わたしたちと了のあいだに何かあったのか、なんて勘ぐられたくないもん。盗聴の件やその内容まで探られたら困るしね」

「了がそんな顔をした理由に心当たりは？」

「まったく」

「でも綺羅さんは、そのときだけじゃなくて同じ場面が始まってすぐにも何かを目撃してますよね？」

ひやり、と。いきなり首にナイフを押し当てられた気がした。

さやかが目を瞠《みは》って貴水を見る。

「あのとき言ってた、もうひとつの訊きたいことって……」

貴水は小さくうなずいたが、視線は綺羅に据えたままだ。

「あの日の映像を見たんです。了の顔を見て三人が驚くよりも前、その場面が始まってすぐに、綺羅さんは客席を見て特別な反応をしました。三人のなかで綺羅さんだけが。表情や動作にはっきり表れるようなものじゃなかったし、ほんの一瞬のことだったけど、あのとき明らかに綺羅さんは何かに気を取られてた」

映像があったのか。あの公演は映像に残らないと聞いて、残念に思う一方で安心してもいたのに。本番を見ていた誰からも、一緒に舞台に立っていた共演者からも指摘されず、気づかれなかったと胸をなでおろしていたのに。

綺羅はこぶしを握りしめた。ぴかぴかの爪が手のひらに突き刺さる。

〈野望〉の魔女という役が綺羅に与えられたのは、盗聴が発覚してから数日後のことだった。了が突然、脚本と演出に大なたを振るったのだ。魔女の台詞がすべて削られたことに愕然としつつ、盗聴の目的は俳優により合った役を与えるためだと語った了の言葉は本当だったのだと思った。綺羅と琥珀の会話、そして通話が切れたあとに綺羅がスマホにぶつけていた言葉を、了は聞いて利用したのだ。新しい演出にまだ慣れないころ、了が稽古場で綺羅の耳にささやいた言葉で、それは確信になった。

――あの女を這いつくばらせ、高みから見下ろして笑ってやるんだろう？

野望という言葉には「主君などに背こうとする望み」という意味があった。辞書でそれを読んだとき、かつて琥珀が巧妙に築きあげた自分たちの関係を思い出した。女王様と道化のように明確な上下関係。

了のそのひとことで、綺羅の演じる〈野望〉の魔女は覚醒を遂げた。綾乃と氷菜も同じだったのではないか。その役はあつらえた服のようにぴったりと体になじんだ。了は悪魔で、自分は悪魔と契約したのだと思った。

魔女の衣装は手首が露出していたので、そこにファーを着けたいと了に訴えた。了は渋ったが、左手首の秘密を知った以上はさすがに断れなかったようだ。悪魔がわずかに見せた人間らしい一面だったかもしれない。

そして迎えた定期公演本番。満員の観客に埋め尽くされた十二夜劇場は、綺羅が目指しつづけている場所にとてもよく似ていた。まばゆいライト、スモークをたく独特のにおい。ウサギの耳とチャイナドレス風の衣装を身に着けて板の上を動きまわっていると、このために生きているという実感があった。ずっとこの場所にいたい、ここを誰にも譲りたくない。

例の場面は魔女の見せ場のひとつだった。主君を暗殺しに向かうマクベスの複雑な心をいかに表現するか。ウサギの耳から爪先までを野望でいっぱいにした綺羅は、満員の客席を見回し、そこにひとつの顔を見つけた。——琥珀。

見に行くねとは言われていた。しかし百花の定期公演のチケットを手に入れるのは難しいから、実現はしないのではないかと期待していた。一方で、芸能活動をしている琥珀には伝手《つて》があるかもしれないという不安もあった。

的中したのは不安のほうで、開演前、琥珀はわざわざ楽屋にまでやって来た。劇団六文芝居の看板役者であり、氷菜の父親でもある筧正太郎とともに。「筧さんとお仕事でご一緒することがあって、娘さんの通ってる百花にわたしの親友がいるんですって言ったら、定期公演のチケットをプレゼントしてくれたの」とのことだった。綺羅は俳優のプライベートには頓着しないほうだが、よりによって筧正太郎と琥珀につながりがあるというのはショックだった。琥珀はわかってやっているに違いなく、いじめっ子ムーブ全開じゃん、親友が聞いてあきれる、と心のなかで毒づいた。それでも筧正太郎が「琥珀ちゃんが受験のときに体調を崩してなければ、うちの氷菜と三人、百花の誇る美少女トリオになってたのになあ」と言ったので、少しだけ溜飲が下がった。そうか、琥珀は百花の受験に失敗していたのか。体調が悪かったから、へえ。

本番前の面会はほんの数分だったが、綺羅の心をかき乱すには充分で、そんな自分にもまた腹が立った。しかしいざ幕が上がってみると、よけいなことは頭から消えてしまっていた。ところがだ。

客席で見つけた琥珀の顔は、短くはないつきあいのなかではじめて見るものだった。あの朗らかな笑みはなく、口が真一文字に引き結ばれていた。琥珀は主役そっちのけで、舞台下手をにらむように見据えていた。そこで伸び上がったり這い回ったり飛び跳ねたりする綺羅を。にたにたしたり歯をむき出したり目をぎらつかせたりする綺羅を。琥珀の目にはあからさまな嫉妬があった。

その対象が自分だと確信したとき、体の奥底から震えるような快感が突き上げてきた。体がぎゅんと熱くなり、自分が何倍にも大きくなった気がした。自分の演技が琥珀にあんな顔をさせているのだ。琥珀というガソリンを注がれ、綺羅の野望が爆発した。さあ、よく見ろ、おまえがばかにしつづけてきたわたしの演技を！　ウィンウィンの関係？　違う、勝つのは常にわたし！　死にたくなるようなネタ？　殺せるもんなら殺してみろ、真正面から返り討ちにしてやる！　そう、了の言うとおり。おまえを這いつくばらせ、高みから見下ろして笑ってやる！

スポーツでいうゾーンに入っている感覚だったのだろうと、あとになって思った。ドラッグでハイになるのもあんな感じなのかもしれない。最高の気分だった。あらゆる感覚が冴えわたっていた。何でもできる気がしたし、何も怖くなかった。

そうやって演技を続けるうち、客席前方の下手に了の姿を見つけた。扉の前に立って綺羅たちを見ていた。その顔を見たとたん、あんなに熱かった体の芯が一瞬で冷えた。まるで氷の塊を呑みこんだみたいに。了は異様な顔をしていた。悲鳴をあげる寸前のようにひきつった顔。氷菜と綾乃が息を呑む気配を感じた。ふたりも見たのだ、あれを。

忘れろ、ととっさに自分に命じた。いまのわたしはマクベスの心、〈野望〉の魔女だ。完壁に役を演じきれ。

了はいつの間にか客席からいなくなり、己の手綱を取り戻した綺羅は〈野望〉の魔女として一幕を生ききった。二幕も楽しみでしかたなかった。だが、下りた幕は二度と上がらなかった。


「あれはそういうことだったんですね」

話に聞き入っていたさやかは、ふと我に返った。隣で納得したような顔でうなずく貴水の言葉を、驚嘆の思いで受けとめる。貴水が指摘した綺羅の一度目の反応に、さやかはまったく気づかなかった。同じ映像を見て、しかもさやかは綺羅がこの場面を演じるのを飽きるほど見ていたにもかかわらず。

「あーあ、最悪」

綺羅が大きなため息をつき、両手で乱暴に髪を後ろへなでつけた。左手首のスマートウォッチがいやに目についた。その下にうっすら残っているという傷を、さやかはいままで見た覚えがなかったし、そんな話を耳にしたこともなかった。

「何が最悪なんですか？」

「だってそうでしょ。プロとして舞台に立つなら、どんな観客の前でも最高の演技をしなきゃいけない。特定の誰かが見てたからよくできたなんて、他のお客に失礼じゃん。わたしはまだ学生だけど、定期公演はお金を取って見せてるんだからプロと同じだよ。おまけにその特定の誰かが琥珀だなんて、本当に最悪。最悪の最悪。それだけあいつを意識してるってことだもん。まだあいつの支配から逃れられてないってこと」

落ち着きなく髪をなでつけつづける動作が、綺羅のいらだちを如実に表していた。そのストイックな姿勢にさやかは驚き、自分を省みて身の引き締まる思いだった。

「公演後すぐは了の事故のことで考える余裕がなかったけど、ちょっとたってあのときのことを思い返したら、恥ずかしくて悔しくて死にたいような気持ちになった。わたしはわたしの大好きで大切な場所を汚したんだよ。ひょっとしたら、いじめられてたこと以上に忘れたい記憶かも」

すみませんでした、と貴水がうなだれる。それを無遠慮にほじくり返して暴きたてたものの、どうやら了の死とは無関係だ。

「自覚あるんじゃん。探偵ってほんとゴミ」

さやかも謝ろうとしたが、綺羅は片手を振って制した。

「いいよ、忘れちゃいけないのもわかってるから。もう二度とあんな失敗はしない。それにあの後悔のおかげで、自分の本当の野望がわかったし」

「……本当の？」めずらしくおずおずと貴水が尋ねる。

「最初に話したやつだよ。わたしは劇団六文芝居に入って、その舞台のまんなかに立つ。そしてスターに、誰よりも光り輝く俳優になる。琥珀なんて関係なかった。わたしの夢にあいつの出る幕なんかない。負の感情を燃料にするのはひとつの方法ではあるけど、わたしはその先に行きたいんだ。ううん、絶対に行く」

綺羅の唇に笑みが戻った。挑むようなまなざしの先にあるのは、やはり六文桟敷だった。綺羅の野望は叶うだろう。確信するようにさやかは思った。成功、勝利、達成、獲得——そういうものを予感させる力が綺羅にはある。

綺羅は両手を上げて伸びをしてから、くるりとさやかたちのほうへ向き直った。

「あんたたちには借りができちゃった」

「借り？」と貴水が聞き返す。何のことかさやかにもわからない。

「あの失敗を見せたこと。役者の集中が切れたのが見えたら観客は興醒めでしょ。だから借りを返すってわけでもないけど、ひとつ教えてあげる」

綺羅の口調は明るかったが、その目が笑っていないことにさやかは気がついた。そこまで言ってなお躊躇するようなそぶりを見せ、それを断ち切るようにいったんぎゅっと唇を結んでから、再び口を開く。

「本番前に琥珀と筧正太郎が楽屋に来たって言ったよね。そのときは氷菜もいたんだけど、あのとおりクールだから父親があれこれ話しかけても冷めた感じで、何を考えてるのかよくわかんなかったの。だけど琥珀たちが楽屋を出ていくとき、氷菜が変なことを言ってた気がするんだ」

「変なこと、ですか？」

「……『どうせめちゃくちゃになるのに』」

さやかは息を呑んだ。貴水も何も言わなかった。

耳から入ってきたその言葉を、頭のなかで反芻する。街のどこかに答えが見つかるかのように、視線が無意識にあちこちをさまよう。それでは、それではまるで、氷菜は知っていたようではないか。そのあと幕を開ける舞台が、めちゃくちゃになることを。

「ぼそっとつぶやいただけだから確実じゃないよ。氷菜の様子もいつもと変わりなくて、そのときは聞き間違いだと思ったくらいだし。了の事故とはぜんぜん関係ないことかもしれない。だからいままで誰にも言わずにいたんだけど……」

綺羅は目を逸らして語尾を濁した。彼女も同じことを考えていたのだろう。しかし本人に確かめることはせず、聞き間違いか無関係で処理することにした。誰だってむやみに人を疑いたくはないし、そもそも了の件は単純な事故で終わっていた話だ。

無理もない、と心のなかでつぶやきかけたときだった。

「……それ、どうして警察に伝えてくれなかったんですか」

貴水は目を大きく見開いていた。

「了の異変のこともです。そしたら簡単に事故で処理されずに、もっと調べてもらえたかもしれないのに」

「だからいま言ったじゃん。聞き間違いかもって思ったし……」

「盗聴の一件だってあったのに、綺羅さんはそんなにいろいろ知ってたのに、聞き間違いで片付けるのは難しくなかったですか？　それ以前に、氷菜さんがそう言ったときにどういう意味かって問いただしてくれてたら、何か変わったかもしれない」

貴水の言いたいことが、ようやくさやかにもわかった。綺羅は一貫して、自分を了の死とは無関係な立場に置いて話している。だが綺羅には確実にできることがあったはずで、それが貴水の感情を乱しているのだ。

友好的な空気がかき消え、綺羅は目を細めて貴水を見た。そして素っ気ない声で言い放つ。

「わたしには必要ない、回り道だからだよ」

しばしのあいだ、ふたりは無言で見つめ合った。

「氷菜さん自身に訊いてみるしかないですね」

貴水が言い、そのあとはまた沈黙が落ちた。カフェはまた今度にしようという綺羅の提案に、さやかも貴水も反対しなかった。

12/27
17:03

了（中学3年）↓貴水（中学1年）

「もしもし、貴水」

「へいへい、貴水だよ……」

「あれ、なんか疲れてる？」

「冬休みに入って部活の練習量が増えたから。もうくたくた。ワンハンドに挑戦してるけどいつまでたってもうまくなんないし」

「バスケなんてさっさとやめたらいいのに。貴水は絶対、絶対、演劇をすべき」

「了は高校でも演劇をするんだよね？」

「高校でもっていうか、わたしが人生でやりたいことって演劇以外ないし。前にも言ったことあると思うけど、高校は無理でも大学は一緒のとこ行こうよ。わたしが劇団、旗揚げしたら、貴水も——」

「そんなに演劇が好きなら、高校じゃなくて演劇専門の学校に行ったらいいのに。百花とかさ」

「ヒャッカ？　聞いたことない」

「百花演劇学校。東京にある演劇の超名門だよ。知り合いがそこにいる。演劇オタクなのに知らないの？」

「演劇は好きだけど、本州の学校のことまでは関心の範囲外だよ。進学は道内でするつもりだったし。……そこって、貴水的おすすめなのかな？」

「おすすめできるほどはわたしもよく知らないけど、きっといい学校なんだと思うよ。校長も現役の実力派俳優だしね。学内に専用劇場まであるらしい」

「すっごくおすすめされてるように聞こえるけど？」

「いや、そこまでじゃないけど、印象ね。百花以外にも演劇専門の学校はあると思うし」

「……受けてみようかな、ヒャッカ」

「え、いまから？　もう十二月だよ？」

4

「〈チェーホフの銃〉についてはいまさら説明する必要もないと思うが、念のため」

講師に指名された芽衣が起立し、「第一幕で舞台上に置かれたライフルは、第二幕以降で発砲されなければならない。そうでないならライフルを舞台上に置いてはいけない」というアントン・チェーホフの有名な言葉を答えた。

「そのとおり。つまり、物語のなかで提示された要素はすべてのちの展開で使われなければならない、不必要な要素を入れるな、という意味だ。またフェルディナンド・グレゴリーは『俳優術』で、俳優の仕事には脚本に対する絶対的な畏敬の念が不可欠であると主張している。作者はひとことも不要な言葉は書いていないし、どの言葉も動かしがたい場所に置かれているのだと。――さて今日は、この必要と不必要について考えてみよう」

シャーペンの芯とノートの接点を見るともなしに見ながら、さやかは初老の講師の話を聞いていた。興味深いテーマだ。現役の劇作家である田坂の講義はおもしろく、毎回楽しみにしている。しかし今日はどうにも身が入らない。綺羅の話を聞いてからというもの、何をしていてもそうだ。

あれからもう二週間。何もしないままに六月の半分が終わった。貴水はすぐにも氷菜に話を聞きに行こうと言ったが、どうにもその気になれずに今日まで来た。業を煮やした貴水はひとりで何度となく突撃しているものの、まるで相手にされず、それどころかファンたちによって話もさせてもらえずに追い返される日々が続いているという。攻略作戦を考えようと貴水はせっついてくる。たしかに氷菜のあの言葉は捨て置けない。しかしどうしても意欲が湧かないのだ。これまで綾乃と綺羅から強引に話を聞いたが、仲間を疑って秘密を暴いて、それで何が得られたというのか。何も得られないならまだいい。嫌な思いをして見つけ出したものが、自分を撃ち抜くライフルだったら？

マクベス。いつの間にかノートに出現した文字を見つめる。了が誰かに話していたという「もうひとつのマクベス」のことが頭を離れない。それは本当に了が書いた脚本なのだろうか。もしもそんなものが存在するなら、まず間違いなく生徒たちは定期公演でそれを上演したいと望むだろう。そうではなくわたしの作品を上演してくれと堂々と言えるだけのものが、自分に作れるのか。

周囲の音が遠く、自分の心臓の音が聞こえる。了を超えたいとずっと思ってきたくせに、存在するかどうかもわからない脚本ひとつでこのざまだ。この講義中、さやかは指名されたのに気づかず注意を受けた。

妙な空気に気づいたのは、昼休みを図書室で過ごした帰りに廊下を歩いているときだった。梅雨らしい天気で雨のにおいが立ちこめた廊下のそこここで、生徒が集まってスマホを覗きこみ、ひそひそとささやきあっている。

ひそめた眉や紅潮した顔のあいだを通り抜けて制作科の教室に入ると、スマホを握りしめた芽衣がクラスメートと話しこんでいるのが目に入った。その顔は不安そうにゆがんでいる。

芽衣とは少し前にもめたような恰好になっていたが、さやかは思いきって近づいていき「何があったの？」と尋ねた。芽衣は戸惑ったように口ごもったあと、「これ」とスマホの画面を見せた。表示されているのは、ゴシップ系週刊誌のSNSだ。

『大河出演決定の娘溺愛俳優S・Kが仰天不倫愛！　十五年前から妻子と別居か』

「このS・Kって筧正太郎じゃないかって」

「えっ」

「大河出演決定って昨日発表されたんだよ。このタイミングを狙ってのスクープじゃない？　この記事は予告で詳細は次号らしいけど」

筧正太郎は氷菜の父親だ。つまりここに記されている「娘」および「子」とは氷菜のことなのか。どうりで校内の空気が妙だったわけだ。

「……どうしよう、氷菜、大丈夫かな。教室に行ってみたけどいなかったんだよ。っていうか、これって本当の話だと思う？　だとしたら筧正太郎には幻滅だよね。娘溺愛の父親キャラで売ってたくせに、十五年も妻子と別居してたなんて。十五年って、氷菜が生まれてからほとんど一緒に暮らしてないってことじゃん。しかも妻は去年亡くなったって書いてあるけど、それって氷菜のお母さんだよね？　ねえ、氷菜のとこにもマスコミが押しかけてきたりするのかな」

熱烈な氷菜ファンである芽衣が心配するのは無理もない。

五時間目の始まりを告げるチャイムが鳴った。芽衣だけでなく教室じゅうの誰もが話し足りない様子だったが、ほぼ同時に苦い顔をした講師が入室してきたため、みな名残惜しそうに席に着いた。講師は講義を始める前に「無責任なうわさ話は慎むように」とひとこと注意したが、効果があるとは思えなかった。実際、講義のあいだじゅう、あちこちからひっきりなしにスマホの震動音が聞こえた。講義中は電源を切っておくのが決まりだが守っている者はまずおらず、マナーモードでの受信だけなら講師たちも黙認している。

さやかのスマホも震動した。講義が始まってすぐのことだ。そのとき教室前方のプロジェクターには様々な照明による演出効果の実例が映し出されており、以前からもっと学びたいと思っていたテーマであるにもかかわらず、内容は少しも頭に入ってこなかった。ただでさえ最近は集中できていないのにと悔やみながら、講義が終わってからスマホを確認すると、LINEのメッセージが五通届いていた。送り主はすべて貴水だ。

『週刊誌の予告見ました?』
『氷菜さんの秘密ってこのことですかね?』
『とりあえず話しましょう』
『放課後そっちに行きます』

五通目は変な犬が走っているスタンプだ。どこかで見たと思ったら、了がよく持ち歩いていたノートに貼ってあったシールと同じだった。既読にして、返信はせずにスマホをしまう。

「演劇専攻の友達からLINE来たんだけど」芽衣が近くの席の生徒たちに話すのが、さやかにも聞こえてきた。「五時間目、氷菜はいなかったんだって。昼休みに週刊誌の件を知って教室を出てったきり戻らなかったって」

「どこ行ったかわかってるの？」とひとりが問う。

「誰も知らないみたい。追いかけようとした子には、ついてこないでって言ったって。荷物は置いたままだっていうけど」

保健室へでも避難したのだろうか。自分ならたぶん非常階段へ逃げる。氷菜が行きそうな場所も、どんな気持ちでいるのかも、さやかには見当がつかなかった。貴水の言うようにこれが氷菜の秘密なのか。

その貴水は、六時間目が終わるなりさやかの教室へ飛んできた。スタンプの犬のように走ってきたのだろう、前髪がふわっと浮き上がっている。

「よかった、いた。ＬＩＮＥの返事がなかったから帰っちゃうかと思った」

「来るなって言ったってどうせ来るんでしょ」

さやかは荷物をそのままにして立ちあがった。教室では話しづらいし、そもそも貴水といるだけで注目を浴びてしまう。詮索される前にと、貴水を追い立てるようにして教室を出た。

二階の廊下を足早に通り抜けて階段へ向かうと、踊り場のところでちょうど一階から上がってきた人物と出くわした。あっと貴水が声をあげた。渦中の氷菜がそこにいた。

急いで教室を出てきたため、付近にはさやかたちの他に誰もいない。こうして顔を合わせて何も言わないのは変だが、何を言えばいいのかわからない。

一方、貴水は躊躇なく氷菜に駆け寄った。

「氷菜さん！　大丈夫ですか？」

氷菜は二階に到着する前の最後の一段で足を止め、目の前に立ちふさがった貴水を静かに見つめた。一段の高さを隔てて、長身のふたりが対峙する恰好になる。数秒、見つめあったあと、無言で横をすり抜けていこうとした氷菜の腕を、貴水がつかんだ。その瞬間、氷菜が鋭い声を発した。

「触らないで！」

貴水がはっとしたように手を放す。「ごめんなさい、つい」

前に十二夜劇場の裏でも同じことがあった。そのまま立ち去ろうとする氷菜に、貴水がおずおずと声をかける。

「あの、前も思ったんですけど、氷菜さんの制服ってわたしたちのと少し違いますよね？」

氷菜の足が止まった。

「手触りが違うし、袖のボタンの大きさも違うみたい」

唐突な指摘に当惑しながら、さやかは氷菜の制服と自分の制服を見比べた。生地は見た目にはわからないが、ボタンの大きさは言われてみればたしかにそのようだ。

氷菜が振り向いて再び貴水を見つめた。彼女にはめずらしく意表を突かれたような、どこか無防備な顔をしていた。

特に考えがあって指摘したわけではなかったのか、この反応に貴水も戸惑ったようだ。少しの沈黙のあとで、意を決したように再び口を開く。

「ねえ、氷菜さん。いまはそれどころじゃないかもしれないけど……話してくれませんか。去年の定期公演の本番前に、あなたが楽屋でつぶやいたっていう言葉について。『どうせめちゃくちゃになるのに』って、どういう意味ですか？　了の死と無関係じゃないですよね？」

　また少し沈黙があった。それから深くひと呼吸した氷菜は、もういつもの落ち着きを取り戻していた。貴水から視線を移してさやかを見た、その顔も普段と変わりない。

「場所を変えよう。この際だし、あなたたちが聞きたがってることを話してあげる」

　静かにそう告げてさやかたちを驚かせた氷菜は、貴水の鼻先で踵を返して上ってきた階段を下りはじめた。前にも氷菜から香っていた、なつかしいようなあの香りがふわりとただよってきた。

　他の生徒たちの目を避けるためだろう、氷菜は昇降口で傘を取り、校舎を出て細い雨のなかを歩いていく。どうやら目的地は、前に三人で話をした十二夜劇場の裏のようだ。搬入口のところまで行き、誰もついてきていないことを確認すると、氷菜は傘の下からまっすぐにさやかを見た。それから貴水を。

「さっきの貴水の質問だけど」

　前置きもなく、これから重要なことを打ち明けるのだという緊張感もなく、さらりと氷菜は告げた。

「言葉どおりだよ。あの舞台がめちゃくちゃになることは最初から決まってた。わたしがこの手でそうするつもりだったから」

誰に我慢できる？
愛する心があり、その心に愛を示す勇気があるなら

物心ついたときから、氷菜にとって筧正太郎という人は「お芝居で見る人」だった。筧正太郎の仕事はお芝居をすることで、筧正太郎というのはお芝居をするときに使う嘘の名前であることは、ママから教えられていた。お芝居のなかではまたさらに別の名前になっているものだからややこしい。さらにややこしいのが、筧正太郎が氷菜の「父親」であることだった。

筧正太郎は〈劇団六文芝居〉という劇団に所属していた。ママも昔はそこで働いていたらしい。ママもお芝居をしてたのと幼い氷菜が尋ねると、ママはちょっと困ったような顔で太い首を振った。ううん、ママは劇団の事務員さんだったの。俳優さんになりたかったけどなれなくて、別の形で演劇に関わりたいって思ったんだ。筧正太郎を奥さんとして支えることができて幸せよ。

ママが事務員として六文芝居に勤務していたのは一年ちょっと。ある夜、酔った筧正太郎に言い寄られ、たった一度の性交渉で子どもができた。つまり氷菜だ。筧正太郎からは堕胎を求められたが、ママは逆に出産と結婚を迫った。あの相撲取りみたいな体型で寄り切られ

ちゃったよと、のちのち筧は笑って語った。

ママを妊娠させた時点で筧正太郎には複数の交際相手がいて、彼女らの家を渡り歩く生活をしていた。雑誌の穴埋め記事になる程度には知名度があったものだから、劇団の運営サイドはたびたびマスコミ対応に追われていた。いくら演技力と容姿に恵まれていても、多重交際、たばこのポイ捨て、飲み会で大暴れの三連打ではファンも離れていく。このうえ堕胎を強要したなどとメディアにすっぱ抜かれたらたまらないと、運営はママの味方についた。最終的にママの主張は受け入れられ、ふたりは筧の実家で暮らすことになったが、二年後に要介護状態だった筧の父が亡くなるまで筧正太郎が家に寄りつくことはなく、その葬儀の翌日にはさっさと姿を消していた。ママは筧の妻というより、彼の実家の勤勉な管理人として暮らした。


幸いというべきか、生活費と養育費は毎月きちんと振り込まれた。劇団が目を光らせていたのだ。母子が普通に暮らす分には困らない額だったが、ママは機関車のような勢いでパートタイム労働に精を出した。ママは氷菜を学習塾に通わせたかった。習い事もたくさんさせてやりたかった。ピアノ、英会話、ダンス、書道、水泳、プログラミング。氷菜は何でもうまくこなしたが、なかでもいちばん褒められたのが演劇教室だ。役者になることを夢見て果たせなかったママは、娘の持つ才能を育ててやらなければと決意した。

ママはよく、鏡の前に幼い氷菜を立たせて語りかけた。パパそっくりの美人さんでよかったねえ。氷菜自身は鏡の前に立つのが嫌いだった。細長い体型にシャープな顔立ちの氷菜と、肉厚の体型に丸い顔立ちのママ。氷菜はママのほうに似ていたかった。芝居がうまいと言われることも、本当はそんなにうれしくなかった。芝居というのはつまるところ嘘だ。ママはよく氷菜を六文芝居の公演に連れていってくれたが、筧正太郎は嘘がとてもうまかった。爪の形はママそっくりだよと氷菜が言うと、ママは大きな体で氷菜を抱きしめてくれた。ママの肉と体温は、嘘とは正反対のものだった。

小学生のとき、氷菜は芸能事務所に所属した。筧正太郎の娘であることにたいした効力はなく、自身の素材のよさと能力によってどの仕事でも評価された。仕事は好きでも嫌いでもなかったが、ママが喜んでくれることが大事だった。

小学校高学年になったある日、たいへんめずらしいことに、筧正太郎が自宅を訪ねてきた。全国ツアーの『マクベス』にマクダフ役で出ることになったから、氷菜に息子役のオーディションを受けてみろと言いに来たのだ。出来レースではなく実力勝負だと聞いて、ママは発奮した。

ところが、このオーディションではじめて、氷菜はママの期待を大きく裏切ってしまった。書類審査と一次審査は通過したものの、演出家とプロデューサー陣を前にした二次審査で、指定された台詞を言えずに棒立ちになってしまったのだ。

——お父さん、大好き。

とても簡単な台詞なのに、どうしても舌が動かなかった。喉の皮が張りつき、唇が震えた。何もできないまま放心状態で控室に戻った氷菜を、ママは大きな体で優しく包んでくれた。ひぃちゃんごめん、ママがばかだった。無理にお芝居なんてしなくていいの。言いたくないことは言わなくていいんだよ。

ママはこのときはじめて、氷菜がただの一度も芝居を好きだと言ったことはないのに気づいた。また氷菜のほうは、夜中にひとりで泣いているママの背中を涙の向こうに思い出し、わたしは筧正太郎が大嫌いなのだと悟った。だけどママはなんだかんだで筧正太郎が好きなのだと知っているからせつなかった。

そのオーディションでは氷菜ではない四人の子が合格した。ツアーは大好評を博し、マクダフを演じた筧正太郎も注目を集め、劇団のファン以外への知名度を大いに上昇させた。筧正太郎はこのころには少し賢くなっていて、穴埋め記事のネタになるような隙は見せず、みごと次のマクベス役にキャリアを繋げてみせた。

ママは氷菜を芸能活動から引退させるつもりだったが、あのオーディションに居合わせたプロデューサーのひとりから筧正太郎とのCM共演の話が持ちこまれた。親子共演で話題を集めようというのだ。断ろうとしたママの前に、予想外のネゴシエーターが現れた。劇団六文芝居の幹部社員だ。筧正太郎が妻子に対して金銭面において誠実でありつづけたのは、この幹部社員の尽力によるところが大きかった。劇団のためにも前向きに検討してほしいと頭を下げられて、ママは懊悩《おうのう》した。

「ママ、わたしやれるよ」

ママを助けられるのは氷菜だけだ。内容や台詞を事前にチェックさせるという条件で、ママは氷菜のCM出演に同意した。この仕事が結果的に氷菜とママの人生を決定づけることになる。

それはクレジットカードのCMで、娘を溺愛している父親とそんな父を翻弄する天真爛漫な娘という設定だった。ママのオーダーを汲んでくれた結果なのかどうか、娘から父へ愛情を示す台詞は存在しなかった。気に入らない共演者にばかげた設定。正直、気は重かった。だがいざ現場に行くと、いつもとは違う没入感が待っていた。

「おはよう、○○ちゃん。○○ちゃんのためにカード使いまくるパパ、かなりエキセントリックだよね」

監督はカメラを回す前から、氷菜を氷菜ではなく、CMのなかだけに存在する架空の少女○○として扱った。これからCMの撮影を行うのは、氷菜ではなくその○○というわけだ。そういうやり方ははじめてで、人によってはうまくなじめなかったかもしれない。だが、そのときの氷菜にはぴたりとはまった。魔法にかけられたような気分だった。

うちのパパは娘を溺愛してて、○○のお願いは何でも聞いてくれる。おかげで○○はいつだって自尊心マックス。だから欲しいものはぜーんぶ手に入れちゃうし、やりたいことはぜーんぶやっちゃう。何にだって挑戦するし、遠慮なんかしない。パパにはおおいにカードを使いまくってもらおー！

演じようとしなくても、表情、声、立ち居ふるまいのすべてが○○のものになった。しだいに自分が氷菜なのか○○なのかわからなくなり、やがて○○が勝って、スタジオを出てもしばらく○○である状態が続いた。

「なかなかじゃん」

気がつくと、目の前につまらなそうな顔をした娘溺愛パパ――ではなく筧正太郎が座っていた。楽屋だった。ひとりの女性が付き添ってくれていたが、その人が大好きなママであると認識するまでに少し時間がかかった。同時に、自分が神崎氷菜であることもわかった。〇〇ではなく。

　嘘だけど嘘じゃないんだと、このときはじめて思った。風邪をひいてはじめていままで健康であったことに気づくように、眼鏡をかけてはじめて視界がぼやけていたことに気づくように。スタジオのなかにあったものはすべて本物だった。

「向いてんだな、芝居」

　舌打ちを残して筧正太郎は楽屋から出ていった。舌打ちの意味がわからずにぽかんとしていると、ママが「きっと氷菜が上手すぎて悔しかったんだね」と苦笑した。それはおそらく気を遣った言い方で、筧正太郎は自分以外の俳優が嫌いなんだと氷菜は直感的に理解した。自分がいちばんでいたいから。そして今日、筧正太郎は氷菜のことを、ママの娘ではなく一個の役者として意識した。

「ママ、わたし上手だった？」

「うん、すごく上手だったよ。スタッフさんたちもびっくりしてた」

「筧正太郎より？」

　ママは目を見開き、それから大きくうなずいた。どうやら氷菜には筧正太郎と同じく嘘の才能があるらしい。自分でも嘘を本物と思いこめてしまうくらいに。芝居はやはり好きでも嫌いでもないが、ママにファンになってもらえるだけの才能が自分にあるなら続けてみたいと思った。

　百花演劇学校を受験すると決めてから、氷菜は学習塾や演劇に関係のない習い事をやめ、仕事もセーブして、入試に向けた準備をした。百花はママが少女だったころに憧れていた学校だった。

氷菜は危なげなく合格したが、手放しでは喜べなかった。百花は全寮制なのでママと離れて暮らさなければならない。受け入れて受験したのであり、毎日電話するとママは言ってくれたものの、不安は大きかった。

一方、筧正太郎は、娘が百花演劇学校に合格したことを各所でおおいに喧伝していた。娘溺愛パパのキャラクターは好評でCMはシリーズ化、大衆好感度を利用して朝ドラにも進出した彼は、舞台に映画にドラマにバラエティにと、どの分野でもひっぱりだこになっていた。入学を控えた氷菜を会員制レストランの個室に呼び出し、彼は薫陶《くんとう》を垂れた。

「おれとおまえのパブリックイメージを損なわないようにすること。パパ大好きごっこをする必要はないけど、疎遠なのを他人に気取られちゃいけない。ましてやほとんど話したこともないなんて絶対だめだ。以上、わかったら高級な肉を好きなだけ食べろ」

氷菜もばかではないので、筧正太郎の言い分は理解できた。日常生活でまで積極的に嘘をつく必要はないが、すべてをありのままにさらけだす必要もない。忠告されるまでもなく、いままでもそんなふうにふるまってきた。周りの人たちは氷菜の性格を「クール」と評した。冷静なさま。冷ややかなさま。「ミステリアス」ともよく言われる。

ハイレベルで知られる百花演劇学校に入学してからも、氷菜は常に高い評価を受けつづけた。実のところ、氷菜の気持ちだけでいえば評価はどうでもいい。もちろん観客あってこその演劇だから観る人に満足してもらいたいという思いはあるが、突きつめればママさえ喜んでくれればいいのだ。とはいえ評価がよくなければ舞台に立つことはできないし、評価がよいほど舞台に立てる時間は長くなる。

一年生にして挑んだ定期公演のオーディションで、しかし氷菜はよい評価を得られなかった。かろうじて舞台には立てるものの台詞も見せ場もない、わたしの演技をママに見せてあげられないと腐る氷菜に、電話の向こうのママは言った。

「焦らなくていいの。ひぃちゃんはいずれ必ず、百花の舞台で主役を演じるよ」

備品置き場でママと通話する三分間が、氷菜にとって何より大切な時間だった。どんなに疲れていても忙しくても、毎日欠かさず電話をした。授業で撮った動画はすべて送り、感想を求めた。離れて暮らしていても、氷菜はあいかわらずママとふたりだった。ママは氷菜のことなら何でも知りたがり、氷菜は隠さなかった。生まれたときからいちばん近くで自分を見てきた人に、自分が食べるものも着るものも選んできた人に、何を隠す必要があるだろう。

二年生になったばかりの四月の半ばに、ママが電話に出ない日があった。めずらしくはあるがはじめてではなかったので、とりあえずＬＩＮＥを送っておいた。その日はひどく疲れていたため既読の確認をせずに眠りにつき、翌日は早朝から課題の準備で忙しくしていてスマホを見るのを失念していた。前夜の充電がうまくいっておらず、バッテリーが切れていたことにも気づいていなかった。

校長が教室へ氷菜を呼びに来たのは、三時間目のことだ。職員室へ行くと、寛正太郎から電話がかかっていた。

「おいっ、雪子《ゆきこ》が死んじゃったぞ」

雪子はママの名前だ。出勤時間になっても現れないママを心配して、パート先の人が自宅を訪ねたところ、前日の服装のまま玄関で倒れて冷たくなっているのを発見したという。あとで知らされた死因は脳卒中だった。

ママの葬儀の形式は家族葬になった。筧正太郎が決めた。家族というのは、氷菜と筧正太郎と六文芝居の何人かの社員で、ママの両親や兄弟は含まれなかった。思えば氷菜はママ側の親族に一度も会ったことがない。雪子は金と家族に苦労させられたからな、と筧正太郎が同情じみた口調で言った。

葬儀が終わると学校へ戻った。講義と個人レッスンを繰り返す日々。いままでママが賄ってくれていた分の経費は、筧正太郎が出してくれることになった。氷菜の口から続けたいと言った覚えはなかったが、とはいえ、辞めたいのかどうかもわからなかった。そもそも、ママの死を受け止められていなかった。焼かれて骨になったママは、氷菜の知る大きくて温かいママとはあまりに違っていた。あんなのママじゃない。

備品置き場には通いつづけた。三分間のママとの電話。つながっていないという事実を無視して、氷菜はママに語りかけた。ママ、ひぃだよ。今日からね、新しい実技演習が始まったの。ママが好きだって言ってたチェーホフの戯曲でね——。

嘘をつくのは得意なはずなのに、たった三分間でさえ自分をだましきることはできなかった。涙があふれる。ママ、いやだよ。ママ、帰ってきて。ママがいないなら、わたしは何のためにこんなところにいるのかわからないよ。

それでもこの不完全な嘘が、心の崩壊を防ぐために必要だった。備品置き場から出ると、氷菜はみんなの言うところのクールでミステリアスな氷菜になっていた。

それからしばらくして、氷菜は二度目の定期公演で魔女の大役をつかんだ。ママが生きていたらさぞ喜んだに違いない。

脚本・演出は設楽了。了は天才と呼ばれていた。たしかに彼女の作るものは独特で他と一線を画しており、氷菜もその評価に異存はなかった。

しかし稽古が始まってみると、その称号はふさわしくないと気がついた。天才なんて言葉では足りない。了の才能はもっと強烈なものだ。魂を引きずりこまれるような、荒々しくて抗いようのない力。心臓の拍動さえも支配されていると感じる。端役で出演したときにはそこまでとは思わなかった。了を神と呼ぶ生徒もいる。まさにそのとおりだ。了は世界を作り、自分たちは否応なしにそこで生きて死ぬしかない。笑うのも泣くのも彼女の思いどおりに。了の世界は頑丈で、現実のつけ入る隙がなかった。

氷菜は自分のいるべき場所を見つけた気がした。そこにいればママのことを考えずにいられる。絶対に答えない相手に語りかけつづけることに疲れはじめていた。それはママの不在を確認し、自分に孤独を思い知らせる行為だった。

加えて、最低限とはいえ筧正太郎と連絡を取らなければいけなくなったことも負担になっていた。彼は自分の娘が『マクベス』に出演することをテレビなどの場で吹聴していた。お金関係で必要があって連絡を取った際、ついでのように「観に行くからな」と言われたが、その魂胆は明らかだった。筧正太郎の出世作とも言える『マクベス』に、溺愛する娘が重要な役で出演する。以前、筧がマクダフを演じたときには息子役のオーディションを受けたが不合格だった。まるで時を超えて親子共演の夢が叶ったようだ。しかもそのときのマクダフ夫人は百花の校長である長嶋ゆり子だったのだから、なおさら感慨無量だ。そんなストーリーを思い描いているのだろう。カメラの前でまぶたを赤くして鼻をぐすぐす鳴らしてみせる筧正太郎の姿が目に浮かび、しかしすぐに画面が消えるように頭のなかが真っ暗になって、何も見えなくなった。

考えたくなかった、もう何も。了の世界に頭までどっぷり浸かっていればそれが叶う。演劇のことだけ考えて、上手に嘘をつきつづけられる。

その世界がどうやって作られているのかということは、氷菜にとっては大した問題ではなかった。だから了が盗聴していたとしても、突きつめればどうでもよかったのだとあとになって思ったが、そのときはやはり驚いたし腹が立った。

現場を発見したのは他ならぬ氷菜だ。その日もやはり答えないママと通話するために寮の備品置き場へ行った。奥の棚の陰にかがんでいた了はドアの開く音に気づいたが、立ちあがって取りつくろう暇はなかったようだ。そのときの了の反応はまるで普段の彼女らしくなかった。うろたえる了の姿は、間違えて言い直された台詞や、舞台の上に落とされた小道具のようだった。

「何してるの？　それは何？」

ただならぬものを感じて了を問いつめていたところへ、綺羅と美優が現れた。彼女らも備品置き場を使いたかったようだ。事情を聞いた綺羅は、了が手にしていた電源タップのようなものが盗聴器であることをたちまち突きとめた。彼女が主導する形で尋問の場を了の部屋に移すと、そこにはたまたま綾乃がいて、彼女も加わることになった。

綺羅の怒りはすさまじく、綾乃はうろたえていて、美優はいまにも死んでしまいそうなくらい怯えていた。行為が行為だから、どれも理解できる反応だ。だが氷菜は、他の三人ほどには感情が昂っていない自覚があった。ママを失って以来、心が鈍くなっていた。

それでも受信機を探し、録音データを探した。動いているあいだにいくらか冷静になり、頭が働くようになった。了が語った盗聴の目的は本当だろう。これまで秘密を漏らしてはいないようだし、弱みを握ったのはお互い様だから暴露などできないという言い分には筋が通っている。わたしの秘密は守られる。そう、秘密……秘密だ。誰にも知られてはいけなかったこと。筧正太郎と氷菜と、ママのこと……。

ぼんやりとした違和感が生まれたが、正体を見定めることはできなかった。了がいきなり気を失ったからだ。幸いすぐに覚醒したものの、氷菜たちは追及を切りあげて引きあげることになった。

数日後、『百獣のマクベス』の脚本と演出が一新された。魔女の台詞がすべて削られたことで、了は魔女役の三人を見限ったのだと多くの生徒が思ったようだ。慰めてくれる人もいたし、あの子たちのせいでいろんなことがやり直しだと聞こえよがしに悪口を言う三年生もいた。気まずそうにして触れない人が多かった。

魔女にはマクベスの内面を表す三つの感情が割り振られ、そのうち氷菜に与えられたのは〈愛〉だった。了がママとの通話を盗聴した結果なのは明らかで、それを裏づけるように彼女は氷菜の耳元にささやいた。

――〈愛〉の魔女よ。ママへの愛情を示すのはいまこのときだ。

その言葉は氷菜の心にすとんと落ちた。ああそうか、と思った。わたしはずっと言いたかったんだ。わたしは筧正太郎の娘ではなくママの娘だと。愛してくれたのはママで、わたしにはママしかいないのだと。秘密は守られるだろうと考えたときに覚えた違和感の正体はそれだった。守りたかったのではない、逆に暴かれたかったのだ。

氷菜が封じこめていた感情に、了は役割をくれた。マクベスが夫人に向ける愛、みずから命を奪うことになる主君や友に向ける愛に、ママへの思いを乗せる。本質、とたしか了は言ったか。なるほど、たしかにこれが自分の本質かもしれない。ママへの愛、ママからの愛、わたしにはそれだけ。

無謀にも思われた大改稿は、破れた服に継ぎを当てる行為ではなかった。破れた部分を切り落として別の形に仕立て直した服は、元の服よりもずっと恰好よかった。生まれ変わった魔女たちの演技を見た全員が、これは傑作になると確信し、そして思い知った。やはり了は天才だ。神なのだ。

その日の稽古後に、綺羅がつぶやいた。「人としては終わってるけど……」

続きは聞かなくてもわかった。了の舞台に立ちたい。設楽了が作る世界の一部になりたい。

綾乃も同じ気持ちでいるのが表情から見て取れた。

ママが存命であれば、いいや、氷菜だって。

綺羅たちときちんと話をしたわけではない。けれど、氷菜には自分だけが違うことを考えているのがわかっていた。なぜなら、ふたりは確実に演劇を愛しているが、自分はそうではないから。演劇を至高のものとする信仰のなかにあって、氷菜は異教徒だ。そのことにはきっと了も気づいていなかった。

――ママへの愛情を示すのはいまこのとき。了の言葉を反芻した。

『百獣のマクベス』において、不可分の存在だった妻を失ったマクベスは叫ぶ。世界の理《ことわり》よ崩壊せよと。

氷菜にはその気持ちがよくわかる。〈愛〉の魔女になってはっきりとわかった。ママがいなくなった世界なんかどうだっていい。ママを失ったいま、氷菜が演劇を続ける理由はもうない。そして、ママをあんなふうに扱ったあいつが許せない。あいつはママの価値を理解しなかった。資格もないのにママの心の一部分を占有しつづけた。ママとわたしの世界に薄汚い嘘を持ちこんだ。ママがあんな終わりを迎えなければならなかったのもあいつのせいだ。わたしにはあいつを憎む権利がある。

母が玄関でひとり冷たくなっていたことを知らされたあの日から、氷菜のなかでずっと出番を待っていた愛《にくしみ》。示してやろう、と思った。長い時間と巧みな嘘で作られた筧正太郎という存在。それをめちゃくちゃにしてやるなら、業界人も多く観に来る定期公演の舞台はうってつけの場だった。おまけに演目は、彼が特別な意味を持たせたがっている『マクベス』だ。娘溺愛パパというばかげたペルソナのために、あいつはみずから処刑台にやって来る。そこで真実を公表するのだ。公演中の舞台を乗っ取って、観客の目の前で何もかも暴露してやる。

どうせなら、妻子が殺害されたことをマクダフが知る場面がいい。マクダフは嘆き悲しみ敵討ちを誓う。家族思いのマクダフ。だが氷菜はマクダフが嫌いだ。マクベスと敵対している状況で領地を空けたら、残された妻子がどうなるかは予想できたはずなのに。マクダフは英雄になるために妻子を見殺しにした。偽善者マクダフ。筧正太郎にはマクベスより似合いの役だ。

出番でもないのに舞台に表れた〈愛〉の魔女を見て、あいつはどんな顔をするだろう。そういう演出なのかと最初は思うに違いない。だが魔女が口を開いたとたん、蒼白になって凍りつくことになる。声をあげて立ちあがるかもしれない。「筧正太郎」はおしまいだ。

公演当日、予定どおり筧正太郎は劇場へやって来た。開演前にわざわざ楽屋にまで顔を出すほどの念の入れようだった。もうすぐすべてぶち壊しになるとも知らずに。上機嫌の彼は、綺羅の友人だという女子高生を伴っていた。そういえば綺羅は六文芝居のファンだというから、筧正太郎の本性を知ったらショックを受けるかもしれない。そんな思いがちらりと頭をよぎったが、それが氷菜の計画に影響を及ぼすことはなかった。氷菜はマクダフではないから、大切ではないものを大切にしているふりはしない。

嘘の笑顔で嘘の言葉を並べ立てたあとで、去り際に筧正太郎が氷菜にだけ聞こえる声でささやいた。

「柄にもなく硬くなりやがって。みっともない演技は勘弁だぞ」

先輩面か、それとも父親面か。正確ではないにしろ、ある種の緊張、少なくとも平常とは異なる心境にあることを見透かされたのは、じつに不快だった。

「……どうせめちゃくちゃになるのに」

思わずこぼれた言葉のとおり『百獣のマクベス』はめちゃくちゃになった。しかしそれは氷菜の望んだ形とは違っていた。

「他に知りたいことはある？」

心の内を語り終えると、氷菜は呼吸がさっきより楽になっているのに気づいた。やっと語ることができたのだ。家族の真実を。大好きなママのことを。

制服のボタンを指でなぞりながら、目の前のふたりを見つめる。貴水は唖然とし、さやかは震えていた。

「個人的な復讐のために舞台を壊すつもりだったの……？」

見開かれたさやかの両目のなかで、驚愕と怒りが混ざり合っている。

「ありえないと思う？　でもあなたたちは、わたしが了を自殺に追いこんだんじゃないかって疑ってたんでしょ？　人を死なせるのはありえても、舞台を壊すのはありえないの？」

冷静に問い返すと、さやかは絶句した。

「どうせめちゃくちゃになるのに、という言葉から、わたしが了の死をあらかじめ知ってたとあなたたちは考えた。でもわたしが計画したのは、筧正太郎の社会的な死であって、了の肉体的な死じゃない」

事故の知らせを受けたとき、すぐには理解が追いつかなかった。ほんの少し前に言葉を交わしたばかりだったのだ。了は氷菜の演技を褒めた。でもわたしはこの舞台をぶち壊すんだな、とそのとき思った。次に受けた知らせは、病院に搬送された了の死を告げるものだった。

おいっ、雪子が——あの最悪の電話を思い出したりしたけれど、悲しみを感じたのかどうかよくわからない。事故の様子を聞いて覚悟していたのかもしれない。ただ、大きなものが失われたのだと思った。世界が少し暗くなった。人の命はあまりに儚い。

「でも、氷菜も言ってたじゃない。自分の舞台を自分で台無しにするわけないって」

「了は、ね」

氷菜が言葉を返せば返すほど、さやかは傷ついていくようだった。

程度の差こそあれ、この学校の生徒たちはみんな舞台芸術の信奉者だ。演劇とは集団で作りあげる芸術であり、集団でひとつのことを成し遂げたとき、人々は自分たちが同一のものであると錯覚する。氷菜の言葉は、それが錯覚であると突きつけるものだ。

「やっぱり信じられない。去年の定期公演、氷菜は真摯に取り組んでるように見えた」

「それも嘘じゃない。演劇が好きだった母のために、わたしなりに一生懸命やってたよ。でも、わたし自身が演劇を愛してたわけじゃない」

愛せたら楽だったと思う。この学校のみんなのように何かをひたむきに信じて心を捧げることができたら、ママがいなくなった世界に絶望せずにいられた。了の作る舞台にそんな偽りの安らぎを期待したときもあったけれど、結局、氷菜は復讐を選んだのだ。他ならぬ了のひとことによって。

「もしかして貴水なら、わたしの気持ちが少しはわかるんじゃない?」

藤代貴水と名乗る彼女の正体に、氷菜はもうだいぶ前から気づいていた。貴水は一瞬、虚を突かれたようだったが、すぐに表情を引き締めた。

「一幕の最後で客席から魔女の演技を見てた了の様子がおかしくなったって、綾乃さんと綺羅さんから聞きました。氷菜さんも見ました？」

こちらの質問を無視して、逆に別の質問をする。理由はわからないが、やはり貴水はあのことを隠しておきたいようだ。だったら黙っていてあげようか。

「見たよ。なぜかひどい顔になって、場面の途中でいなくなった」

貴水はちらりとさやかを見たが、さやかはうなだれて何も言わない。氷菜の告白がよほどこたえたらしい。

さやか、と呼びかけると、彼女は暗い顔を上げた。傘を差しているのに濡れそぼっているように見えた。

「今年の定期公演、わたしは出ないよ」

「え……」

「最初は、去年実行できなかった計画を今年の舞台で実行するつもりだった。でも今年になって筧正太郎の大河出演が内定してたことを知らされてね。あの男はそれはそれはうれしそうに、おまえも端役で出てみないか、そうすれば雪子——母も天国で喜ぶぞって、そう言ってきたの。わたしは自分の計画が間違ってたことに気づいた。あの男の本性を暴露するのに最適のタイミングは、定期公演の本番中じゃない、大河出演の情報が公開された直後だって」

得意の絶頂から突き落としてこそ最大のダメージを与えることができる。

さやかがはっとした顔になった。「もしかして、あの週刊誌の記事……」

「そう、リークしたのはわたし」

そういえば、前にここでさやかと貴水から盗聴の件について訊かれていたときに、ちょうど週刊誌の記者から電話がかかってきたのだった。リークしたのが氷菜であると、筧正太郎はいつ気づくだろうか。ＳＮＳに予告記事が出た直後に、取材が来ても何も話すなという指示が送られてきたきり、まだ次の連絡はない。

「目的を果たした以上、わたしにはもう隠さなきゃいけないことはない。そして、定期公演の舞台に立つ理由もない。だからオーディションも受けない。今年の舞台がめちゃくちゃになることはないから安心して。さやかの脚本はきっと選ばれて、いい舞台を作れるよ。邪魔する人間さえいなければうまくいく」

リークすることによって学校やみんなに迷惑をかけるのはわかっていたから、せめて自分のいない今年の定期公演が成功するよう、貴水の探偵ごっこを牽制したりさやかに発破をかけたりしたが、とんだ自己満足だ。この学校へ来るんじゃなかったとつくづく思う。ずっとママのそばにいればよかった。そうすれば、こんなふうに人を傷つけることもなかったのに。

さやかはうつむいてしまって何も言わない。返事があるとは氷菜も思っていない。

制服の腕をなで、校章が刻印された袖口の金ボタンに触れた。みんなとは少しだけ異なる制服。いままで誰にも指摘されなかったのに、まさか貴水に気づかれるとは。

――ぜったい無理だと思ってたけど、意外といけるもんねえ。

ママのはしゃいだ声がよみがえる。氷菜の制服はママのものだった。十五歳のママは百花演劇学校を受験して合格し、制服まで準備していたにもかかわらず、子どもにはどうしようもない家の事情で入学を断念せざるを得なかったのだ。

——なつかしいなあ、この制服。そのころまではママも痩せてたんだよ。

着たくてたまらなかった憧れの制服を、ママは大事にとってあった。試しに氷菜が着てみたところ、ぴったり合った。

——でも、ママよりひぃちゃんが着たほうがずっとすてきだわ。明日、ひぃちゃんの制服を作りに行こう。

さあ脱いでとママが言うのを氷菜は拒否した。まだしばらく姿見に映る自分を見ていたかった。あのときほど自分の姿を誇らしく感じたことはない。

——ううん、ママ。わたしはこれがいい。これがわたしの制服だよ。

制服のデザインは二十年以上前とほとんど変わっていなかった。生地と袖のボタンの大きさが少し変わったが、ぱっと見てわかるほどではない。

新調しようというママの意見を押しきり、氷菜は自分の意思を通した。思えばそういう大きな問題でママの言うことを聞かなかったのは、このときが最初で最後だった。

演劇学校らしく、入学式は劇場で行われた。姉や知人のおさがりを着ているという話はちらほら聞こえてきたが、母親のおさがりを着ているのは氷菜くらいだっただろう。後方の保護者席にいるママに視線を送ると、着慣れないパンツスーツに身を包んだママはちょっと涙ぐんでいるようだった。スケジュールの都合で寛正太郎が出席できなくて本当によかった。

隣の席になった生徒は、見るからに真新しい制服を着ていた。はるばる北海道から来たと聞き、百花はそういう学校なのだと実感した。

——憧れの人にこの学校を勧められて来たんだ。

そう語る彼女の輝く瞳は、校章が刺繍された緞帳に向けられていた。もうすぐ新歓公演の幕が上がるのだ。ふと周りを見回せば、どの顔も同じように輝いていた。

ここがママの来たかった場所。

開演を告げるブザーが鳴り、客電が落ちる。幕が上がり、舞台があらわになる。

あそこから見るママの顔はどんなだろう。想像したら幸せな気持ちになった。待っててねと心のなかで語りかけ、制服の袖をそっとなでた。


「……何も知らずに見当違いの疑いをかけてごめん」

さやかは絞り出すようにして、ようやく声を発した。自分の声ではないみたいだ。雨の音が急にはっきりと聞こえてきた。氷菜は顔を伏せたまま、いつものハスキーな声で言う。

「しかたないよ、母の話はこれまで誰にもしたことがなかったから。忌引きしたときもみんなには家庭の事情としか説明しなかったし。わたしが筧正太郎の娘であることが、わたしの価値の一部と捉えられてるコミュニティでは、母のことなんか言っても当惑されるだけだと思ったの。そういうパブリックイメージを作ってきたんだから文句は言えないけど」

氷菜の目はまだ制服に注がれたままだ。

「これは亡くなった母の制服。着るはずだったのに着られなかった」

かみしめるように言って、はしばみ色のスカートに落ちた雨粒をそっと払う。その手つきの優しさに、さやかは胸を締めつけられた。

「さっきまで母のお墓に行ってたの。筧正太郎の嘘を暴いたことを報告してきた。母は喜ばないかもしれないけど」

氷菜から漂う香りの正体がそれでわかった。線香の香りだったのだ。

家族について、さやかは特別に何かを思ったことはない。母は母で父は父。それ以上でも以下でもない。親の夢が何だったかなんて聞いたことがないし、興味もない。家族どころか親戚を失った経験もまだない。氷菜の気持ちに共感するのは正直とても難しかった。

だからこれから言おうとしていることは、氷菜からすればとても無神経なことかもしれない。それでもと意を決し、さやかは思いきって口を開いた。

「今年の定期公演のことだけど。オーディション、受けないっていうのは……」

氷菜がちょっと不思議そうに顔を上げる。「うん」

「考え直して。氷菜には定期公演の舞台に立ってほしい」

氷菜だけでなく、貴水も目を瞠ってさやかを見た。ふたりの強いまなざしを受けて、ちょっとたじろぎそうになる。でも、引くわけにはいかない。

「本気で言ってるの？　わたしが何をしようとしたか話したでしょ」

「でも実際にはやってないし、もうやる気もないんだよね」

「……もしかして、母のためにって？」

「違うよ。いまちょっと話を聞いただけのわたしが、お母さんの気持ちをわかったようには語れない」

「じゃあ、せっかく才能があるのにもったいないって？」

いままでに何度もそう言われてきたのだろう。氷菜が演劇に対して貪欲な姿勢を示さなかったときに。

「違う。これはわたしの希望だよ。脚本・演出はわたしになるって、さっき言ってくれたよね。わたしの手がける舞台には、神崎氷菜っていう役者が欲しい。氷菜が演劇を愛してないって知ってショックだったけど、それでもいい役者だってことには違いないから。氷菜の意思を曲げてでも、わたしはあんたに出てほしい」

腹に力を入れ、目を逸らさず、一気に告げた。演劇は集団の芸術だが、集団とは別々の個人の集まりだ。ひとりひとりに人格があって意地がある。さやかにもある。

さやかさん、と貴水が驚きとも感嘆ともつかない声を漏らす。静かな雨音が三人を包みこむ。

氷菜の目元の緊張がふっと緩んだ。

「……なんて言うか、むき出しだね。こんなさやか、はじめて見た。なんだか最後に話したときの了を思い出すよ」

「了？」

「あの日、バックヤードの通路でわたしと綾乃に話しかけてきたときの了は、いつになく誠実な感じがしたんだ。一幕の最後に舞台から見たときとは雰囲気がぜんぜん違ってて、憑きものが落ちたみたいだった。たんにわたしの印象だけどね」

さやかは貴水を見た。場面の途中で客席から姿を消したあと通路に現れるまでのあいだに了がしたことといえば、いまわかっているのは、貴水と電話で話をしたことだけだ。その通話で、了はさやかを〈魔女〉だと言った。その意味はいまだ不明のままだ。貴水は濡れたアスファルトを見つめて考えこむような顔をしている。

「でも、そのとき了は綾乃を無視したんだよね？」

「綾乃がそう言ったの？　たしかにわたしたちは並んで歩いてたのに、了はわたしだけを褒めて綾乃には何も言わなかった。だけど無視したっていうのとはちょっと違う感じがする。うまく説明できないけど、そこに特別な意図はなかったんじゃないかな」

そうなのだろうか。そのあとであんなことになったものだから、すべての行動に意味があるかのように考えすぎているだけなのか。

「あと、これは気のせいかもしれないけど……目が少し赤くて声もかすれてて、なんだか泣いたあとみたいに見えた」

「泣いてた？　了が？」

「想像つかないけどね」

だが、ありえるかもしれない。貴水と電話で話したときの了は、普段と様子が違ってひどく取り乱していたという。

氷菜が首をひねって十二夜劇場を見た。それから自分の腕を包む制服をなでた。

「さやかの考えはわかった。オーディションを受けるかどうか、ここで即答はしない。わたしの意思だけでは決められないかもしれないしね」

どういう意味かと尋ねたが、氷菜はそれには答えず、濡れたプラタナス並木の道を校舎のほうへ向かって歩きだした。

その後ろ姿を見ながらあらためて思う。やはり氷菜は必要だ、わたしが作る舞台に。

まだ構想にすぎなかった作品がくっきりとした輪郭を持ちはじめるのを、さやかは感じていた。

7/18
18:36

了（百花1年）→貴水（中学2年）

「しもしも貴水」

「えっ、なに、しもしもって」

「前にきみが言ってたよね？」

「そうだったかなー」

「それはどうでもいいや。今日、無言劇の課題があったんだけどさ。わたし的にはなかなか気に入ったやつが作れたんだ。見てた連中も大絶賛さ」

「よかったじゃん」

「そう、あの子が拍手さえしてくれたらね！　ひとりだけ仏頂面でさ、ぜったい本心ではいいと思ってたはずなのにムカつくなー」

「あの子ってどの子？」

「ああ、結城さやか。劇作家志望。なんかわたし、ライバル視されてるっぽいよ。思い返せば、あの子いつもわたしに拍手しないな」

「へえ、了はどう思ってるの？」

「ライバルなんて思ってるわけないでしょ！　あんな子、わたしの足元にも及ばない！　おまけに素直さもないしね！」

「拍手してくれなかったこと、根に持ってるんだね」

「まさか！」

「了、なんだか楽しそうだよ」

5

六月の半ばから夏休みの終わりごろまでかけて、さやかは脚本を書きあげた。学校指定の台本用テンプレートを使って書いた本文に、別個に作成した表紙を付ける。

レイアウト機能を使ってきっちり中央に記したタイトルは『少女マクベス』。『マクベス』の舞台を女子高に、登場人物を女子高生や教員に置き換えた作品だ。それほど独創的とは言えないが、なかなかおもしろいアレンジができたと自負している。

帰省から戻った芽衣に請われて読んでもらうと、原稿を机の上でとんとんとそろえたあと、ため息をついて「刺さるわ」と言った。うれしい感想だった。

「芽衣は本当にエントリーしないの？」

再び問いかけたさやかを、芽衣は眉をひそめて見つめた。またた、とさやかはたじろいだ。この話になるたびに彼女から向けられる、この奇妙なまなざし。当惑しているような、疑《うたぐ》るような。しかしさやかが理由を尋ねる前に、芽衣のほうが口を開いた。

「それってどういう意図で訊いてる？」

「……どういうって？」

「あんたはエントリーできるんだね」

「え？」

「なんでもない。この脚本、配役のイメージはあるの？」

唐突に切り替えられた明るい口調が、これ以上その話はしたくないという彼女の意思を明確に伝えていた。さやかは口をつぐみ、それから「特には」と答えた。

配役の話が出ると、自然に氷菜が頭に浮かんで胸が痛む。氷菜は一学期の終業を待たずに学校から姿を消していた。

原因は筧正太郎の暴露記事だ。不倫と別居を報じたそれが予告どおり週刊誌に載ると、他の雑誌やワイドショーなども追随した。目の部分を黒い線で隠された不倫相手A子は沈黙し、かつての不倫相手だったというB子とC子が登場してあれこれ語った。「ひとりぼっちで亡くなったかわいそうな妻」の親族や友人を名乗る人物も現れて、いろいろなことを言った。一部の媒体によれば、氷菜は「有名人である父親の味方をした薄情娘」であり「父親譲りの虚栄心の持ち主」だった。娘のコメントを取ろうと学校にもマスコミが押しかけてきた。それで学校から氷菜に、しばらく休んではどうかと提案の形をとった要請があったらしい。校内では氷菜に同情する声と、だまされていたと失望したり憤慨したりする声が混じり合っていた。氷菜が自分から父親の名を出したことは、さやかの知る限り一度もなかったのに。

氷菜がいまどこでどうしているのか、さやかは知らない。週刊誌にリークするとき、こうなることまで覚悟していたのだろうか。オーディションのことは自分の意思だけでは決められないかもしれないと言ったのは、こういう意味だったのか。何度か思いきって電話をかけてみたが、つながらなかった。変わらずに彼女を慕うファンたちも連絡がとれないというから、父親によって外部との接触を断たれているのかもしれない。夏休みのあいだに騒動は下火になったものの、数日後の始業式に氷菜が戻ってくるのかどうかはわからなかった。

「氷菜からやっぱ連絡ない？」

芽衣の問いかけに、さやかは首を横に振った。氷菜が秘密を打ち明けてくれたとき、貴水と三人で劇場裏へ向かう姿を目撃していた人がいたらしく、何を話したのかとあとで大勢から尋ねられた。それが原因で氷菜は姿を消したのではないかと。どんなに詰め寄られても、さやかは会話の内容を誰にも言わなかった。ふたりでそう決めたわけではなかったが、貴水も同じようにしたという。時間がたってほとぼりが冷めてきたものの、芽衣のように熱心なファンからはいまだにこうして尋ねられる。

「ねえ、いいかげん教えてよ。あの日、氷菜と何があったの？　誰にも言わないから」

「ごめん、言えない」

「そればっか」芽衣は不満を隠さずにため息をついた。それからどこか用心深い口つきで続ける。「……じゃあさ、他に謝ることは？」

「他？」

「ないならいいよ。——氷菜、帰ってくるよね？」

こういうときに嘘をつけないのが、自分の悪いところだ。自覚はあるものの、何の根拠もなく楽観的なことは言えない。

「帰ってきてほしいと思ってる」

そして定期公演の——了ではなくさやかが作る『マクベス』のオーディションを受けてほ

しい。

劇場裏で氷菜と話したあと、氷菜が了の死に関与しているとは思えないと、さやかは貴水に伝えていた。綾乃と綺羅が関与していると思えないのと同様に。

貴水は困りはてた顔で言った。わたしも同感ですけど、それじゃ容疑者の〈魔女〉がいなくなっちゃいます。

まさにそれがさやかの出した結論だった。誰も了を自殺に追いこんでなどいない。当然、なぜか〈魔女〉呼ばわりされたさやかも含めて。やはりあれは事故だったのだ。

貴水は食い下がった。じゃあ、一幕の最後の場面で了が見せた表情は何だったんですか？　消えたふたつの脚本の行方は？　了が泣いてたっていうのは？

さやかは答えなかった。疑問があるからといって、それらが了の死に関係があると決まったわけではない。

これで終わりにすると、さやかは宣言した。貴水が調べつづけるなら止めないが、自分は手を引くと。

それから何日ものあいだ、貴水は日に何度もやって来てはさやかを翻意させようと言葉を尽くした。しかし意思が変わらないとわかると姿を見せなくなり、そのうち学校は夏休みに入った。夏休み中、さやかはお盆の週に一週間ほど家に帰ったほかは基本的に学校か寮にいたが、貴水を見かけることはなかった。

「とりあえずお疲れ様。これでもう提出するの？」

芽衣が原稿の束をクリップで留めながら尋ねた。

「いや、まだ置いとく。もう一回、推敲したいし、もっと何か思いつくかもしれないし」

提出期限は、二学期が始まる九月一日だ。始業時間の午前八時三十分までに、応募者は原稿を窓口となる講師の机に提出する。今年の窓口は、さやかたちの脚本概論の講義を受け持つ田坂先生だ。去年もそうだった。集まった原稿は各分野の専門家である講師たちによって、内容、技術、安全性、予算などあらゆる面から審査され、一週間以内には結果が発表される。

「芽衣も気づいたことがあったら指摘して」

「ほんと真面目なんだから。完成祝いにかき氷でもおごってあげようと思ったのに」

九月一日の朝いちばんに、さやかは原稿を提出した。プリントアウトした原稿をきれいにそろえてダブルクリップで留め、角2サイズの茶封筒に入れて、田坂先生の机のまんなかにまっすぐ置く。封筒には何も書かず、封はするなとの規定だ。さやかが一番乗りらしい。

早朝の職員室は無人だった。鍵が開いていたから誰かしら出勤しているのだろうが、いまは誰も見当たらない。窓の外はすでに強い日差しが照りつけている。蝉の声と、屋外で発声練習をするかすかな声が聞こえる。この時期はまだ夏の盛りと言っていい。

さやかはしばしその場に立って、手を離したばかりの封筒を見つめた。自分の書いたものがどんなふうに読まれるのかと思うと、楽しみでもあり怖くもある。あそこをああしたほうがよかったのではないか、もっとおもしろくすることができるのではないかと、切りのない葛藤も湧いてくる。いつまでたってもこの感覚は変わらない。

未練を断ち切るように、さやかは机に背を向けた。職員室を出て、始業までの時間をどうしようかと思いながら歩いていると、何人かの同級生や後輩から「できたの？」「提出したんですか？」と声をかけられた。そのなかには芽衣のようにコンペに出すのをやめたクラスメートもいて、すごいねと言われたりもした。内容や自己評価や配役の腹案など突っこんだ質問をする人もいて、だんだん息苦しくなってくる。さやかは階段を上りはじめた。その足が自然に速くなる。

四階まで上り、非常階段へ続く曲がり角まで来たところで、また声をかけられた。図書室のほうから歩いてきた美優が、装着していたイヤホンを外しながら「おはよう、早いね」と笑顔を見せる。

「出してきたの？」

「うん。そっちは？」

美優は手にしていた本を恥ずかしそうに持ち上げてみせた。初心者向けのシェイクスピアの研究書で、一年生のときの講義で参考文献として使用されたものだ。

「もっかい勉強してみようと思って。百花での最後の公演だし、悔いのないようにしたいから」

去年の定期公演で美優が何をしていたのか、思い出せなかった。脇役でも代役でもなかったはずだから、誰かの付き人か雑用のようなことをやっていたのだろう。さやかの立場で何を言えばいいのかわからなかった。コンペで勝って演出家になれば、さやかは俳優を選ぶ側になる。そして俳優科との合同演習などで見る限り、さやかが構想する舞台に美優の居場所はない。というより、そこにいるのが美優でなければならない理由がない、というべきか。

そう思っていながら「そっか、がんばって」なんて言うのは、不誠実な気がする。

「氷菜、今日から来るかな？　オーディションまでには帰ってくるよね？　ママのためにもさ」

先日の芽衣と同じことを美優は言った。さやかもあのときと同じように返した。

美優と別れて非常階段へ向かいながら、氷菜のことを考えた。それから、自分の前から姿を消したもうひとりの少女のことを。

彼女がこの学校へ来たのは友達の死について調べるためで、演劇の勉強は二の次だった。定期公演に出演することも特に望んでいなかった。だが、彼女には間違いなく才能がある。そして彼女は演劇が好きだと言った。

非常階段のドアを開けたとたん、空の青さに目を射られた。一瞬、世界が消えて、やがてあざやかによみがった。貴水を思い出すときなんとなく青いイメージなのは、最初にちゃんと話をしたのがこの場所だったからかもしれない。あのときもよく晴れていた。

貴水はオーディションを受けるだろうか。見てみたいと思っている自分に気づいて、さやかは顔をしかめた。

制作科三年の教室に田坂先生が姿を見せたのは、翌日の朝、一時間目が始まる少し前のことだった。この老講師のこんなに深刻な顔は見たことがなかったし、こんなに硬い口調で「結城」と呼びかけられる理由にも心当たりがなかったので、さやかは戸惑った。先生は戸口に立ってなかへは入らず「来なさい」と短く言った。自分の席でおしゃべりをしていた芽衣が、はっと振り向いて食い入るようにこちらを見ている。さやかは首をひねりながら立ちあがり戸口へ向かった。まず考えたのは、提出した原稿に何か不備があったということだ。ページが抜けているとか、要件を満たしていないとか。だが何度も確認したし、思い当たることはない。

さやかが戸口へたどり着く前に、田坂先生は踵を返して歩きだした。ついてこいということか。この場で話をする気はないらしい。わけがわからないまま、さやかは彼の後ろを歩いた。縦に並んで歩く田坂先生とさやかに廊下や教室から好奇の視線が投げかけられ、それはふたりの姿が階下へ消えるまで続いた。

会議室に入るのははじめてだった。小会議室というだけあって思ったより狭い。四角いテーブルを囲んで椅子が四脚。キャスター付きのホワイトボードが壁際に片付けられている。窓のカーテンは引かれていた。田坂先生は電灯をつけて奥の椅子を引き、さやかにも座るよう言った。テーブルの上には、ダブルクリップで綴じられた紙の束が置かれていた。

昨日、自分が提出した原稿だと思った。しかしその一枚目に記された文字列を見て、わけがわからなくなった。

我らマクベス　制作科三年　結城さやか

白い紙のまんなかに黒いインクで、そう印字されている。

「これは……?」

さやかは困惑して初老の講師を見た。さやかが提出した脚本のタイトルは『少女マクベス』だ。表紙にはたしかにそう記したはずだし、提出前に確認もした。そもそも「我らマクベス」というフレーズにはまったく心当たりがなく、間違えて書いたとは考えられない。

「訊きたいのはこっちのほうだ。きみがどうしてこんなことをしたのか……」

椅子に腰を下ろした田坂先生は、それがとてつもない重労働であったかのようなため息をついた。意味がわからない。わたしが何をしたって？　座りなさいと再び言われて、とりあえず従う。

「気づかれないと思ったのかい？」

「いったい何のことですか？」

「ぼくが去年も一昨年もコンペの審査員を務めたのは知ってるだろう。それに脚本の講義を担当する者として、課題などできみたちの作品を何本も読んできた。これはきみの作風じゃない。いや、この際はっきり言おう。これは設楽の作風だ」

何を言われているのかわからなかった。設楽？　なぜ了が出てくるのか。

「ここであらためて読んでみなさい」

混乱したまま原稿に手を伸ばす。指が言うことを聞かず、うまく紙をめくれない。ようやく成功し、登場人物一覧が記された最初の数ページを飛ばすのももどかしく、一幕へと進む。

「……何これ」

違う。さやかが書いた『少女マクベス』ではない。次のページも。その次のページも。一気にめくってなかほどのページも。最後のページまで。

「何ですか、これ」

さやかは髪を振り乱して顔をあげた。心臓がどくどくと脈打っていた。田坂先生がひどく苦い顔で教え子を見る。

「もうよしなさい。見るに堪えない」

「これはわたしのじゃありません」

「認めるんだね。そう、ちょっと読んだらわかることだ」

「これは了の……」

言葉が喉につかえる。頭のなかがめちゃくちゃだ。了の作風だとさっき先生は言ったっけ。ちょっと読んだらわかると。もちろんわかった。すぐにわかった。だって了の作品は唯一無二だ。まるで専用の特別色のインクで書かれているかのように、見る者が見れば確実にわかる。

「他の講師にも読んでもらったが、全員が全員、設楽了の脚本だと言ったよ。問題は、これがきみの名前で提出されたことだ」

「待ってください、どうなってるのかさっぱり……」

聞きたくないとばかりに田坂先生はぎゅっと目をつぶった。

「こんなことをする前にどうして相談してくれなかったんだ。悩んでいるようだとは思っていたが、きみならきっと乗り越えられると信じてたのに」

衝撃のあまり、さやかは二の句が継げなくなった。つまり先生は、さやかが了の作品を盗用したと思っているのだ。再びさやかを見つめた彼の目には、悔しさとやるせなさ、そして哀れみがあった。

「まるでバンクォーの幻影に怯えるマクベスだ。設楽了の幻影がそれほど恐ろしかったのか?」

「え……」

「設楽になれなくても、結城には結城のよさがあるのに。きみはそれをわかってると思ってたし、ぼくはきみには期待してたんだよ」

田坂先生は両手を髪に突っこんで頭をかかえてしまった。その姿を見たとたん、口にすべき言葉はすべて喉の奥へ引っこんだ。というより、何を言えばいいのかわからなくなった。考えることもできなかった。自分の呼吸の音が聞こえる。

「処分については他の先生方や校長とも話し合って決定する。そのあいだに自分のしたこと、したかったことをよく考えてみなさい」

さやかを見ずに先生は告げた。さやかは無言で立ちあがって会議室を出た。ドアを閉めたかどうか記憶がない。ふらふらと廊下を歩き、のろのろと階段を上る。チャイムを聞いた覚えもないがすでに一時間目が始まっているようで、二階の廊下に人影はなく静かだった。教室の後ろのドアから入って自分の席に着く。講師はさやかをちらりと見たが、事情を知らされているのか何も言わない。講義の内容はまったく頭に入ってこなかった。周りからどうしたのと訊かれても、スマホがＬＩＮＥの受信を知らせても、芽衣から小さく折りたたまれた手紙が回ってきても、いっさい反応できなかった。

そうやってしばらく座っているうちに、思考停止に陥っていた頭にだんだんと機能が戻ってきた。いったい何が起きているのか。田坂先生が教室に現れてからのことをひとつひとつたどってみる。

さやかが提出した原稿が別のものに入れ替わっていた。それはどうやら了の作品らしい——いや、間違いなく了の作品だった。田坂先生はさやかが了へのコンプレックスゆえに行き詰まっていて、思い余って了の作品を盗用したと決めてかかっている。

なぜそんなことになったのか。もちろんさやかのしわざではないし、アクシデントや手違いの結果とも考えにくい。これは明らかに何者かが故意にやったことだ。おそらくは悪意を持って。では誰が？　何の目的で？　さやかが受けてきた脅迫と関係があるのだろうか。

そしてあの了の作品——『我らマクベス』。彼女が亡くなる前日に話していたという「もうひとつのマクベス」があれなのか。しかし綺羅たちが持ち物を調べたときにも、貴水が調べた遺品のなかにも、それらしき脚本はなかったはずなのに、いったいどこから出てきたのか。

無意識に拳を握りしめていた。田坂先生の言動のすべてに傷つき腹を立てていたし、あの場で冷静に否定できなかった自分に失望してもいた。何より、不安だった。状況を整理してみたところで、なぜこうなったのかも、これからどうなるのかもわからない。

左右の席のクラスメートはさやかの拳が気になるようだ。見られているのに気づいたが、力を緩めることができなかった。拳のなかにもうひとつ、この状況にふさわしくない別の気持ちがある。

読みたい。了の残したその脚本を。

さっきはちゃんと読むことができなかった。自分の脚本と比べてみたいというのもあるが、それよりもただ純粋に読みたいと思う。その結果、敗北感や嫉妬にのたうちまわることになろうとも。火に飛びこんで命を落とす虫のように、どうしようもなく惹きつけられてしまう。

さやかは意思の力で拳を開き、考えるべきことだけを考えようと努めた。問題は了の脚本の内容ではなく、それがそこにあるということだ。さやかの脚本があったはずの場所に。あるべき場所に。濡れ衣を晴らさなければならない。だが、ありのままに訴えて信じてもらえるだろうか。真相を解明できればいいのだが、その手立てもない。

さやかが原稿を提出したのは昨日の早朝だ。提出期限が九月一日の始業時間までであることは学校じゅうのみんなが知っていて、さやかが提出したこともすぐに広まっただろう。あのとき職員室は無人で、出入り口に鍵はかかっていなかった。さやかが一番乗りだったが、そのあと何人もの候補者が封筒を手に訪れたはずだ。そうでなくとも、日頃から個人的に講師の指導を請うために職員室に出入りする生徒は多い。田坂先生が何時に出勤したのか聞いていないが、それまでのあいだ、原稿は彼の机のまんなかに放置されていた。つまり、人目を盗んですり替えるチャンスは誰にでもあったと言える。封筒には封がされていなかったから、さっと中身を確認して封筒ごと取り替えればいいだけだ。

ここが教室でなければ、突っ伏してしまいたかった。あるいは大声でわめきたかった。冷静になろうという試みはたちまち失敗し、組み立てた思考も崩壊してしまう。さやかにできることは、何事もなかったような顔をして待つことだけだった。状況がひとりでに好転するか、学校側がさやかを信じてくれる可能性に、わずかな望みをかけて。

一分が一時間に思えるような一日だった。まったく集中できないまますべての講義が終わり、もういちど田坂先生に会いに行こうか、今日はもう帰ってしまおうかと迷っていたとき、教室の戸口に再び田坂先生が姿を見せた。日に焼けたその顔を見た瞬間、さやかは望みが叶わなかったことを悟った。どうして。どうしよう。どうしたらいい。一瞬にしてパニックに陥りそうになる。今度こそちゃんと否定しなくちゃ。懸命に理性の手綱を引く。

好奇の視線にさらされながら先生の後ろをついて歩く。まるで今朝の再現だが、さやかの心境はぜんぜん違う。行先も違っていて、裁きの場は校長室だった。長嶋ゆり子の名にかけてか、やや旬を過ぎた百合の花が飾られている。息がつまりそうな濃密な香りのなか、校長はひとりで待っていた。さやかたちが入室すると同時にデスクを離れ、応接用のソファへと移動する。その表情は田坂先生と同様に厳しい。校長と老講師が隣同士に座り、さやかも向かいにかけるよう言われた。しかしさやかは従わなかった。入口のドアを背にして立ち止まり、いきなり告げる。

「わたしは何もやってません」

堂々と顔を上げ、きっぱりと言い切った。朝の時点でそうすべきだったのだ。それが事実なのだから。

さやかの出方が意外だったのか、ふたりの大人は少し困惑したようだった。とりあえず座りなさいと、目を逸らして田坂先生が言う。しかし今度もさやかは動かなかった。

「このままでけっこうです。呼び出しの理由は今朝の件ですよね。わたしは脚本の盗用なんてしてません」

「いまになってそんなことを。じゃあなぜ朝は否定しなかったんだね？」

「驚きすぎて言葉が出なかったんです。まったく身に覚えのないことだったので」

「しかし……」

「わたしが九月一日に提出した脚本のタイトルは『少女マクベス』」先生の言葉を遮ってさやかは続けた。「わたしのパソコンにデータがありますし、提出する数日前には同じクラスの南芽衣さんに読んでもらってます」

「それは無実だという証拠にはならないよ。きみは自分の作品を書き、人に読ませもしたものの、やはり設楽の作品のほうが上だと思ってそちらを提出したと考えれば成り立つ」

成り立つ——成り立つか。論理的にはそうだとしても、さやかの人となりを知っているはずの田坂先生があっさりとそんな発言をしたことに、覚悟していたつもりでもやはりショックを受けた。腹も立った。証拠がなければ信じられないと言われれば、どうしようもない。誰かに陥れられたのだと主張もしたが、やはり取り合ってもらえなかった。むしろ悪印象を持たれたようだ。もどかしさといらだちが募る。争いたいわけではないが、つい口調がきつくなる。

「証拠というなら、逆にわたしが盗用したという証拠はあるんですか？　誰かがすり替えたというわたしの説だって成り立ちますよね？」

すると、それまで静観していた校長が、何か言いかけた田坂先生を手振りで制して話し合いの舞台に上がってきた。大人たちとさやかを隔てるテーブルに、校長は無言で一冊のノートを置いた。いや、それをノートと呼べるかどうか。表紙は普通の大学ノートだが、なかのページがすべて破り取られている。明らかに人の手で引きちぎられたのだ。

さやかは愕然として、かつてノートだったものを見つめた。残された水色の表紙に貼られたシールに見覚えがある。犬のシールだ。貴水が使っているLINEのスタンプと同じ犬。間違いない、これは了が一年生のころからよく持ち歩いていたあのノートだ。

「これが何か知ってるのね？」感情の読めない声で校長が言った。

「……了のノートです」

「今日、四階の非常階段の踊り場で、用務員さんが発見したの。いじめじゃないかと心配して届けてくれたのよ」

さやかは弾かれたように顔を上げたが、言葉が出てこなかった。四階の非常階段。一年生のときからのさやかの逃げ場。

「心当たりがあるみたいね。あなたがよくひとりでそこにいるのを、用務員さんは知ってたわ。入学式の写真を見せて確認したから間違いない」

ますますわけがわからない。校長はさやかが口を開くのを待っていたようだが、ややあってあきらめたようにため息をついた。

「講師のなかにもこのノートを覚えている人がいたわ。あの脚本はこれに書かれていたのね？　どういう形でかノートを入手したあなたは、中身をパソコンで書き写し、自分の作品として提出した。そしてページを破り取って捨てた。それとも取ってあるのかしら」

百合のにおいにくらくらする。呼吸もままならないなか、懸命に否定の言葉を絞り出す。

「違います、わたしはそんなこと……」

いいかげんにしなさいと田坂先生が口をはさんだ。

「設楽の脚本がきみの名前で提出され、その翌日に中身を破り取られた設楽のノートが発見された。そしてきみは創作に行き詰まっていた。状況証拠としては充分だと思うがね」

「わたしじゃありません！　誰かに陥れられたんです」

「まだそんなことを。誰に？」

うんざりしたような口ぶりと目つきに、思わずひるんでしまった。田坂先生はいまや心からさやかに幻滅している。疎まれているとさえ感じる。

「あなたは本当のことを言っているのかもしれない」

再び校長が極めて冷静な口調で言った。感情を完璧に隠しきった口調は、その冷たい響きによって、田坂先生とは違う意味でさやかを萎縮させた。

「あなたの言うとおり、こちらの言い分にも証拠はないわ。ただ、状況的にあなたが疑わしいのは確か。結城さんは頭のいい人だと思うから腹を割って話すわね。事実がどうであれ、学校としては、盗用の可能性がある作品を上演するわけにはいかないの。同様に、盗用をした可能性がある脚本・演出家を起用することもできないわ。そんなリスクは冒せない」

うなだれた田坂先生がしきりにかぶりを振っている。対照的に校長の顔はさやかのほうを向いて静止している。何を言われるのか予想がついた。喉が痙攣するように震えた。

「この件については調査します。ですが、あなたが提出した作品はコンペの審査対象から除外します」

待ってくださいとさやかは叫んだ。考え直してくれるよう懸命に訴えた。しかしそれはもはや決定であり、覆ることはなかった。

その夜、学校から全校生徒へと一斉メールでふたつの事実が伝えられた。ひとつは、コンペの応募者が一名だったこと。もうひとつは、その一名が事情により失格したこと。審査対象がゼロになってしまったため、脚本の決定方法は追って告知するという。

寮内はたちまち大騒ぎになった。「一名」の名は明かされていなかったが、誰であるかは周知の事実だ。質問攻めに遭うのはわかっていたので、さやかは帰寮してからずっと自室に閉じこもっていた。深夜にこっそりと浴場へ行ったほかは部屋から一歩も出ず、芽衣をはじめ誰が訪ねてきても居留守を使った。

食欲はまったくなかったが、同室の綾乃がサンドイッチを買ってきてくれた。いちおう受け取ったものの袋を開けようとしないさやかに、綾乃は言いにくそうに「何があったの?」と尋ねた。さやかの失格理由が作品の盗用であること、そして盗用した作品は了が書いたものであることまで、すでにうわさとして広まっているらしい。閉じこもっているあいだ、ドア越しに何度も訊かれた。

綾乃は続けて何か言いかけ、しかし口先まで出た言葉を呑みこんで口をつぐんだ。呑みこんだ言葉は、了、だった気がした。他のみんなと同様に、綾乃も訊きたいはずだ。了の脚本だというのは本当なのかと。生徒たちにとっていちばんの関心事はそれだろう。

綾乃はその質問の代わりに「食べて」と言った。さやかに対してどんな態度をとればいいのか迷っているふうではあったが、少なくとも強引に追及するつもりはないようだ。それだけでありがたかった。

「……いまさらだけど、いいね、新しい髪型」

前に姿を消していた綾乃が帰ってきたときに言おうとしていたことを、さやかは口にした。

綾乃は目をしばたたき、少し恥ずかしそうに、眉に軽くかかった前髪に触れた。

「わたしね、子どものころからずっと同じ髪型だったの。だけど学校を離れてた三週間のあいだに、ふと切ってみようかなって思って。実をいうと、さやかたちに何もかも打ち明けたあと、もう演劇はやめるつもりだったのよ。なのに離れてみたらどういうわけか舞台が恋しくてたまらなくなった。だから続けることにしたわ。できるかどうかわからないけど、やってみたいって思えたの」

まだ見慣れないその顔に、ほのかな、けれど力強いほほえみが宿る。

「似合ってる、その髪」

「ありがとう。信じるわ。さやかはお世辞は言わないものね」

さやかはサンドイッチの袋を開け、もそもそとひとくちかじった。髪を切った綾乃は、中身もなんとなく変わったような気がする。

了の件で綾乃を問いつめたことが、あらためて悔やまれた。綾乃だけでなく、綺羅や氷菜に対してもそうだ。信じてもらえないということがどれほどこたえるか、いまのさやかには身に染みてわかる。綾乃が戻ってきてくれて本当によかったと思った。それに、同じく姿を消していた氷菜も昨日から学校に復帰している。始業式のときに見かけたが、あいかわらず月のようだった。いくらか人数が減ったファンに囲まれていた。戻ってきたということは演劇を続けるのだろう。そうであってほしいと願う。

自分自身の心に嘘をつきながら、了に見捨てられる恐怖に苛まれていた綾乃。いじめにあった過去と己の弱さを克服したいと願い、野望に向かって邁進する綺羅。あふれる才能と周囲の人間に翻弄されながら、たったひとりへの愛を貫こうとする氷菜。三人にかぎらず多くの三年生が、それぞれの秘密を盗聴されていた。

いったいどうして了はそんなことをしたのだろう。より合った配役のためと言ったそうだが、そうまでしないと満足できる作品を作れなかったのか。あの了でも自分の力不足に悩んだりするものだろうか。

また、一幕の最後の場面で何を見て表情を変えたのだろう。何のために幕間に舞台に上がったのか。なぜ了は死ななければならなかったのか——。

体も心も疲れはてていたのに、いつまでたっても眠りは訪れなかった。こわばった体をベッドに横たえ、無理に目を閉じていると、どうしてもあれこれ考えてしまう。すり替えられた脚本のこと、盗聴のこと、了の最後の日のこと。それに付随して、混乱や苦痛や不安をもたらす様々な考えがひっきりなしに湧いてくる。いっそ起きて別のことに頭を使いたかったが、本を読むような気分でもない。時間の進みの遅さに耐えながら、'The night is long that never finds the day.'という『マクベス』の台詞を何度も思い出した。「どんなに長くとも明けない夜はない」と前向きに訳されることが多いが、「朝が来なければ夜は永遠に続く」という訳もある。いまのさやかには圧倒的に後者のほうがしっくりくる。

窓のカーテンの向こうが白みはじめても、やがてすっかり明るくなっても、さやかの夜は明けなかった。綾乃がいつもどおり五時に起きて身支度を整え、七時前に登校していく物音を、さやかは布団をかぶって聞いていた。さやかが眠っていないことにたぶん綾乃は気づいていたが、何も言わなかった。鍵を閉めていってくれたのもありがたかった。

　ひとりになってベッドから体を起こす。学校は休むつもりだった。いまごろは廊下の掲示板にもさやかの失格を発表する文書が貼り出されているだろう。体も心もバッテリーゼロの状態で、好奇と失望の視線のなかに飛びこむ気力はない。体は泥に浸かったようで、頭には靄がかかっている。ただぼんやりとベッドに座っているだけのさやかの耳を、いくつもの音が通りすぎていった。廊下を歩く足音、話し声、動画らしき音声、部屋のドアをノックする音、さやかと呼びかける声、了の脚本についての質問。そのすべてを無視していたら、やがて完全に静かになった。

　しかし静寂はまたすぐに破られた。控えめにドアを叩く音と、抑えた声。

「さやかさん」

　さやかは驚いてドアを見た。貴水だと瞬時にわかった。でも、なんでここに？　夏休み前にさやかが了の件から手を引いて以来、彼女とは顔を合わせていない。姿を見かけることもなかったし、互いに連絡もしなかった。

「さやかさん、いるんでしょ。開けてよ」

　トトトン。

「見つかったら追い出されちゃうよ」

　トトトトン。

　どうやら寮が空になった隙に忍びこんできたらしい。おそらく誰かが出ていくタイミングに合わせて玄関の電子ロックをかいくぐり、管理人の目も盗んで。

「開けてくれないなら、管理人室からマスターキー盗んできますよ」

貴水なら本当にやりそうだ。さやかはしかたなくドアの前へ行って鍵を開けた。こちらが何か言うのを待たずにドアが外から開かれ、貴水がほっとしたような顔を覗かせた。

「やっぱりいた」

入っていいかとも訊かず、するりと体を滑りこませる。彼女が持ちこんだ朝の空気が肌に触れるのを感じた。

「七時前からずっと寮の前で待ってたけど、さやかさん、出てこないから」

久しぶりに見ると、貴水の小さな頭は思った以上に高いところにあった。ショートカットの髪が伸びて目にかかっている。軽く頭を振って前髪を払いながら、なじる口調で貴水は言った。

「昨日から何回も電話したんですよ。ＬＩＮＥだって」

そういえばスマホはどこへやっただろう。さやかは室内に視線をめぐらせ、机の上に投げ出されたそれを見つけた。昨日、帰寮するなり電源を切ったのだった。電源を入れれば、大量の着信通知が表示されるに違いない。

「……何の用？」

「何のって」答えかけた貴水の表情がふっと曇った。「さやかさん、ひどい顔。寝てないの？」

「用件は？」

「とりあえず座って。さてはごはんも食べてないでしょ。ちょっと待っててください、何か買ってくるから」

「いらないから、さっさと用件を言って」

「だめですよ。ちゃんと食べて寝ないと病気になっちゃう」

貴水が思いのほか真剣な目をしていたので、さやかは少したじろいだ。

「……食欲がないの。ゆうべは食べたよ」

「じゃあせめて座ってください。体を休めないと。それも拒むなら、必殺お姫さま抱っこで強制的に寝かせますよ」

それはまっぴらだったし突っ立っている理由もないので、さやかはベッドの端に腰かけた。貴水は備え付けのミニ冷蔵庫を勝手に開け、未開封のミネラルウォーターのペットボトルを見つけると、ご丁寧に蓋まで開けてからさやかに差し出した。それからさやかの椅子を引っ張り出し、向き合う恰好に置いて座る。

さやかはミネラルウォーターをひとくち飲んだ。すると喉が渇いていたことに気がついて、さらにペットボトルを傾けた。さやかが蓋を閉めるまで、貴水は口を開かずに待っていた。

学校は完全に遅刻だが、気にかける様子はない。

「寝てないのは昨日の発表が原因ですか？　失格っていったい……」

「書いてあったとおりだよ」

「あんなんじゃ何もわかりませんよ。『事情により』って何なんですか？　さやかさんが了の脚本を盗用したとか言われてるけど、そんなのありえないし」

　さやかは思わず貴水を見つめた。

「……なんで？」

「前に了を盗聴したかって聞いたとき、さやかさん、めちゃくちゃ怒ったじゃん」

「盗聴はやってなくても盗用はやったかもよ」

「やったんですか？」

「やってないけど」

「でしょ。なんでそんな変な言い方するんですか」

　臆病さを指摘された気がして、さやかは口ごもった。

「どうしてそんなことになったのか、順を追って説明してください」

　自分でも不思議なことに、さやかはすんなりと要求に応じた。本当は誰かに訴えたかったのだと、話している途中で気づいた。こんなふうに人とのあいだに壁を作る性格でなければ、部屋に閉じこもる代わりにそうしていたのかもしれない。それとも、田坂先生たちが信じてくれなかったように、他の人もどうせ信じてくれないと無意識に決めつけていたのだろうか。話す相手はたぶん貴水でなくともよかった。でも、いまここにいるのは貴水だった。強引に壁を乗り越えてきたのは。

　聞き終えたとき、貴水の眉間には深いしわが刻まれていた。うつむきかげんで腕を組み、うさんくさい儲け話を持ちかけられた頑固な職人のような風情だ。

「……さやかさん、いま、わたしが使ってるＬＩＮＥのスタンプと同じ犬、って言いました？」

了のノートに貼ってあったシールのことだ。「言ったけど?」それがどうかしたのか。

貴水はポケットからスマホを取り出して操作し、ぐいっとさやかの眼前に突きつけた。何事かといぶかりながら画面を見ると、まさにその犬のスタンプが表示されている。

「これのどこが犬なんですか！　どう見ても羊でしょ」

「え?」さやかはもういちど画面を見た。じっくりと見た。「いや、犬でしょ」

「羊なんですよ！　もこもこしてるし、渦巻の角があるじゃないですか」

「え、これ、角なの?　ヘッドホンじゃ……」

「この子は地元のご当地キャラで、その名も〈めーぷん〉っていうんです。メーっていう鳴き声とシープを合わせたそうで、名前からして羊であることを全力で主張してるのに。さやかさんがそんな独特のセンスの持ち主だなんて思いませんでしたよ。そういえば前にわたしのパーカのゴリラを見て熊って言ってたけど、あのときに気づくべきだった。きっと他にもそういうことあったんだろうなあ」

たしかにさやかに絵心はないし、美的センスにはあまり自信がない。だが、変なプリント柄ばかり着ている貴水にここまで言われると、恥ずかしくもなるし腹も立ってくる。

「うるさいな。それがどうしたっていうの。犬でも羊でも関係ないでしょ」

ところが貴水の答えは違った。

「関係大ありですよ。だってそれがめーぷんのシールなら、そのノートには脚本なんか書かれてなかったはずなんですから」

「え?」

「さやかさんが前に言ってた『犬のシールが貼ってあるノート』って、まさかそれのことだったとは……。そのノートなら知ってます。シールはわたしが貼ったもので、了はそれに観た舞台の感想を書いてました。ときどき見返して自分の作品の参考にしてたみたいです。お守りみたいなものっていうか。よく持ち歩いてたのはそのためかと」

頭を落ち着かせるため、さやかはミネラルウォーターをもうひとくち飲んだ。寝不足の脳が動きはじめる。貴水の言うことが事実ならば、ノートを手に入れたさやかがそこに記されていた『我らマクベス』を書き写したのちページを破り捨てたのだとする学校側の説は成立しなくなる。

「逆に言えば、ページがすべて破り取られてたのは、そこにあの脚本が書かれていたと思わせるため……?」

無意識に声に出してつぶやいていた。

「つまり原稿をすり替えた人物が、破ったノートを非常階段に置いた……」

「そんなの最初からわかりきってるじゃないですか。タイミングよすぎて、考えるまでもないですよ。しっかりしてください。そもそもさやかさんがノートから盗用したなら、ページだけ破って表紙を取っとく理由がないですよね。それを非常階段に持っていく理由も。先生たち、めちゃくちゃだよ」

「そう反論すればよかったって、わたしもあとで思ったよ」

あのときは頭がまともに働いていなかった。先生たちも似たような状態だったか、理由がないことは潔白を証明することにはならないと判断したのか。氷菜の例を思い出すまでもなく、人間は理屈だけで行動するわけではない。

「わたしを陥れたやつ――仮にXとするけど、Xの目的は何なんだろう。Xはわたしに濡れ衣を着せて排除した。そして了の脚本の存在をみんなに知らしめた」

「了の脚本があるならそれを定期公演でやりたいって声があがってるみたいです」貴水がしかめ面で言った。

「……なるほどね」

うっすら傷つきはするものの、案外、冷静だった。「もうひとつのマクベス」が存在するかもしれないと知ったときから、予想していた流れだ。了の作品に携わりたいと切望しながら叶わなかった生徒たちにとっては、降って湧いたチャンス。しかもちょうどさやかが失格になって、上演する作品がないときている。脚本の決定方法は追って告知すると学校側は言っているが、新たに候補作を募集する時間はない。この状況で生徒から強い要望があれば、学校側は受け入れるだろう。

「つまりそれがXの目的ってわけ」

今年の定期公演で了の『我らマクベス』を上演すること。こんなに早く生徒たちに情報が広まったのは、Xが故意に広めたのかもしれない。ねえねえ、先生が話してるのを聞いちゃったんだけど、と誰かにささやくだけでいい。

「もしかしてあの脅迫」

はっとひらめいた。コンペに参加するなと脅迫されたのは、さやかだけではなかったのではないか。芽衣をはじめ以前は参加を表明していた生徒たちがことごとく意思を撤回し、蓋を開けてみれば参加者はさやかひとりという異常事態になった。なぜいままでその可能性に思い至らなかったのだろう。自分が最有力候補だから脅迫されているのだと、知らず知らずうぬぼれていたのだろうか。このことは芽衣あたりに確認してみる必要がある。

「Xは失われた了の脚本を一昨日まで隠し持っていた。それを上演するために、さやかさんのコンペ参加を妨害してついには陥れた。普通ならそんな回りくどいことをせずに、すぐに脚本を公表したり学校側にかけあったりするはずです。つまりXには普通のやり方ができない理由があるんですよ。『我らマクベス』に関して、何か後ろ暗いことが。Xは了の死の真相にとても近いところにいるんだと思います」

「そもそもXはどうやって了の脚本とノートを手に入れたの？」

『我らマクベス』があのノートに書かれていたのではないなら、その脚本は別の形でどこかに存在していたことになる。

「さやかさん」

改まった声に意識を呼び戻された。いつのまにか思考に没頭していたらしい。手のなかのペットボトルに向けていた顔を上げ、何度かまばたきして貴水を見る。

「そのことで話したいことがあるんです」

心なしか居住まいを正して貴水は言った。

「夏休みのあいだずっと、わたしは北海道に帰ってました。もういちど了の家を訪ねて、了が書き残したものを貸してもらって読んでたんです。紙媒体のものも、タブレットやその他のメディアに保存されてるものも全部。ものすごい量で、ちゃんと丁寧に読んだら夏休みいっぱいかかって、こっちに戻ってくるのが最終日になっちゃいましたよ。『百獣のマクベス』の原稿データや草稿なんかはやっぱりなかった。それに『もうひとつのマクベス』が存在する可能性も頭に置いてチェックしたけど、それらしいものはありませんでした。あと、わたしに当て書きした脚本も」

その時点では貴水は『我らマクベス』の存在を知らなかった。「もうひとつのマクベス」イコール『我らマクベス』なのか、その可能性が高いようにさやかは思うが、断定はできない。

「そうしてるうちに気づいたことがあるんです。一昨年の『殺せなかった男』とか、一年生のときや入学前に書いた古い作品に関しては、完成稿だけじゃなくて草稿からアイディアのメモらしきものまであれこれ残ってるのに、新しくなるにつれて、そういうものがだんだん減っていってる。ファイルの作成日時順に並べてみたら一目瞭然でした。それから、書き損じやタイプミスが明らかに増えてました。ちょっと多すぎるくらいに。まだあります。製本された『殺せなかった男』の台本は付箋と書きこみだらけだったのが、『百獣のマクベス』のほうは付箋は貼ってあるものの書きこみはほとんどないんです。講義を受けるときも、一年のときは了なりにノートを取ってたのに、二年になったらぜんぜん取らなくなってました」

さやかが了と同じクラスになったのは二年生からだが、言われてみれば、了が板書を写しているところを見た覚えがない。彼女には必要がないのだと思っていた。台本の書きこみについても同様に捉えていたけれど。

貴水らしくもなく表情が硬い。何を言おうとしているのか見当がつかないが、不吉な予感に胸が騒ぐ。

「それでもしかしてって思ったんです。実は了は――」

学校へ行って様子を見るという貴水を送り出したあと、さやかは部屋に備え付けの洗面台で顔を洗い、衣装ケースの引き出しから適当にTシャツとジョガーパンツを出して着替えた。ゆうべ綾乃が買ってきてくれたサンドイッチが残っていたのでそれを食べ、ティーバッグの紅茶を濃いめに入れた。サンドイッチは消費期限が切れていたがかまわない。たまごサンドだった。ゆうべは何を食べているのかもわからなかったから、精神状態はずいぶんましだ。

午後、貴水からＬＩＮＥが届いた。了の脚本を上演したいという声はあっという間に膨れあがり、制作科三年の芽衣と朱里《じゅり》が代表して学校に要望を伝えたらしい。今年の定期公演で演出助手と舞台監督をそれぞれ務めるだろうと目されていたふたりだ。さやかにとってはどちらも比較的、仲のいい生徒だった。ショックがないわけではないが、気持ちは理解できる。

貴水は憤慨していたが、さやかは落ち着いていた。どん底まで落ちて、かえって地に足が着いた感じだった。了の『我らマクベス』が自分の『少女マクベス』より優れているなら、そちらが上演されてもかまわない。奥歯が砕けそうなほど悔しいけれど、納得できる負けならば受け入れる。だが、こちらの作品を読んでももらえないまま、Ｘの汚いやり方に屈するわけにはいかない。それに、もし脚本を譲ることになったとしても演出だけは自分が務めたい。もういない了にはできないことだ。そのためには、やはり濡れ衣を晴らすしかない。

学校の終業時間からしばらく待って、さやかは部屋を出た。寮内には人の気配が戻りはじめていたが、放課後まっすぐに帰寮する生徒は多くないため、廊下で誰かに出くわすことはなかった。急ぎ足で目的の部屋へ向かい、ドアをノックする。

「はい？」

連絡先を知らなかったので約束なしに訪ねてみたのだが、ラッキーなことに返事があった。

「さやかだけど、ちょっといい？」

すぐにドアが開かれ、作業エプロン姿の璃子が顔を見せた。「どうしたの？」

渦中のさやかがいきなり訪ねていったら困惑させるに違いないと思っていたのに、その態度が変わらなかったので、さやかのほうが戸惑った。人目につかないうちに、とりあえずなかへ入れてもらう。あいかわらず部屋の半分は舞台模型でいっぱいだ。かつて了のスペースだった残り半分への侵蝕度合が、前に訪ねたときより増している気がする。いまも作業中だったようで、緑のマットを敷いた机の上には部品や道具が散らばり、細く窓を開けていても接着剤か何かのにおいが充満していた。

「作業中に悪いけど、ちょっと探し物をしてもいい？　了の私物なんだけど」

さやかが言うと、璃子は濃いまつ毛に縁どられた目をしばたたいた。

「了の？　ここには何も残ってないと思うよ」

「そうだろうけど念のため。璃子は目にした覚えない？」

いちおう尋ねてみたが、心当たりはないとのことだった。予想していたのでがっかりはしない。璃子は部屋を見回すと「ちょっと待ってね、模型をどこかにどかすから」と言った。

当然いろいろ訊かれるだろうと受け答えを用意してきていたさやかは、喜ぶよりも驚いてしまった。「いいの？」

「丁寧に扱えば壊れたりしないから大丈夫だよ」

「そういう意味じゃなくて……」

璃子はいったん部屋を出ていき、すぐに戻ってきた。

「美優の部屋に置かせてくれるって。掃除したいからって言っといたよ」

美優の部屋はこの部屋のすぐ向かいだ。ルームメイトだった桃音が退学して以来、美優がひとりで使っている。

璃子がドアを全開にすると、美優のほうもドアを開けて待っていた。帰寮したばかりなのかまだ制服姿で、片方の耳にイヤホンを装着したままだ。「運ぶの手伝うよ」と言ったその顔が、室内にさやかの姿を認めてこわばった。

「さやかもいたんだ」

笑みを浮かべようとしたようだが、あまりうまくいっていない。さやかは「うん」とだけ答え、気まずい雰囲気が漂う。

「さやかも手伝って」

璃子が言って、了の机の上にあった模型をさやかに手渡した。さやかはほっとして、古代ローマの小さな宮殿を丁重に受け取った。何の舞台かと尋ねると、『カリギュラ』だという。これまたほれぼれするできばえだ。

それを持って美優の部屋へ向かう。当然ながら美優の部屋も造りは同じだ。備え付けの家具がふたつずつ。しかし璃子の部屋と同様に、片方は使われていない。足を踏み入れると、ほのかにいい香りがした。ラベンダーだろうか。北欧テイストでまとめられたベッドの枕元にアロマディフューザーがある。

「どこに置けばいい？」

「あ、えっと、空いてるとこどこでも」

美優がいろいろ訊きたがっているのは明らかだったが、気を遣ってくれたのか口に出して詮索はしてこなかった。さやかも気づかないふりをして、かつての桃音の机にローマの宮殿を置く。次の模型を取りに行こうとしたとき、美優の机の上に『マクベス』の関連書籍が何冊かあるのが目にとまった。

さやかの視線に気づいたらしく、美優はまるで弁解でもするかのように「受けるだけ受けてみようかと思って」と言った。もちろん定期公演のオーディションのことだ。先日も図書室でシェイクスピアの研究書を借りて、最後だから悔いのないようにしたいと話していた。

「ずっと迷ってたんだけどね。脚本コンペをあきらめる人が続出するなか、さやかが挑む姿を見てたら、やっぱりわたしもがんばってみようと思ったの。無理に決まってるけど、どうせダメ元なら主役にチャレンジしてみるのもいいかな、なんて」

「やってみたら？」

美優はびっくりしたようにさやかを見た。

「意外。さやかは安易に人の背中を押したりしないと思ってた。だって責任とれないでしょ、とか言いそう」

まったく美優の言うとおりだったので、自分でも意外だった。勝手にするっと言葉が出たのだ。

「ごめん、よけいなこと言った」

「え、なんで？　逆にありがとうだよ。そうだよね、オーディションでいいとこ見せられたら、主役は無理でも端役くらいもらえるかもしれないもんね。あ、だめだったからってさやかのせいにしたりしないから安心して」

「そんなこと思ってないけど」

「そういえばあの子、貴水は受けないの？」

「どうだろ、聞いてない」

「受けたらいいのに。見てみたいな、貴水のマクベス」

思いがけずありがとうなんて言われて、なんとなく居心地が悪かった。小さなオペラ座を運んできた璃子と入れ違いに、そそくさと美優の部屋を出る。こんな状況だというのに、自分がちょっと浮かれていることに気がついた。原因は、どうやら美優のひとことだった。コンペに参加したことをあんなふうに言ってもらえたのがうれしかったのだ。

ふたつの部屋を何往復かして、ドアを閉める。かつての了のスペースがすっかり空になったところで、目的はここからだ。璃子には礼を言って自分の作業に戻ってもらう。

手始めに、了の机のいちばん広い引き出しを全開にしてみた。空っぽだ。隅々まで手を這わせてみたが、やはり何もないし、二重底のような仕掛けもない。他の四つの引き出しを調べ、机の下に潜って裏側や脚を調べ、机を動かして壁との隙間も調べた。結果は同じだった。

机を離れてクローゼットを調べる。ハンガーを吊るすためのポールを手でなぞり、運んできた椅子の座面に立って上部の棚を見る。折れ戸の裏もチェックする。次はベッドに取りかかった。寝具はなくフレームのみなので、表に何もないのは一目瞭然だ。ベッドを動かすのに、璃子は模型製作を中断して手を貸してくれた。せーので移動させて床を調べ、せーので片側を持ち上げて裏を調べる。出てきたのは埃だけだった。

「こんなもんかな」

ベッドの脚を慎重に床に下ろし、解放された手を閉じたり開いたりしながら室内を見回す。これ以上は探す場所もなさそうだ。探し物は見つからなかったが、ないことを確認するのが目的だった。

「ありがとう」

「もういいの？」

「うん、模型を元に戻そう」

再び美優の部屋をノックし、ふたつのドアを何往復かしてすべては元どおりになった。これを機にと璃子は模型を自分のスペースに収めようとしたが、どう工夫しても不可能だった。

「まあ、無理に収めたってどうせまたすぐ増えるしね」と璃子は作りかけの作品をちょっと恨めしげに見た。

「ちなみにさやかがコンペに出した脚本ってどんなの？」

不意打ちの質問に、さやかはちょっと言葉につまる。

「言いたくなければいいんだけど」

「……タイトルは『少女マクベス』。女子高が舞台で」

「女子高って現代日本の？　それとも外国の寄宿学校みたいなイメージ？」

「現代日本だけど……なんで？」

「たぶん今年はわたしが美術の責任者になると思うんだ」

「それって……」

璃子はさやかの脚本が定期公演で上演されるケースを想定しているということだろうか。

「でもわたしは失格だって……」

「さやかが了の脚本を盗用したってうわさなら、わたしは信じてない。わたしの勘違いかもしれないけど、新歓公演のときのさやかの仕事を見て、了の残したものをそのままなぞるのは意地でも嫌なんだなって思ったの。そんな人が盗用なんて、って芽衣たちにも言ったんだけどね。そう思ってる人、他にもたくさんいるんじゃないかな。きっと本当は芽衣たちも。でも了のホンをやりたいから考えないようにしてるんだと思う」

「璃子は？」

了の脚本をやりたくないのか。彼女の脚本は斬新奇抜だから、美術担当者にとっても腕の見せどころというものだろう。

璃子は再び自分の机のほうに目をやった。その脇に置いてある『百獣のマクベス』の舞台模型に。

「わたしが作った大釜のせいであんなことになって、舞台美術をやめようと思った。わたしにそれをやる資格はないって。でも結局、こうやって続けてる。どんな脚本が来ても、わたしはわたしの仕事をするだけだよ。全力を尽くして」

笑い声が部屋の外を通りすぎていった。どこかでドアが閉まる音がした。そろそろ帰寮する生徒が増えてきたらしい。

もういちど心から礼を言って、さやかは璃子の部屋を出た。廊下には数人の生徒がいたが、下を向かずにいられたのは璃子と美優のおかげに違いなかった。誰かに何か訊かれる前にと、視線を留めずに自室へ向かう。

綾乃はまだ帰ってきていなかった。そういえば今日はボイストレーニングに出かける日だから帰りは遅い。ドアに鍵をかけ、息をつく。

捜索の結果をLINEで貴水に報告すると、スマホを握りしめて待っていたのか、たちまち返信があった。本当は放課後すぐにこちらへ来たがっていたのだが、演劇史だか演劇概論だかの補講があって来られないとのことだった。夏休みの課題をやっていなかったせいだというから自業自得だ。

「いまから行きます」という貴水に「来なくていい」と返しかけ、これではだめだと「来るな」に変えた。会って話し合うほどの新たな情報がないのに、貴水がここへ来てもただ悪目立ちするだけだ。しかもうっとうしい。

送信ボタンをタップしたとき、ドアをノックする音がした。さやかは反射的に息を殺して気配を消そうとしたが、続いて「さやか」と呼びかけた特徴的な声に、戸惑いつつもドアを細く開けた。訪ねてきたのは氷菜だった。顔を合わせるのは、六月半ばに十二夜劇場の裏で別れて以来だ。

ひとまず氷菜を部屋に招き入れ、また鍵をかける。

「……急にどうしたの？」

「さやかの口から事情を聞きたくて」

無意識に声を潜めたさやかとは対照的に、窓を背にして立った氷菜は堂々としている。学校から帰ったばかりなのか、母親から譲られたという制服姿だ。

「わたしのことより、氷菜は大丈……」

「わたしが学校へ戻ってきたのは、さやかが手がける定期公演の舞台に立つためだよ。あなたがそう望んだから」

驚くさやかをじっと見つめて氷菜は告げる。

「演劇を続けるかどうかはまだ決めてないけど、さやかの舞台にならなら立ってもいいと思ったの。なのにあなたは盗用により失格、生徒たちの要望で定期公演では了の脚本が上演される可能性が高い。わたしには事情を聞く権利があると思うけど」

さやかはぐっと背筋を伸ばした。

「わたしは盗用なんかしてない」

「それはわかってる」

「え……」

「さやかに演技はできないから。たぶん自分で思ってるより気持ちが顔に出てるよ。それに、さやかがわたしに出てほしかったのは、さやかの舞台でしょ。話して、何があったのか。わたしにママのことを話させたように」

氷菜の手が袖口のボタンに触れているのに気がついた。さやかは逡巡を断ち切り、起きたことを包み隠さず打ち明けた。靴箱から始まった脅迫のことや、了の消えた脚本のことまで。それから、貴水が夏休みに北海道で見つけてきた新事実と、それに基づいて自分たちが推測したことも。

氷菜は途中で口を挟まず、眉や唇にときおり力を入れながら聞いていた。聞き終えると考えこむようにややうつむいて言った。

「素直に考えれば、Xは俳優科演劇専攻の生徒か、制作科でストレートプレイを担当する生徒である可能性が高い……」

肯定の意味でさやかは黙っていた。Xの目的は、了の『我らマクベス』を今年の定期公演で上演することだ。動機がわからず了の交友関係も網羅していない以上、ミュージカル専攻の生徒や講師だって完全に除外することはできないが、今年の定期公演にこだわるのは、それに自分が携わる者だと考えるのが自然だろう。全員のアリバイや所持品などを調べればさらに絞りこめるはずだが、一介の学生には不可能だし、学校もそこまではしそうにない。

「もしXが俳優科の生徒だったら、目星をつけるだけならできると思うんだけど」

同じ調子で続けられたその言葉に、さやかは驚いて氷菜を見た。氷菜はさやかを見つめ返し、「目星をつけるだけで立証はできないよ」と先に自分の考えの欠陥を述べた。

「どうやって？」

思わず飛びつくようにさやかは尋ねた。五里霧中だっただけに、条件付きだとわかっていてもつい期待してしまう。

一方、氷菜のほうは自分のひらめきに興奮するふうもなく、ゆっくりと口を開いた。部屋の外を人の話し声が通りすぎていったが、もはやさやかの耳には入らなかった。

翌日は登校した。心配した綾乃が一緒に行こうと言ってくれたので、彼女の登校時間に合わせて七時前に寮を出た。いままでの自分なら断っていただろう。ひとりで行けるし、気を遣われるとかえって息苦しい。だが今日は、差し出してくれた手を拒みたくないと思った。綾乃は昨夜もさやかのために夕食を買ってきてくれて、自分も同じものを部屋で食べた。二年半近く同じ部屋で寝起きしていて、そんなことははじめてだった。どちらも定期公演の話はしなかった。綾乃が『我らマクベス』の上演と、それへの出演を望んでいることは察せられたが、恨む気持ちは湧かなかった。

この数日の出来事を思うと、なんだか不思議な感じがする。陥れられ、疑われ、失格にされた一方で、思いがけず信じて助けてくれる人たちがいることを知った。

覚悟していたとおり、さやかは部屋を出た瞬間からさまざまな意味合いの視線にさらされた。話しかけられもしたし、話しかけているのではない言葉を聞かされもした。ひどいものは無視し、ありがたいものには応えた。ただ質問はどんなものであってもはぐらかした。

コンペの締切である九月一日の朝がすぎて、脅迫文は存在意義を失ったはずだった。それでも少し緊張しながら靴箱を開け、ほっと息をついて、上履きに履き替える。二階の教室へ上がっていく綾乃と別れ、ひとりで職員室へ向かった。田坂先生が自分の席に座っているのを入口から確認して、深呼吸をしてから入室する。

「先生」

声をかけたのがさやかだとわかると、老講師は苦りきった顔になった。ひるむなと自分を鼓舞して、さやかは手にしていた茶封筒を差し出した。

「定期公演の脚本です。タイトルは『少女マクベス』。わたしが書いて九月一日に提出したものですが、紛失したということなので再提出します」

田坂先生は口を開けてさやかを注視したまま、たっぷり三秒は動かなかった。居合わせた他の講師たちからも注目されているのを感じる。ひどく居心地が悪かったが、さやかのほうも動かなかった。引き下がったら負けだ。やましいところはないのだから、堂々としていなくては。

「きみはまだそんな……」

「わたしは盗用なんてしてません。一度も認めてないし、今後も認めることはありません。調査をすると校長先生も約束してくださったはずです」

「それはそうだが」

「わたしの脚本を読んでください。身に覚えのない罪でボツにされるのはもちろん、読まれもせずに不戦敗にされるのも納得がいきません。わたしはいいものを書いたと思っています」

封筒を差し出した恰好で頭を下げた。もっと早くこうするべきだったのだ。それどころか本当は頭を下げる必要などなく、原稿を再提出し、無罪を主張して読んでくれと訴えるべきだった。この件で自分に非があるとすればそれだけだ。

ややあって、ふと手にかかる重みが消えた。頭を上げると、田坂先生は封筒を机に置いて

「教室へ行きなさい」と言った。彼はこちらを見てはいなかったが、さやかはもう一礼してから職員室をあとにした。

　職員室も廊下も教室も食堂も、さやかにとって居心地のいい場所はひとつもなかった。空気は重苦しく張りつめ、よそよそしい雰囲気で、そこらじゅう棘だらけだ。生徒の代表として了の脚本を採用するよう学校に申し入れたという芽衣と朱里は、明らかにさやかを避けていた。芽衣には昨日、コンペに参加するなという脅迫を受けていたのではないかとLINEで尋ねたが、返信はなかった。氷菜から訊いてくれるとのことだ。廊下ですれ違った綾乃が声をかけてくれたとき、食堂で席を取って手を振る貴水を見つけたとき、桃音に対して何もしなかったあの日の自分を後悔した。

　窒息しそうな一日を終えて帰ろうとしていると、階段を一階まで下りたところで、田坂先生に呼び止められた。職員室のドアから体の半分を廊下に出して、さやかが下りてくるのを待っていたらしい。彼は黙って手招きし、ドアの向こうへ引っこんだ。さやかが職員室へ行くと、すでに自分の席に座っていた。

　近づいて横に立つ。机のまんなかにダブルクリップで綴じられた原稿が置いてある。表紙に記されたタイトルは『少女マクベス』。さやかが今朝、提出し直したものだ。

「きみの脚本も《﹅》すばらしかった」

　さやかのほうを見ないまま先生は言った。「も」の一文字が結果を告げていた。ようやく振り向いた彼が痛ましげに目を細めるのを見て、自分はそんなに傷ついた顔をしているのだろうかと頭の片隅で思う。

田坂先生は机の脇に置いてあった茶封筒を取って差し出した。受け取ると、なじみのある重みを感じた。

「設楽の脚本のコピーだ。週明けにはみんなが読むことになる」

つまりそういうことだ。予想どおり、そしてXのもくろみどおり、学校は生徒の要望を受け入れることに決めたのだ。こうしてさやかだけに先んじて原稿を渡すのは、読めばきみも納得して受け入れられると言いたいのか。

きみの脚本もすばらしかった、と先生は繰り返した。本当に、と付け足した。さやかは無言で一礼して背を向けた。

職員室を出たあとで、田坂先生が校内放送でさやかを呼び出さなかったのは温情だったのかもしれないと思った。無実だと信じてくれましたかと訊いてみたかった。このまま帰っていいのかという気持ちがこみ上げてくる。しかし足は機械的に動きつづける。頭のなかが散らかって、自分が何を考えているのかわからない。

寮に帰ると、着替えもせずに机に向かった。無意識にぎゅっと胸に抱えていた封筒から原稿を取り出す。

了が遺した脚本。『我らマクベス』。

その日の夕方、学校からの一斉メールで、定期公演の上演作は設楽了作の『我らマクベス』とする旨が発表された。演出を務めるのは南芽衣、舞台監督は須藤《すどう》朱里、美術担当は木内璃子、と制作スタッフの名が並ぶ。彼女らを中心とした制作チームが組織され、土日を挟んで週明けの月曜日には簡易な台本が配布されるという。俳優のオーディションは台本配布から一週間後の九月十四日、十二夜劇場の舞台にて行うとのことだった。

寮内のあちこちで声があがるのが、部屋にいるさやかの耳にも届いた。歓喜の声もあれば、悲鳴じみた声もある。

スマホが震動し、見れば貴水からの電話だった。画面の明かりを見て、思ったより日が暮れているのに気づく。もう夏も終わるのかと場違いなことを思いながら電話に出ると、貴水の興奮した声が鼓膜にぶつかってきた。

「学校からのメール、見ました？」

「うん。思ったより早かったね」

「早かったねじゃないですよ。Xの思いどおりじゃないですか！」

大きな声だ。屋外からかけているらしい音がする。

「うん」

「うん、うん、って……さやかさん、大丈夫？　魂が抜けちゃってるみたい」

そうなのかもしれない。だがそれは貴水が考えているような理由からではなく、抜けた魂の行先は、了が作りあげた『我らマクベス』の世界だった。「きみの脚本もすばらしかった」の先に続いたであろう、言葉にされなかった「だが」の世界。

それは疑いようもなく了の作品だった。ぼろぼろになるまで読んだ『百獣のマクベス』の台本を引っ張り出して比べてみるまでもない。文章のリズム、漢字の使い方、読点の打ち方、何より作風が了そのものだ。あの作風は誰かが真似て作れるものではない。

読んでいるあいだは苦しいだろうと覚悟していた。作品の出来がよければよいほど胸のなかが焦げるような思いを味わうだろうと。ところがいざ読みはじめてみると、たちまち作品世界に引きずりこまれ、頭からつま先までどっぷり浸かって、そんな思いが入りこむ余地はなかった。了の脚本であるとか自分の脚本と比べてどうとか考える、現実世界の自分はいなくなった。読み終えてしばらくたつが、余韻が消えずにぼんやり座っていたところへ、学校からの一斉メールが届いたのだ。

この決定については、さやかはすでに知っていた。貴水に伝えなかったのは、わざわざ連絡してその話をする気力がなかったからだ。それに心の底に残っていた、本当に貴水を信じていいのかという気持ちが働いたことも否めない。遠い昔の嫌な記憶のように、普段は忘れているが、心が弱ったときにだけ表層に浮かび上がってくる気持ち。

以前、貴水は校長から、存在しないことになっていた定期公演の映像を借りてきた。ふたりのあいだには何か特別な関係でもあるのか。だとしたら、なぜそれを隠すのか。氷菜が前に口にした「貴水ならわたしの気持ちがわかるんじゃない?」という言葉も気になっている。あのあとそれどころではなくなって訊きそびれてしまったが、あれはどういう意味だったのだろう。言われたときの貴水の態度も少し妙だった気がする。それにもともと貴水にとってさやかは、了を盗聴して自殺に追いこんだ〈魔女〉候補のひとりだった。九十九パーセント疑いは晴れたと言うが、根拠は「やっていない」というさやかの言葉だけだ。それを貴水は信じるという。綾乃たち三人の魔女に対しては、その言葉を鵜呑みにせずに厳しく追及したのに。了がさやかを〈魔女〉と言った理由も判明していないのに。なぜか貴水はさやかを疑うどころか傍にいようとする。探偵役を務める彼女自身にこそ、何か秘密があるのでは?

いくらかでも冷静になると、そんな気持ちは再び心の奥底へと消える。言いたくないことのひとつやふたつ、誰にだってあるだろう。

さやかが田坂先生とのやりとりを話すと、貴水は「すぐ言ってくださいよ」と不満をあらわにした。

「それでどうでした？『我らマクベス』は」

「少なくとも、あんたに当て書きした脚本じゃないと思う」

了が貴水に書いたという脚本も見つかっておらず、『我らマクベス』がそうなのだろうとさやかは思っていた。しかし内容を読んでみると、貴水のイメージにはまるで合っていないと感じた。このマクベスを演じるには、唯一無二の絶対的な存在感とカリスマ性が必要だ。貴水にまったくそういうものが備わっていないとは思わないが、同時に彼女が持っている、人を脱力させたりいらだたせたりするような人間くささ、親しみやすさは、そのイメージとは相容れない。もっとも意外に思われた役柄がぴったりはまった綾乃たちのような例もあるから、絶対とは言えないが。

「そっか。でもわたしが訊いたのはそのことじゃなくて、さやかさんの感想だったんですけど」

「ああ」

ストレートに尋ねるのが貴水らしい。変に気を遣われるよりこちらも楽だが、感想はと訊かれてさっと答えられるほど頭も心も整理できていない。ただ、ひとつ断言できることがあった。

「オーディションは例年になく熾烈《しれつ》な戦いになるよ」

「なんですか？」

「読んだらわかる」

「えー、もったいぶらないでくださいよ」

「あんたはエントリーしないの？」

「するわけないじゃないですか。Xのもくろみには乗りません」

「そのXについてだけど」

昨日、氷菜が訪ねてきて話したことを、さやかは貴水にも話して聞かせた。Xの正体に目星をつけることはできると氷菜は言った。ただし、Xが俳優科の生徒であれば。

その仮説はいま、裏付けられようとしている。

「Xは俳優科の生徒だよ」

「え？」

「この『我らマクベス』が教えてくれた」

さやかの机の上には、田坂先生から受け取った『我らマクベス』と、さやかの『少女マクベス』の原稿が縦に並べて置かれている。『少女』のほうは提出する際に予備に刷っておいたものだ。

「必要な条件を満たせたから、氷菜の計画を実行に移せる」

貴水が小さく息を呑んだ。「それってつまり……」

「Xの正体は、オーディションでわかるよ」

8/3
16:43

了（中学3年）→貴水（中学1年）

「もしもし、貴水ちゃん？　わたし、ワークショップで話させてもらった設楽了です」

「設楽さん……あ、どうも。藤代です。今日はありがとうございました！」

「こちらこそだよ！　あなたに会えてとてもうれしかった。わたしの人生で最も幸福な日って言っていいくらいだ！　ふふ、いまもあなたからもらったあれを撫でさすってるところだよ。ふふふ、これからお守りにするんだー」

「そんなふうに言われても、どうしたらいいか……。わたしはそんなたいしたもんじゃないし」

「どうもしなくていいよ。ふふふふ、こうやってたまに話ができたら最高かな！」

6

『つまらん芝居は長い』と『メタルマクベス』の劇中歌にもあるように、時間の流れは一定ではない。この一週間が長かったのか短かったのか、さやかにはよくわからなかった。状況を変えられないまま、あっという間に過ぎ去った気もするし、変わらない状況に疲れて待ち遠しかった気もする。

どちらにせよ、そのときが来た。

九月十四日、午前九時の十二夜劇場は緊張と熱気でぱんぱんだった。全体を満遍なく明るくした無人の舞台に、出番を待つ生徒たちの鼓動や息遣いが伝わってくるようだ。例年この日は通常の講義は休講となるため、オーディションに参加しない生徒も見学しようと会場に詰めかける。審査を務めるのは、演出家の芽衣をはじめとする生徒の代表で構成された制作チームだ。彼女らは客席一階の中央ブロックに座って舞台を見つめている。その周囲にいくらか距離を空けて他の生徒たちが座る。ちらほらと講師の姿もあるが、彼らが口を出すことはない。

さやかは九時ぎりぎりにひとりで会場に入った。一階のいちばん後ろの扉からひっそりと入り、席には座らず壁と同化するように立った。手にしている簡易台本は、何度も読んだせいで紙がすっかりくたびれている。

この一週間、学校も寮も『我らマクベス』とそのオーディションの話題で持ちきりだった。しかしいまこのときに声を発する者はおらず、誰もが正面の舞台に集中している。おかげで、盗用の疑いで失格になった演出家候補の来場に気づいた者はいないようだ。

針が落ちる音さえ聞こえそうな静寂を、マイク越しの芽衣の声が破る。

「それでは百花演劇学校定期公演『我らマクベス』のオーディションを始めます」

自然に体に力が入っていた。持参したオペラグラスの準備をしていなかったのに気づき、急いで目に当てて焦点を合わせる。

「まずは主役である〈マクベス／マクベス夫人〉役から」

声こそなかったものの、会場の温度が上昇したように感じられた。

マクベス／マクベス夫人役とは奇妙な言い方だ。マクベス役とマクベス夫人役ではなく、マクベス／マクベス夫人役。

それこそがこの脚本の最大の特徴だった。『我らマクベス』にはマクベス夫人が存在しない。正確には、生身の人間としては登場せず、マクベスのイマジナリーワイフ——頭のなかにだけ存在する空想の妻という設定になっている。原作のマクベス夫人は、夫をたきつけてともに王位簒奪をやってのけるも、罪の意識に苛まれて正気を失い命を絶つ。彼女の衰弱とともにマクベスの権力も崩壊する。そんな一心同体のふたりを、了はまさにひとつの体にまとめてしまったのだ。したがって『我らマクベス』においては、ひとりの役者がマクベスとマクベス夫人の両方を演じることになる。

この設定を見たとき、さやかを襲った衝撃は大きかった。なんという発想力だろう。マクベス夫妻の一体性をこんな形に仕立てるとは。そういえば、マクベス夫人はシェイクスピア作品のなかでただひとり名前のない主要登場人物だ。あとでそのことに思い至り、あらためて驚嘆した。了がそれを意識したかどうかはわからないが、みごとに活かされている。

それにこの大胆さはどうだ。マクベス夫人は物語における重要人物というだけでなく、演劇的にも極めて重要な役どころだ。過激な言葉で夫を叱咤する場面や、せん妄状態で徘徊する場面など、演者にとっての見せ場、すなわち観客にとっての見どころも多い。もちろんその分、役者の力量が必要とされるわけで、ただでさえ難役なのに、タイトルロールであるマクベスをも演じながらこなせというのだ。重要性が主役ひとりに集中しすぎていて、その出来しだいで舞台そのものがぶち壊しにもなりかねない。

「乾綾乃さん」

芽衣が名を呼ぶと、はい、と澄んだ声が応えた。審査の順番はくじで決まり、何番は選ばれやすいとか何番は狙ったのと違う役になるとか、さまざまなジンクスが伝わっている。一番がどうなのかさやかは知らないが、彼女一流の優雅な足取りで舞台の中央に進み出た綾乃は、落ち着いているように見えた。

胸元にマイクを付けていることを除けば、普段の稽古のときと同じ、レオタードにダンスパンツを合わせたスタイルだ。しかし一点、奇妙なところがある。右の側頭部に、若い女の顔をかたどった能面を付けているのだ。

これは了が考えていた演出で、脚本にそう記してあった。演出を任された芽衣は、オーディションの段階からその状態で見てみることにしたらしい。さやかでもそうするだろう。側頭部の女は口が少し開いているせいで、何かささやいているように見える。彼女が頭のなかのマクベス夫人というわけだ。

「始めてください」

ほんの数秒、綾乃は集中するように目を閉じた。再び開けたとき、その顔には苦悩と恐怖がべったりと張りついていた。

マクベス／マクベス夫人役に与えられた課題は、夫妻が主君の暗殺をたくらみ実行に移すシーンだ。怖気づきためらう夫を、夫人は苛烈な言葉でたきつける。

それはみごとな対比だった。照明による演出はなされていないのに、能面の女の目はぎらぎらと強い光を放っているように見えた。恐れに取りつかれたマクベスと、毅然として揺るがないマクベス夫人。相反するふたりの自分。台本を読んだあと、このオーディションはわたしに有利かもしれないわ、と綾乃が言った意味がわかった。そうと知る者は少ないが、彼女にとっては我が身になじんだ二面性のはずだ。綾乃はそれを完璧に演じ分けていた。かと言って夫妻の一体性は損なわれておらず、絶妙のバランスだ。

綾乃が演技を終えて優雅に一礼したとき、会場はため息に包まれた。誰もが息を止めて見入っていた証だった。

マクベス／マクベス夫人役にエントリーしているのは全部で十二人だ。俳優科演劇専攻の生徒は二、三年生を合わせて六十人、まだ専攻に分かれていない一年生にも演技経験者は大勢いることを思えば、案外少ない。マクベス／マクベス夫人があまりに難役であるのと、綾乃、綺羅、氷菜の三人と競うのは分が悪いと判断した生徒が多かったためだろう。残りの九人は勇敢な挑戦者か、無知ゆえの恐れ知らずか、あるいは特別な自信がある者か。

いずれにせよ、二番目と三番目のくじを引いた生徒は運が悪かった。けっして下手ではなかったのに、最初の綾乃がよすぎたせいで霞んでしまい印象に残らなかった。

しかも四番目には綺羅が登場した。数日前に金髪になった綺羅は、リラックスした笑顔で舞台の中央に立った。このところ天性の華に磨きがかかったように見える。『我らマクベス』は主役のウェイトがきわめて大きい作品だけに、この圧倒的な存在感は強力な武器だ。綺羅のマクベス夫人はどこかコケティッシュで、マクベスは実のところ彼女に野望を肯定されたがっているように見えた。綺羅らしさが出ているし、設定に合った解釈だ。

袖に引っこむ綺羅を追って、客席にいる生徒の首が動く。次の生徒は出にくかったに違いない。

それから六人の演技には目を引くようなところはなく、そのあと全体の十一番目に氷菜が出てきた。秘密が暴かれて以来、人前に立つのははじめてのはずだが、緊張も気負いも感じられない。というより、これがオーディションであることも、審査員と見学者たちに見つめられていることも、意識の外にあるように見える。集中の域を超えて、出てきたときにはもう彼女はマクベスでありマクベス夫人だった。神崎氷菜ではなく。

青ざめたマクベスに、白い顔の夫人が――内なる自分がささやく。

背筋がぞくりとして、オペラグラスを持つ手が震えた。うまい。側頭部の面が生きた人間のように表情を変える。それはマクベスが見ている夫人の顔なのだ。欺瞞や偽りを剝ぎ取った、本当の彼の顔なのかもしれない。マクベスは懸命に目を背けようとする。正しさを口にして、どうにか善にしがみつこうとする。せめぎ合いの末にふたりの意思が統合されたとき、さやかは思わず声を漏らしそうになった。ああ、そうなってしまうのか、と。

まさに迫真の演技だった。氷菜自身はなりきっていて演技をしている感覚はないのかもしれないが、うまさだけを比べるならいままで演じた十一人のなかでいちばんだ。演劇を愛していない者にこれほどの才能があるというのは、つくづく皮肉だった。

氷菜が舞台から去ると、会場の空気が明らかに弛緩した。あとひとりの演技を残し、見る者の集中が切れたのだ。綾乃、綺羅、氷菜のうちから主役が選ばれることは、誰の目にも確実だった。番狂わせはなかった。

消化試合のような雰囲気のなか、最後のひとりの名が呼ばれる。

舞台中央に出てきたその生徒を見て、あれ、とさやかは思った。なんとなく感じが違う。いつもは結んでいる髪を下ろしているせいだろうか。それとも緊張しているせいかと、オペラグラスを目に当てる。拡大された顔を見て、ぎょっとした。これは本当に彼女なのか。髪型とか緊張などという話ではなく、人相がまるで違う。

始めてくださいと告げる芽衣の声にも当惑がにじんでいた。やはりさやかの気のせいではないのだ。

ゆっくり深呼吸するくらいの間があって、マクベスが口を開く。

『誘惑と恐怖に体が揺さぶられ息もできない。思い描いた殺人は、まだ空想にすぎないのに』

さやかは息を呑んだ。マクベスは高潔な忠臣の顔をしている。にもかかわらず、彼女の全身を包む黒い稽古着よりもさらに黒々とした、胸の奥底の野望がほの見える。マクベスの心に潜む、もうひとりのマクベス。それこそがマクベス夫人だ。夫人は夫に語りかける。

『聞こえているんでしょう、欲しいならこうしろという叫びが。過ちを恐れて望みを手放そうというの？』

英雄の低く太い声とは明確に違う、やわらかくも威厳のある女の声。その声はたしかに彼女の口から出ているのだが、側頭部の能面が話しているように見える。

『あなたの耳に私を溶かし入れてあげる』

さやかはオペラグラスを構えたまま、粟立った腕をさすった。これはさやかの恐怖であると同時に、マクベスの恐怖だ。マクベスはもうひとりの自分の気性を、もしかしたら本性かもしれないそれを恐れている。

『この体を隅から隅まで残忍さで満たしてしまおう。人間らしい優しさよ、今はけっして目覚めぬように』

『やはりやめよう、お願いだからやめてくれ』

『そんな顔をしてはだめ。無垢な花と見せかけて、花びらに致死量の毒を持つのです』

『失敗したらどうなる、俺たちは？』

『失敗する、私たちが？』

俺たちと私たち、二人は一人。恐れを知らぬほうが選んだ道を、ともに行く。

『心は決まった。この恐るべき偉業に全身全霊を捧げよう』

ついに覚悟を決めたマクベスは、城じゅうが寝静まった真夜中、ひそかに主君の寝室へ向かう。去年の『百獣のマクベス』で、魔女たちがすばらしい演技をした一方、了が異様な反応を見せたという例の場面だ。

いま目の前で披露されている演技に、さやかは戦慄を覚えた。マクベスはマクベスの声でマクベスの言葉をしゃべっている。ところがその動作は、どう見ても女のものだ。女の足どりで、女の手つきで、短剣を手に進んでいく。了があらかじめつけていた演出ではない。演者が自分の考えでそうしているのだ。いや、それとも、役が彼女に乗り移っているのか。

事を終えて戻ってきたマクベスはひどく取り乱している。

『死者の叫び声が聞こえる——もう眠れない、マクベスは眠りを殺した！』

『だめよ、そんなふうに思いつめては。私たち、壊れてしまう。さあ、早くその血を洗い落としてきて』

『この手は何だ？　この血を洗い落とすことなどできるものかよ』

『あなたの赤い手は、私の赤い手。ほんの少しのお水で、やったことはきれいに消える』

彼女がひとりで演じる夫妻のせめぎ合いを、さやかは食い入るように見つめていた。まばたきもできず、呼吸もままならない。

氷菜の言葉が脳裏にくっきりと浮かびあがっていた。

——わたしよりうまく演じる人がいたら、それがXだよ。

Xの目星を付ける方法。

彼女だ。

確信した。氷菜の言ったとおりだった。

『己の邪悪を思い知るより、己を失うほうがいい』

苦悩に満ちたマクベスの台詞で、オーディションのシーンが終わる。殺人が行われた夜の城のように、客席は静まり返っている。見学者も審査員さえも、息を潜めて身じろぎもしない。誰もが驚愕し、圧倒されているのだ。

彼女——中条美優の演技に。

美優が袖に引っこもうとするのを見て、さやかはとっさに声を張りあげた。

「待って！」

俳優科の生徒のように通る声ではないが、完全に無音の空間にははっきりと響いた。呪縛が解けたように生徒たちが振り返る。驚くのは後回しだと、さやかは自分を叱咤した。いまはとにかく時間を稼ぐ必要がある。

「他の場面も見せて」

告げながら、急ぎ足で客席の通路を抜けて舞台へ近づいていく。審査員席の朱里が妨げようとするのを、隣に座った芽衣が手振りで止めた。氷菜によると、やはり芽衣もコンペを辞退するよう脅迫を受けていたという。さやかよりも深刻だったのは、秘密の暴露をにおわす文言が付け加えられていたことだ。芽衣はコンペへの参加をただひとりあきらめようとしないさやかを、脅迫者ではないかと疑っていた。あの探るような目つきや奇妙な質問の意味がそれでわかった。芽衣はさやかと目を合わせようとはしなかった。

美優は舞台で立ち止まったまま指示を待っている。さやかは客席の最前列まで出ていって、舞台の下に立った。そしてどこでもいいから場面を挙げようとしたとき、ひとつ前の演者であった氷菜が舞台袖から歩み出てきた。

『言え。訊け。答えよう』

口にしたのは魔女の台詞だ。去年の『百獣のマクベス』でカットされる前の。主君を暗殺して王位を簒奪し、さらに盟友バンクォーをも謀殺して暴君となり果てたマクベスは、反逆を恐れ、自分が王になることを予言した三人の魔女に再び会いに行く。

氷菜の闖入に会場がかすかにざわめくなか、美優は当惑するふうもなく即座に対応した。

『ならば頼む、教えてくれ』

こちらは今年のマクベスの台詞だ。オーディションの課題にはなっていない場面だが、すっかり暗記しているらしい。それだけでなく演技も堂に入っている。前の場面よりも年齢と悪事を重ねたマクベスの顔、マクベスの声だ。側頭部の夫人の顔も同じだけ変化しているように見える。

魔女が言う。『お聞き、沈黙を友に。〝マクダフに気をつけろ。ファイフの領主に気をつけろ〟』

『その忠告はありがたい。俺の恐れをまさに言い当てた。だがまだ足りぬ』

美優が答え、氷菜が次の台詞を続けようとしたところで、別の声が割りこんだ。

『〝血にまみれよ、勇敢にして大胆であれ。人の身の非力を嘲笑え。女から生まれ落ちた者は誰も、マクベスを傷つけられはしない〟』

舞台に現れたのは綾乃だった。美優はあいかわらず動じない。

『ならばマクダフなど恐るるに足らず。だが念には念を入れ、やつには死をくれてやる。そうすれば雷鳴が轟こうとも安心して眠れる』

次いで綺羅までもが登場した。

『〝獅子の魂を持ち、気高くあれ。誰がどこで背こうと、マクベスに破滅は訪れない。大いなるバーナムの森がダンシネインの丘に攻め上って来ないかぎり〟』

まるで去年の定期公演の再演のように、あのときの三人の魔女が舞台にそろった。氷菜以外のふたりはさやかがやろうとしていることを知らないはずだが、何か察するものがあったのだろうか。綾乃は励ますように、綺羅はいたずらっぽい目で、それぞれさやかに目くばせをよこした。思いがけない豪華な状況に、客席の熱気が膨れあがるのを肌で感じる。

『すばらしい予言だ！　いいぞ！　マクベスは至高の座から下りることなく天寿をまっとうするのだ』

上機嫌だったマクベスの顔が、ふいにぎくりとこわばった。目玉をぎょろりと剝き出し、あらぬほうを凝視する。

『貴様はバンクォー！　バンクォーの亡霊がそこで笑っている、血まみれで！　悪趣味な薄汚いくそばばあどもめ、みんなまとめて失せるがいい！』

ここで魔女たちは消え、この場面は終わる。これもまたすばらしい演技だった。実力者である三人の魔女との共演もあり、客席からはついに拍手が起こった。こんな場合でなければ、さやかも引きこまれていただろう。

どうする、と氷菜が目で問いかけてくる。まだ時間が欲しい。どうにかして美優をこの場に引きとめておきたいが、さらに演技を要求するのは不自然だ。美優が上手の舞台袖へと退場していく。右側頭部の夫人の面がこちらを見ている。思わず口を開いたものの言葉は見つからず、無意識に伸ばしかけた手が宙をかく。

あきらめるしかないのか。そう思ったときだった。

『こっちを向け、地獄の犬！』

静寂を切り裂く歯切れのよい声とともに、下手から舞台へと風のように飛び出してきた者があった。来た！　さやかは拳を握った。貴水だ。暴君の手から祖国を救うため、また殺害された妻子の敵を討つため、軍を率いて攻めてきたマクダフを演じている。

悪に立ち向かう勇者の役は、背が高く颯爽とした彼女によく似合っている。白いTシャツの胸に、見覚えのある犬――ではなく羊のキャラクターのイラストがプリントされていた。めーぷん。場違いなようだが、貴水にとってそれはこの場にふさわしい甲冑なのだ。

美優が足を止めて振り返った。その顔はマクベスのものに違いなかった。マクベスとマクダフ、ふたりはついに戦場で相まみえる。

貴水は剣を掲げるように右手を上げていた。だが握っているのは剣ではなく、もっと小さくて細い――ボールペンだ。ありふれたノック式の。

なぜそんなものを持ってきたのか、さやかにはわからなかった。しかしそれを見た瞬間、美優の顔が変わった。まるで仮面を剝ぐように、マクベスの顔から美優の顔になった。

「返して！」

美優が美優の声で叫んだ。『我らマクベス』の世界からこちらの世界に戻ってきた美優は、叫ぶと同時に貴水に飛びかかっていた。貴水はひらりと身をかわす。

「返して？　これは美優さんのものじゃない。了のでしょ」

ボールペンを高く上げて美優の手をかわしながら、貴水が言う。その声は美優のマイクを通じて劇場全体に伝わる。会場のざわめきが大きくなる。

「え、あれって……」

綺羅の口からこぼれた声をマイクが拾う。見覚えがあることにさやかも気がついた。そうだ、前に綺羅が見せてくれた写真に、了のジャージのポケットから頭を覗かせるこのボールペンが写っていた。盗聴の件で了の身体検査をしたとき、ハーフパンツのポケットから出てきたというボールペンもこれだろう。綾乃も氷菜も、他の大勢の生徒や講師たちも目にしたことがあるはずだ。了はあまりメモを取らなかったにもかかわらず、いつもこれを持ち歩いていた。

そこでやっとわかった。これこそが、さやかたちの探していたものだった。

話したいことがあるんです——盗用を疑われて部屋にこもっていたさやかのもとを訪れ、改まった声でそう告げた貴水の顔を、さやかは思い出していた。夏休みに了の家を訪ねたという彼女は、そこで得た情報をさやかに伝えたあと、いつになく硬い表情で言った。

——それでもしかしてって思ったんです。実は了は、視力に問題を抱えてたんじゃないかって。

よくつまずく、人や物にぶつかる、落とし物や探し物が多い、氷菜さんと綾乃さんが一緒にいたときに綾乃さんのことを存在しないかのように扱った……みんなこの学校で聞いた話です。それに『百獣のマクベス』の台本に書きこみがなかったこと、二年生になってから講義のノートをとってなかったこと、ひとつひとつは性格とか疲労で説明がつくことでも、積み重なると気になりませんか？

だから思いきって、了の両親にずばり訊いてみました。

了は悪性の脳腫瘍を患ってたんです。

脳腫瘍の症状はいろいろあって、頭痛とかふらつきとか手足の麻痺とかもそうなんですけど、そのうちのひとつに視野の欠損とか狭窄《きょうさく》っていうのもあるんですって。

同名半盲《どうめいはんもう》、って知ってます？　視野の右か左の半側しか見えなくなる症状だそうです。例えば、同名半盲の人に絵を見せて同じものを描いてって言ったら、左右のどっちか半分だけの絵を描く。お手本の絵も半分しか見えてないから。了の絵は右半分だけだったって。つまり左半分の視野が欠損してたってこと。

それを聞いてはっとしました。『百獣のマクベス』の、舞台を上手と下手の半分に分けるっていうあの演出は、そこから考えついたんじゃないかって。上手は目に見える世界、下手は目に見えない世界、でしたよね。

綾乃さんを無視したっていうのも、無視したんじゃなくて見えてなかったのかもしれない。無視したような感じじゃなかったって、氷菜さんも言ってたじゃないですか。あのとき綾乃さんと氷菜さんは横に並んで歩いてて、了はその正面から来たわけだから。それに二年一学期の実力考査の筆記試験をほとんど白紙で出したっていうのも、そういうことだったんじゃないでしょうか。課題のほうはともかく、筆記試験は教室で時間内に誰の手も借りずに書かなくちゃいけないですよね。あと了の机。散らかったものを右端に押しやってたって綾乃さんが言ってたけど、それって作業スペースを空けるためじゃなくて、右側にあるものしか見えなかったからじゃ？

視界がそんなだと、タブレットやスマホに文字を入力するのも難しかったみたいです。手書きも同じで、新しめのメモがほんの少しだけあったけど、文字列は全部右に偏ってて不自然な誤字が多かった。

了は病気のことを隠したがってたそうです。極端に手書きメモが少なかったのは、筆記の不自然さを人に見られたくなかったから。板書を写さなかったのも、半分しか写せないのに気づかれたくなかったから。だからお母さんたちもいままでは黙ってたんですって。

文字が扱いにくくなった了は、口述の形で脚本を書くようになりました。口述したものをボイスレコーダーに録音して、友達に文字起こしをしてもらってるって、本人が親に話したそうです。二年の夏前くらいからだっていうから、『百獣のマクベス』も『我らマクベス』もそうやって作られたんでしょう。

その「友達」が誰なのかはわからないとのことでした。さやかさんはひょっとして心当たり……ですよね、わたしもぜんぜん。定期公演の前日に「もうひとつのマクベス」について了と話してたっていう人がそうなのかな、って思ってるんですけど。

わたしはもちろん、そのボイスレコーダーも見せてほしいって頼みました。ところが、手元にはないっていうんです。遺品を引き取ったとき、そのなかにはなかったって。文字起こしをしてた友達が持ってるんだろう、それでいい、って言ってました。

わたしもボイスレコーダーはその人が持ってるんだと思います。少なくとも無関係の人が偶然に手に入れるよりは可能性が高いはず。その人はボイスレコーダーに録音された『我らマクベス』を、いつものように文字に起こして原稿の形にした。今年の定期公演に合わせて。そしてさやかさんの原稿とすり替えた。

つまり、そいつがXです――。

貴水のもたらした情報は衝撃が大きすぎて、さやかはキャパオーバーに陥りそうだった。しかしそこから組み立てられた考えは、いちいち納得のいくものだった。了の日常的な行動、『百獣のマクベス』の演出、綾乃を無視した件、そして脚本の口述。そうやって考えてみれば、思い当たることはいくらでも出てきた。

たとえば了がいつもきょろきょろしていたのは、視野を変えることで見える範囲をずらしていたのだ。そうしなければ全体を見ることができなかったから。

ひとりでぶつぶつ言っていたのはただの独り言ではなく、ボイスレコーダーに向かって口述していたのだった。執筆するとき周囲に人がいてはいけなかったわけだ。

頭の整理が追いつかないまま、ボイスレコーダーをネットで検索してみた。俳優科の生徒は稽古のために用いることもあるようだが、さやかも貴水もよく知らなかった。その形状は驚くほど多様で、テレビなどで記者が使っているのを目にするような見覚えがあるものもあれば、一見してそうとはわからないものも多かった。

了が使っていたボイスレコーダーがどういうものだったのか、両親は知らないという。製品名はおろか、見たことがないので色も形もわからないのだ。

さやかは机の引き出しを開け、保管していたおぞましい機械を取り出した。了の部屋から綾乃が回収してきたという盗聴の受信機。それに録音機能があればボイスレコーダーとしても使えるのではないかと考えたのだ。綾乃から譲り受けたときに充電してすべてのボタンやスイッチを調べ、裏面に書かれていた型番をネットで検索もしたが、念のためにもういちど確認してみた。やはりその機能は備わっていなかった。

また、さやかはかつての了の部屋を訪ね、それらしきものがないかと徹底的に捜索した。見つけようとしたというよりは、たしかにないことを確認し、まだそれがXの手元にある可能性を探るために。

ボイスレコーダーはどこにもなかった。だがそれがわかったところで状況は変わらない。途方に暮れていたところへ訪ねてきたのが氷菜だった。

話を聞いた氷菜は、オーディションで自分よりもうまく演じる生徒がいればそれがXだと言った。彼女の理屈は、さやかにはぜったいに考えつかないものだった。

Xがボイスレコーダーを持っていることを前提とした上で、了の両親が遺品を引き取ったとき、すなわち昨年の十月の時点でXがボイスレコーダーを入手していたなら、Xは十か月以上も前から『我らマクベス』の脚本を持っていたということになる。とことん読みこみ、ひそかに稽古もしてきたに違いない。一週間前に台本をもらったばかりの他の生徒とは、理解度も習熟度も違って当然だというのだ。そういう裏でもなければ自分よりうまく演じる者はいないと、氷菜は驕るふうもなく淡々と断言した。

だが、氷菜の言う方法は、Xが俳優科の生徒である場合にのみ有効なものだった。絞りこめなければしかたがない。

求める答えは、田坂先生から渡された『我らマクベス』の原稿にあった。原稿の表紙にはタイトルと作者名が中央に記されている――ように見えた。ところが正確には中央ではなく、微妙に右にずれていたのだ。数ミリ程度のずれだから、それだけ見ても気づかなかった。たまたま自分の原稿と縦に並べて置いたときにはじめて気づいた。そういう意味では『少女マクベス』が教えてくれたとも言える。

制作科では脚本を書いて提出するという課題が頻繁に出る。それにはほとんどの場合、学校指定の台本用テンプレートを使う。表紙用のテンプレートは存在しないが、書式は自由ではなく、レイアウト機能を使って中央揃えにすることが原則となっている。だからタイトルを中央に配置するやり方は、制作科の生徒なら舞台監督志望だろうと美術志望だろうと誰でも知っている。Xはそのやり方を知らずに目見当で配置したのだろう。おそらく了の代筆をするときにいつもそうしていたように。ゆえにXは俳優科の生徒である、というわけだ。

氷菜の計画を実行する条件が整った。とはいえ、すべては「正しければ」「うまくいけば」の話だ。そもそも土台が間違っている可能性もあり、不確定に不確定を重ねた賭けになる。だからできればより確実な方法を見つけたかったのだが、どうにもならないままオーディションの日を迎えてしまった。

賭けた。はたして、氷菜の言葉は何もかも正しかった。協力してオーディションに参加してくれた彼女は、自己評価が過信ではなかったことを証明してみせた。そして、それを上回る生徒が本当に現れたのである。

美優の演技は、台本をもらってから一週間で作りあげたものとはとても思えなかった。何年も着ている服のように役が体になじんでいた。演劇は繰り返すことで強度を高める芸術だ。時間をかけることでしか得られないものがある。あの平凡な子がこんな実力を秘めていたのかと多くの生徒は驚いたに違いない。しかしそれにはからくりがあったのだ。

「ごめんなさい。このオーディションのあいだに、楽屋に置いてあったあなたの荷物を調べさせてもらいました」

手を高く上げたまま貴水が言う。

その直後、ふいに第三の声が聞こえてきた。

『何もない、何もなくなった。渇望を満たしたはずなのに、何もない。殺してつかんだおぼつかない喜びのなかで生きるより、殺されたほうがましだった』

『我らマクベス』の台詞だ。ぼそぼそとしたその声は、紛れもなく了のものだった。

声は貴水の頭上から、掲げたボールペンから流れている。

ボイスレコーダーなのだ、あのボールペンに見えるものが。

たとえXの正体がわかったとしても立証はできないと言うさやかに対し、立証できるかもしれないと貴水は言った。Xは了の最後の脚本に並々ならぬ執着を抱いている。もしかしたら了自身にも。それゆえに、たとえボイスレコーダーのデータを他の媒体にコピーしたとしても、オリジナルのデータと了が使っていたボイスレコーダーは捨てずに保管しているのではないかというのだ。そしてその場合、Xはそれを肌身離さず持ち歩いている可能性が高い。なぜなら、学校や寮のセキュリティは内部の人間に対してはあまり信用できないからだ。それこそXは施錠されていたさやかの部屋に侵入したし、貴水だって三年の寮に忍びこんだことがある。隠すなり鍵をかけるなりしたとしても、そんな危険な場所に放置するわけがないというのが貴水の主張だった。

オーディションでXの正体がわかったら、その人を舞台に引きとめて時間を稼いでください。そのあいだにわたしが証拠を見つけます。

これもまた賭けだった。しかも分の悪い賭けだ。根拠が想像に寄りすぎている。しかしさやかたちは賭け、今度も勝った。貴水は読みどおりにボイスレコーダーを発見し、この場で再生してみせたというわけだ。

会場はたちまち大騒ぎになった。氷菜たち以外の参加者も次々に舞台に転がり出てきた。綾乃と綺羅が目を見開いてこちらを見る。マイクを通した芽衣の声が後ろから飛んでくる。どういうこと？　さやか！　さやかってば！

説明する余裕はなかった。美優が咆哮した。喉も裂けんばかりの甲高い叫びに、誰もが驚いて声を失う。会場が水を打ったようにしんとなる。なりふりかまわず貴水の腕に取りついた美優が、ボイスレコーダーを奪い取った。貴水は抵抗しなかった。

「美優さん、あなただったんですね。あなたが了の代筆者であり、さやかさんを陥れた犯人だった。コンペに参加しようとしてた人たちを脅迫したのもあなたですか？　あなただったら了がなぜ死んだのか——急いで舞台に行った理由や、観劇中に見せた異様な表情の意味を知ってるんじゃないですか？」

了の声を流しつづける小さな機械を、美優は両手で胸に抱えこむ。

「それから、盗聴についても隠してることがありますよね？　前に美優さんは、桃音さんと電話をするために備品置き場を使ってたって言ってました。そのときは聞き流しちゃったけど、考えてみれば美優さんはひとり部屋のはずです。自分の部屋で話しても人に聞かれる心配はありません」

さやかはあっと声をあげそうになった。このあからさまな不自然に、なぜ気づかなかったのだろう。

「思い返せば、他にも引っかかることがありました。入学式の翌日、美優さんはわたしに飴をくれたとき、『ごめん、めっちゃ甘いのばっかりだった』って言ったんです。まるでわたしが『めっちゃ甘いの』は苦手だって知ってたみたいじゃないですか。わたしたちは初対面だったのに」

聞いているうちに、さやかも思い出したことがあった。

「そういえば、氷菜が学校を休んでたときに復帰してほしいって話をふたりでしたよね。あのとき美優は『ママのためにも』って言った。でも氷菜がお母さんを『ママ』って呼ぶのをなんで知ってたの？　週刊誌にだって載ってない。氷菜は誰にもお母さんの話をしたことがないのに」

さやかたちに秘密を打ち明けてくれたときも、「母」という言葉を使っていた。彼女が

「ママ」と言ったのは、学校に戻ってきてさやかに事情の説明を求めたあのときの一度だけだ。

　飴のこともママのことも、深い意味はないのかもしれない。しかし美優には備品置き場に行く必要がなかったということと考え合わせると、話は違ってくる。了の盗聴行為が発覚したとき、現場である備品置き場に美優も居合わせた。なぜ彼女はそこへ行ったのか。

　美優、とさやかは舞台に向かって呼びかけた。ライトがまぶしくて、一瞬、彼女の姿を見失った。返事はなく、了の声だけがよどみなく流れつづけている。

　それを打ち消すように貴水が言った。

「話してください、美優さん。あなたが知ってること、あなたがしたこと、そして了の死の真相を」

　波のような拍手の音を、美優は思い出していた。いったいいつ聞いたものだろう。ずいぶん昔のような気がする。

　建設会社を営む父と専業主婦の母の二番目の娘として美優は生まれた。家は都心の分譲マンションで、二歳上の姉とともに幼稚園から私立女子校に通っていた。ごく平凡な――というより、特に意識したことはなかったが裕福な家庭だったようだ。家族や親戚の仲はよく、同世代でいちばん年下だった美優はみんなからかわいがられて育った。

美優たち姉妹は児童劇団に所属していた。姉の引っ込み思案を心配した両親が、何か人前に立つ習い事をと探して、小学校にあがるときに入団させたらしい。当の姉は四年生になる前にやめたが、おまけで一緒に入った美優のほうが夢中になった。演技をするのはおもしろかったし、いろんな衣装を身に着けるのも楽しかった。何より、演じると人から賞賛された。市民ホールで行われた公演では何度も主役に選ばれ、見に来てくれた家族や友達、見知らぬ観客たちからも盛大な拍手をもらった。わたしには才能があるんだ。いつしかそう信じていた。

そんな美優が百花演劇学校への進学を望んだのは自然なことだった。家族はすんなりと応援してくれて、狭き門を突破するための協力を惜しまなかった。美優は小学校卒業と同時におおらかな気風の児童劇団をやめ、本格的な指導を行う俳優養成スクールに入学した。たくさんの舞台を見て勉強し、食事や美容にも気を遣った。

三年間の努力の甲斐あって合格発表の掲示板に自分の受験番号を見つけたときは、声をあげて飛び跳ねてしまった。どっと涙があふれて、嗚咽がなかなか止まらなかった。その夜に家族で食べたお寿司とケーキの味も、はじめて袖を通した制服のまだ硬い感触も、一生忘れないだろうと思ったものだ。王になったような万能感に包まれて、美優は百花の門をくぐった。

ところが、そんな感覚は一か月も続かなかった。制服が体になじむころには、美優はもう夢から覚めていた。

わかっていたとはいえ百花生のレベルは高い。美優にできることは誰にでもできたし、人にできて美優にはできないことがたくさんあった。美優が努力だと思っていたことを、呼吸のようにこなしてきた子がいくらでもいた。才能がない人間などひとりもいなかった。

美優はたちまち埋没した。演習で行うグループ発表でさえ主役はもらえず、褒められもしなければ貶されもしない。学校の様子を絵にしたら、ぱっとしない色で端っこに小さく描かれる子。誰の目にもとまらず、あとになってそんな子いたっけと言われる。いや、それどころか、描かれもしないかもしれない。自分には才能があるなんて、どうして思ってしまったのだろう。名もなき児童劇団の公演なんて、しょせんは子どもの発表会だったのに。わたしはその主役にすぎなかったのに。

自覚したとたん、誇らしさは恥ずかしさに変わった。誰かに手のひらを返された気分だった。美優は控えめで穏やかな少女になり、凡人であることを前向きに受け入れているポーズをとった。脇役の学校生活を楽しんでいるふりをした。それがプライドを守る方法だったから。

だがそうやって表面を取り繕ったところで、美優の毎日は悔しさとみじめさにまみれていた。脱却しようとひそかに努力したが、努力しているのはみんな同じだ。入学当初から目立っていた綾乃、綺羅、氷菜の三人が頭ひとつ抜けていた。入学前には経験が少なかった生徒も急成長した。美優だけが足踏みしたまま、突き放され、追い越されていく。

焦って周囲を観察してみたが、人と比べて努力の量が足りないとは思えなかった。ひょっとして自分の知らない上達の秘訣でもあるのだろうか。そうに違いない。でなければおかしい。絶対おかしいよ。

つらくてどうにかなりそうだった。だが、美優より先に壊れてしまった生徒がいた。ルームメイトの桃音だ。一年生にして定期公演で役がついたことは、彼女にとって幸運ではなかった。さして目立ってもいなかった彼女を見出したのは了だった。美優とは対照的に、了は入学してすぐのころから誰よりも注目を集めてきた。天才と評されるその力は、美優も目の当たりにしてきたからよく知っていた。そんな了に演出をつけてもらいたがる生徒は多かったが、彼女からの暴言に桃音の精神は耐えられなかった。徹底的に追いつめられて心を病んだ桃音は、二年の一学期の途中でついに学校を去ることになった。

同じ部屋で眠る最後の夜、桃音は美優にボールペンを投げてよこした。

「それ、ボールペンに見えるけどボイスレコーダー。了の悪逆非道をこっそり録音して、出るとこ出てやろうかと思ってたの。でも思っただけでできなかった。あんたにあげるから、演技の練習にでも使ってよ」

まさか了に一矢報いようとしていたなんて、美優には思いもよらないことだった。神に刃向かおうだなんて普通は考えない。桃音の持つ稀有《けう》な強さを了は見抜き、高く買っていたのだろうか。

美優はボイスレコーダーをポケットに入れて持ち歩くようになった。それを落としてきたことに気がついたのは、桃音がいなくなって半月ほどたった六月の夜だった。お風呂に行こうとしてポケットにそれがないのに気づき、さては夕方、備品置き場に電球を取りに行ったときにと思い当たった。取りに行くと、幸いなことに備品置き場は無人で、案の定ボイスレコーダーはスチール棚の陰に転がっていた。録音ボタンがオンになっていたのはまったくの偶然だ。落としたときにそうなったのだろう。なにげなく再生ボタンを押して驚いた。ボールペン型の小さな機械から流れ出したのは、少女の話し声だった。声だけでは誰ともわからないが、同じ寮の生徒には違いない。

寮の備品置き場では、多くの百花生が無防備に秘密を口にする。スマホを手にそこを訪れる生徒は、聞いているのは電話の向こうの相手だけだと信じて口を開く。この声の主は、電話の向こうの誰かに向かって甘えるように「会いたい」と繰り返していた。相手は遠距離恋愛中の彼氏のようだった。百花演劇学校では異性との交際は禁止されている。美優は図らずも同級生の秘密を盗み聞きしてしまったことを知った。

録音された声はひとつではなかった。大なり小なりいくつもの秘密が美優の耳に注ぎこまれた。ある声は実家の家計が火の車であることを嘆いていたし、ある声は同級生の悪口を言いつづけていた。周りのレベルについていけないとめそめそ泣いている声があって、それがいつも美優をうっすら見下しているクラスメートのものだと気づいたときには、正直、胸がすっとした。なんだ、自信満々で偉そうにしてるけど同じじゃない。

次の日、美優は故意にボイスレコーダーを備品置き場に落とした。昨日よりも見つかりにくい物陰に。録音ボタンをオンにして。

プチ整形をした話。猥談めいたオタクトーク。電話ではなく複数人でやって来て、卒業生から伝授された試験対策を共有している子たちもいた。

美優はたちまちこの行為にはまりこんでいった。人の秘めた苦しみを知ることは慰めになったし、たまには上達や評価のために得になる情報を聞けることもあった。また、自分はみんなの秘密を知っているのだと思えば、何か武器でも携えているかのような気分になれた。

ボイスレコーダーで録音するやり方が面倒になり、インターネットで検索して、電源式の盗聴器を手に入れた。これならいちいち置きに行ったり回収したりしなくても、発信機をコンセントに差しておけば受信機でいつでも聞ける。このときはじめて、自分の行為に盗聴という名前がついた気がした。良心が抵抗を示したが、欲望のほうが勝った。美優はイヤホンを装着し、四六時中、それを聞くようになった。もともと落語を聞くためにいつもイヤホンを使っていたので、あやしまれることはなかった。万が一「聞かせて」と言われたときのために、いつでも切り替えられるようにスマホに落語のプレイリストを用意してあった。

夏本番を迎えるころには美優は悟っていた。程度の差はあれ、この世に秘密のない人間なんていないのだと。意外なことに、傷ひとつないように見えた綾乃、綺羅、氷菜にも秘密があった。そしてそれは、あの了でさえ例外ではなかった。

了の声はすぐにわかった。しゃべり方が独特だし、桃音を退学にまで追いつめた声を美優も嫌というほど聞いていたから。電話の相手は病院の医師のようだった。了の語る内容に、美優は耳を疑った。いつもどおりこともなげに語ってはいるが、どうやら了は病気らしい。それも一刻も早く手術をしなければ命にかかわるほどの。何度かの盗聴で、脳腫瘍という病名が判明した。その影響でドウメイハンモウの症状が出ていることも知った。美優ははじめて聞いたその言葉をネットで調べ、それから了の行動を注意深く観察するようになった。彼女の左の視野が欠損しているのは事実のようだった。

下校中にたまたま見かけた了の腕を引いたのは、とっさの行動だった。後ろによろけた了の前を、自転車が横切っていった。美優が腕を引かなければ衝突していたに違いない。左から来る自転車が彼女には見えていないことを、美優は知っていた。はっとして手を離した美優を、了はずれた眼鏡の位置を直しながらいぶかしげに見つめた。

「よく見えてないんでしょ」

盗聴で秘密を知った後ろめたさから、美優はつい本当のことを言ってしまった。おまけに「わたしでよければ力になるよ」とよけいなことまで付け足した。冷静になって考えれば、いくらでもごまかしようはあったのに。だいたい天才の了に対して、自分なんかがどう力になるというのか。

ところが美優がそう告げたとたん、普段は変化に乏しい了の顔に見慣れない表情が浮かんだ。驚きと、そして――なんだかほっとしたような。

了は美優を拒まなかった。それから気がついたときにちょっとした手助けをしているうちに、脚本の執筆を手伝ってほしいと頼まれた。もちろん創作を手伝うのではなく、単純に書くという作業を手伝うのだ。同名半盲の症状は深刻で、タブレットに入力することも紙に手書きすることも了には困難になっていた。加えて頻繁に襲う頭痛やめまいが彼女の作業を妨げていた。

あとから思えば、このときの了はいっぱいいっぱいだったのだろう。絶えずつきまとう苦痛や不便やストレスで。そして、死への恐怖で。誰だって死ぬのは怖いはずだ。しかし了はそのすべてを誰にも悟らせまいとしていた。病気を告白したのも美優に対してだけだった。それが彼女の性分らしく、人前ではなんでもないようにふるまったし、医師に対してさえそうだった。そうやって隠すという行為が、さらに了を追いつめているように美優には思えた。意外だったのは、了が桃音の退学を気にしていたことだ。あの子を退学に追いこんでしまった、とほとんど怯えたようにつぶやいた。了は自分の暴虐な行いを自覚していた。

このころ了が取りかかっていたのは、定期公演のコンペに出す脚本だった。用意した作品は『百獣のマクベス』。

本格的な執筆を始める前に、美優は了にボイスレコーダーを渡した。桃音からもらったボールペン型のボイスレコーダーだ。

「これに録音する形でやればいいよ。それをわたしが文字にする。これだったらぱっと見にはボイスレコーダーだってわかんないし、もし人に見られても安心でしょ」

口述筆記の形式を思いついたのは、好きな落語からだった。落語は音声が中心の芸術だ。桃音が了に一矢報いるために持っていたボイスレコーダーは、こうして了のものとなった。

美優が提案したこの方法はうまくいった。了が録音した音声データを、美優が自分のタブレットPCで入力する。了は口述というスタイルをすぐにマスターし、美優のほうも書き起こし作業に徐々に慣れていった。了の抜かりない指示により、ファイルの作成者の名前を設楽了に変更する方法も覚えた。音としての彼女の言葉をどう文字にするか――漢字とひらがなの使い分けや読点の打ち方など――はそれ以前に了自身が入力した原稿を精読して完全にコピーした。

了が録音した脚本を誰よりも先に聞き、了の指の代わりとなってタブレットPCに入力するとき、美優はこの学校へ来てはじめて自尊心が満たされるのを感じた。それまではずっと、この学校へ来たことを後悔していたのだ。凡人にとってここは夢の墓場だ。ごく一部の特別な才能に恵まれた者だけが、無数の亡骸を踏みつけて高みへと上っていける。残酷な才能ピラミッド。その底辺に埋没したまま、誰にも見つけてもらえずに消えるのだとあきらめて腐っていた。ところがいまはどうだ。才能ピラミッドの頂点に君臨する神の傍らにあり、その手となって働いている。

そうやって生み出された『百獣のマクベス』は傑作だった。コンペの結果は満場一致だったとのことで、前年につづけて下級生が脚本・演出を担当することに複雑な思いを抱いていただろう三年生も絶賛する出来だった。了はまたしても天才を証明してみせたのだ。

九月に行われたオーディションには大勢が挑戦したが、美優はエントリーしなかった。もともとその気もなかったが、先に内容を知っている美優がオーディションを受けるのは不正に当たると了から止められたのだ。美優に与えられた役は、舞台裏で雑用を引き受けるその他大勢のひとりだった。しかしそれは表向きのことで、本当は誰も知らない役割が他にあった。了のサポートという何よりも重要な役割が。

実のところ美優は『百獣のマクベス』を自分の作品のように感じていた。その脚本は美優のタブレットPCのなかで完成し、印刷業者に発注するためのデータのコピーも同じPCで行われたので、オリジナルは美優の手元にあった。褒められれば自分が褒められたように誇らしかったし、間違った解釈が聞こえてきたら飛んで行って訂正したい衝動に駆られた。美優は『百獣のマクベス』を了の次によく理解していた。了は毎日その日に録音した分を美優に渡していたから、美優はほぼリアルタイムで創作過程を追うことができた。小刻みに繰り返される改稿過程もすべてたどることができた。了は口述するときこそひとりを好んだが、その成果を手渡すときには必ず顔を合わせて言葉を交わしたし、たまには長々と作品について語ることもあった。美優は『百獣のマクベス』のもうひとりの作者であり、だから出演するかどうかは重要ではなかったのだ。

オーディションの結果、二年生からは綾乃、綺羅、氷菜の三人が魔女役に選ばれた。抜擢だったが、彼女らの演技のせいで稽古場の空気は殺気立っていた。最大の原因である綾乃が、この世でいちばん努力している人間はわたしですとばかりにこれ見よがしに唇をかみしめているのを、美優は表向きは気の毒そうに、そして感心しているように、実際は歯がゆい思いで見ていた。おそらく了を除く全員がそうであったように、綾乃たちの演技の何がそれほど悪いのか、美優にはよくわからなかった。罵倒される三人を見ていると、桃音の顔が脳裏をよぎったりもした。だが、了がだめだと言うからにはだめなのだ。他の誰が何と言おうと、了が正しい。これは了が作った世界なのだから。

稽古が始まってから、了の精神状態はひどく不安定だった。いや、正確には脚本を執筆しているときからだ。病気のせいで集中できないと言っていらだちを爆発させ、この頭、この頭、と自分の頭を殴りつけたことがあった。期待に応えなきゃ、と血走った目でつぶやいたこともあった。医師はすぐにも手術を受けるよう説得を繰り返しているようで、美優もそれを勧めたが、そのためには休学しなければならないからと了は拒否していた。なんとしても定期公演はやりとげる、と彼女はたびたび口にした。そうじゃないと居場所なんてすぐに奪われる、と。

その言葉は美優には衝撃だった。了ですらそんなふうに思っているのか。意外な神の横顔に驚きながら、美優は大丈夫だよと励ました。了が癇癪を起こしたり落ちこんだりするたびに根気よく寄り添いつづけた。了はときに涙を流し、手術が怖い、でも死ぬのはもっと怖いと打ち明けた。桃音や三人の魔女に対する暴虐を八つ当たりだと認めた。了は自分についてのいろいろなことを美優に語った。美優には隠さなくなっていた。

崩壊の瞬間は突然やって来た。定期公演まであと二週間ほどとなった夜のことだ。

「これは何？」

いつものように部屋を訪ねてきた了にボイスレコーダーを突きつけられ、最初は意味がわからなかった。しかし了が再生ボタンを押したとたん、心臓が止まりそうになった。流れ出したのは、誰かが電話をしている声だ。盗聴器を入手する前、みんなの秘密をボイスレコーダーにひそかに録音していたときのデータ。すべて削除したと思っていたのに、まだ残っていたのだ。

まったくばかげたミスだった。そして致命的なミスだった。もはや言い逃れる術もなく、美優は夏前から続けてきた盗聴行為を白状せざるをえなかった。それによって了の病気を知ったことも。了の顔は見られなかった。

「……まさか盗聴とはね」

長い沈黙のあと、了がうなるようなため息をついて言った。

「わたしはもう何も見えなくなってるのかもしれないな」

拳でごつんごつんと自分の頭をぶち、その手を開いて差し出した。

「受信機があるよね？　渡して」

言われるがままに、美優は机の引き出しからトランシーバーに似た受信機を取り出した。硬い表情で受け取った了は、電源ボタンを探し当ててオンにした。備品置き場には誰もいないらしく話し声は聞こえなかった。了は電源を切り、受信機をハーフパンツのポケットに突っこんだ。

「発信機は備品置き場のどこ？」

「……奥のコンセントのところ。棚の陰の」

「奥のコンセントね」

そう言って了が部屋を出ていこうとしたので、美優は当惑して顔をあげた。「どうするの？」

「回収してくる」

「え？」

「これ以上、被害者を増やすわけにはいかないよ。発覚して大ごとになっても困るし」

部屋のドアが開いて閉まるのを、美優はその場に立ち尽くして見ていた。ばれてしまってどうしようという気持ちと、もうだめだという気持ちが、硬直した体のなかで混ざりあっていた。

了はなかなか戻ってこなかった。盗聴器は電源タップにしか見えないし、いろんなものが置かれたスチール棚の陰に隠れているから、見つけられずにいるのかもしれない。ただでさえ見るという行為が彼女には難しいのだ。

気を揉んでいるうちにじっとしていられなくなって、スマホを手に、電話をしに来たふうを装って備品置き場へ行ってみた。運悪く扉の前で綺羅と鉢合わせし、内心どぎまぎしていたら、きちんと閉まっていなかった扉の隙間から鋭い声が漏れてきた。何事かと綺羅が扉を開けると、奥の棚の陰に氷菜とうなだれた了がいた。発信機を回収していたところを見つかったのだと、美優にはすぐにわかった。了の持っていた機械が盗聴器であることを綺羅が突きとめ、綺羅と氷菜は了を部屋へと引き立てていった。美優も震えながらついていった。了の部屋にルームメイトの璃子はおらず、代わりになぜか綾乃がいた。綺羅たちは綾乃にも状況を伝え、三人は了を追及して責めたてた。身体検査の結果、了のポケットからはさっき美優が渡した受信機が発見された。

了はどういうわけか誤解を解こうとしなかった。それどころか積極的に嘘をついた。自分が盗聴をしていたと。それは作劇のためだと。その言い分も言い方もいかにも了らしかったので、三人の魔女はすっかりだまされたようだった。ただひとり美優だけが、不可解な了の行動に混乱してうろたえていた。何度も本当のことを言おうとしたが、そのたびに了はすばやく目くばせして止めた。

綺羅たちの激しい怒りは、秘密を知られたことに対する怯えの表れだった。本来それは美優に向けられるはずのものだったと思うと恐ろしかったが、一方で、彼女らがこんなに躍起になって隠したがっている秘密を自分は知っているのだということにかすかな興奮を覚えた。もしも了が倒れなかったら、追及はまだまだ続いていたに違いない。美優も驚いたし、病気のことを知っているだけになおさら怖かった。綺羅たちとともにいったん部屋を出たあと、すぐに引き返して救急車を呼ぼうかと尋ねた。ベッドに横たわった了は大丈夫だと言ったもものの、ぐったりとして話をする気力はなさそうに見えたので、何かあったらすぐに言ってとだけ告げて早々に自室へ引きあげた。その夜は不安で一睡もできなかった。

ようやく話ができたのは翌日の夜だ。美優の部屋を訪ねてきた了の顔は真っ白で、いつものボイスレコーダーの代わりに、よく持ち歩いている大学ノートを手にしていた。そして、いきなりそのページをびりびりと引きちぎりはじめた。ぎょっとする美優の足元にちぎれた断片が降り積もっていった。これまで気にしたことはなかったが、読み取れた単語から推察して、ノートに書かれていたのは舞台の感想のようだった。

ページがすっかりなくなってしまうと、了は表紙も破ろうと手をかけた。しかしそうはせずに、そのまま床に放り出した。

「――決別だ」

新たな冒険に出発するような、いやに明るい口調で了は言った。どこか芝居がかった口調だった。それから口調に合った笑顔を美優に向けた。

「美優、いまからわたしたちは共犯者になるんだ」

「え?」

「きみが盗聴によって知ったあの三人の秘密を、わたしにも教えて」

美優は当惑した。というより、了がこの部屋に現れてからずっと当惑していた。次に話せたら、昨日なぜ庇ってくれたのかを訊こうと決めていたのに、タイミングを逃してしまった。

「……どうして?」

「もちろん、役者の人格をよく知るために」

綺羅たちに盗聴の理由を訊かれたときと同じ答えだ。

「作品に活かすの？」

「活かせたらいいなと思ってるよ。『百獣のマクベス』には修正が必要だからね。わたしの頭と同じくらいの大手術が」

了は上機嫌のようだが、笑えない冗談だった。妙な感じがした。いやに明るいというだけでなく、いつもの了とは様子が違う。

拒否できる立場でもないので、美優は求められるままに話して聞かせた。綾乃が合コンで知り合った相手と恋愛めいた関係にあること。綺羅がいじめの被害者であること。氷菜と父親の本当の関係。

「どれも大したことじゃないね」というのが了の感想だった。「誰も悪事を働いてるわけじゃないし、綾乃だって校則違反にさえなるかどうか。人に知られたら恥ずかしいとか都合が悪いとか、言ってみればそれだけのことじゃないか」

そう言いながら、了の目は変にぎらぎらと輝いていた。

「でも彼女らにとってはそうじゃないんだ。そこがおもしろい」

「どういう意味？」

「月並みな言い方だけど、まったく心ってものは理屈どおりにはいかないもんだね。そしてどんなによく見ていても、人の心の奥の奥までは見えない。少なくともわたしはあの子たちのことを全然わかってなかったよ。これで作品は絶対よくなる」

「昨日わたしを庇ってくれたのは、盗聴の内容を聞き出すため？」

ようやく訊けた。しかし訊いた直後に、何をわかりきったことをと思った。訊くまでもなく他に理由なんかないのに。

だが了の反応は予想とは違っていた。笑みを浮かべて目をぎらつかせていた了は、ふいに現実に引き戻されたとばかりに、きょとんとした顔になった。それからちょっと考えるような間をおいて、つぶやくように言った。

「……友達だから、かな」

トモダチ——それは耳慣れない外国語の言葉のように美優には聞こえた。了の発音がどこかたどたどしかったせいかもしれない。

「いままで誰かのことをそんなふうに思ったことなかったから、自分でもよくわからないんだけど、きっとそういうことなんじゃないかな」

了がこんなに曖昧な言い方をするのをはじめて聞いた。

「北海道の子は？　タカミっていう、たまに電話で話してる子。ほら、甘いものが苦手な。あの子は友達でしょ」

「ああ、それも盗聴で。違うよ、貴水は友達じゃない。なんていうのかな……神さま、みたいなもの？　もっと適切な言葉があるかもしれないけど、友達は違うな。だってそれって対等なものでしょ。貴水はもっと手の届かない場所にいる人だよ。あの子が演技をするのを観て、生まれてはじめて光を見たような気がしたんだ。いつかあの子をわたしの舞台の中心に立たせたい、あの子に捧げる作品を作りたい、あの子にふさわしい演出家になりたいって思った」

心臓がどくんと大きく鳴った。自分の胸を揺るがせたものの正体が何なのか、美優にはよくわからなかった。ただ了が口にした「神さま」という言葉が、胸の中心に打ちこまれた杭のように感じられた。

神さま。貴水は了の神さま。

そしてわたしは了の友達。

自分がうれしいのかうれしくないのかもよくわからなかった。驚きが大きすぎたのかもしれない。

「いまからさっそく改稿に取りかかるよ。悪いけど、それは捨てといて」

床に散らかったノートの破片を目で指して、了は部屋を出ていった。美優はしゃがんで、ちぎれたページを拾いはじめた。了が自分の感想をつづった言葉たちを。了の歴史を。了の中身を。決別だ、と了は言った。これらを破り捨てるという儀式が、盗聴という行為に踏み出すためには必要だったのだろう。最後に、うつぶせに広がって落ちていた表紙を拾った。シールの羊がつぶらな瞳でこちらを見ていた。

数日のうちに了は『百獣のマクベス』の大手術を終え、美優の手によって改稿が書き起こされた。三人の魔女に新たに与えられた〈恐れ〉〈野望〉〈愛〉というキャラクターは、それぞれの演者の秘密を元に生み出されたものに違いなかった。美優から聞き出した秘密を、了はそんなふうに活用したのだ。共犯者になるという言葉のとおりに。それが大成功であったことは、すぐにみんなの認めるところとなった。特に了が三人に何やらささやいたあと、彼女らの演技は別人のようによくなった。神の言葉を受け入れることで、彼女らは名優に生まれ変わったのだ。

美優の心に忘れていた感情がよみがえった。胸を焦がすその感情の名前は嫉妬といった。わたしだってできるのに。神がわたしを見てさえくれたら。

美優の立場は変わらなかった。その他大勢の雑用係として働きながら、裏では、了から生まれる追加のアイディアを文字に起こした。公式の助手として認知されないことに不満はなかった。俳優科の美優が専門外の役職につけば、何かと勘ぐられる羽目になる。特に三人の魔女は了のついた嘘に気づくかもしれない。

不満はひとつだけだった。舞台に立ちたい。いまの美優はそう望んでいた。オーディションのときは出なくていいと思っていたのに、いまは出演したくてたまらない。

美優を変えたのは三人の魔女への嫉妬、そしてもうひとつ、あのとき胸に打たれた杭だった。それは抜けるどころか、時間がたつにつれどんどん存在感を増していった。了の神さま。神さまの神さま。あの了があんなふうに崇め、いつか自分の舞台に立たせたいと望む役者がいる。一方、了は美優にオーディションへの参加を禁じた。当時はなんとも思わなかったが、つまりそれは、了が俳優としての美優を必要としていないということだ。

了は美優を友達だと言った。信頼し、誰にも見せない顔を見せてくれる。それはそれで特別なことだと知っている。けれど気づいてしまった。自分は了の傍らにありたいのではなく、正面から見てもらいたいのだと。友達ではなく俳優として認められたいのだと。

本番まで十日を切って、いまさら『百獣のマクベス』に出られないのはわかっていた。何でもいいから了の作品に出たかった。了の世界で芝居がしたい。何でもいいから。

飢えたように昼も夜も願いつづけたある日、美優は見つけた。それは文字起こしのために渡されたボイスレコーダーのなかに、番号とファイル種別だけの無機質な名前で隠れていた。頼まれてもいないファイルを開いたのは、美優が美優だったからだ。そういう人間だから、神の手に――そして共犯者になれた。

イヤホンから了の声が聞こえてきた。

「タイトル、『我らマクベス』――」

聞き終えるやいなや、美優は了に会いに行った。

「わたし、これやりたい！　これはわたしのための『マクベス』だ！」

興奮して体がぶるぶる震えていた。このために役者になったのだとさえ思えた。この役ができるなら何だってする。

しかし了の答えは残酷だった。眼鏡の奥の目をぱちくりさせて、この傘はあなたのかと訊かれたみたいにあっさりと「違うよ」と言った。

「それはきみのためのホンじゃない。主役を演じるべき人は他にいる」

「貴水のこと？　そんなこと言わないで、わたしにやらせてよ」

「貴水に当て書きしたホンなんだよ」

「でも定期公演ならオーディションがあるでしょ」

「べつに定期公演用に書いたわけじゃない」

「『マクベス』なのに？」

了がいらだちはじめているのは感じていた。病は精神の安定を許さず、彼女はしばしば激しい感情の起伏を制御できなくなる。だが美優のほうも止められなかった。

「来年の定期公演でやればいいじゃない。ぜったいやるべきだよ。これがコンペで選ばれないわけないし」

「これで完成じゃないんだよ。もっと練る必要がある。特別な作品だから、完璧で最高のものにしたいんだ。それには何年もかかるかもしれない」

うんざりして棘のある口調だった。それを隠そうともしない了に、美優のほうも腹が立った。いや、違う。美優が腹を立てたのは、了にとっての貴水と自分の違いをはっきり突きつけられたからだ。神に捧げる特別で大切な作品を、きみなんかにはやれない。了はそう言っている。それが了から見た俳優としての美優の評価、美優の価値。

「チャンスくらいくれてもいいでしょ。わたし、がんばるから。オーディションさえやってくれたら、きっと了を満足させてみせるよ。お願い、どうしてもやりた……」

「しつこい」

目の前でぴしゃっと戸を閉めるような拒絶に、美優は思わずひるんだ。怒らせてしまった。あれほど止まらなかった舌が急に凍りついて、全身が冷たくなった。

「あの……」

「返して」

了は手のひらを差し出した。美優が動けずにいると、その手から強引にボイスレコーダーを奪い取った。

「もう手伝ってくれなくていい」

　それから本番までの日々を、美優はぼんやりとして過ごした。頭に浮かぶのは『我らマクベス』のことばかり。自分があの主役を演じることはないのだと思うと、絶望的な気持ちになった。折を見ては何度も説得を試みたが、了の態度はかたくなだった。ボイスレコーダーは了の手にあるから聞くことさえできない。コピーを取っておけばよかったと後悔しても、あとの祭りだった。

　そんな状態で迎えた本番当日。以前は自分の作品だとまで思っていた『百獣のマクベス』なのに、その幕が上がっても特に何も感じなかった。出演する役者たちへの嫉妬もない。途中で大釜の破損が見つかるというトラブルがあり、幕間に下手奥の迫《せ》りを下ろすという話になったときも、他人事のようにしか思えなかった。

　割り当てられた仕事に身が入らないまま、一幕の途中で、美優はとうとう持ち場を抜け出した。雑用係がひとりいなくてもたいして支障はない。汗を流す仲間たちからこっそり離れ、楽屋前の通路をぶらぶら歩いた。そこなら誰かに見とがめられても、トイレとか何とかごまかしがきく。

　ある楽屋の前を通ったとき、シューズの爪先が何かを蹴とばした。何かと思って見るとボールペンだ。その瞬間、頭に電流が走ったようだった。

　了のボイスレコーダー。

　恋焦がれすぎて幻覚を見ているのかと思った。だが違った。かがんで手を伸ばしてみると、ちゃんとつかめた。手のひらが熱くなった。全身の血管にどっと血が流れるのを感じた。戻ってきてくれたのだ、この手のなかに。

そういえば前日のゲネプロのとき、美優はちょうどその楽屋で了と話をした。了がなかにいるのが見えたので、あの脚本をどうかもう一度だけでも聞かせてほしいと、正攻法で頼みこんだのだった。

——何度も言うけど、あれはきみには関係ないものなんだよ。定期公演のために書いたものでもないし。明日、明後日の本番が終わったら、わたしは休学して手術を受ける。二年連続で定期公演を成功させれば、わたしの地位はちょっとやそっとじゃ脅かされないものになるからね。来年のホンはそれから書くよ。

うなだれた美優の視線の先に、このボイスレコーダーがあった。了はいつだってこれをポケットに突っこんでいたのだ。

おそらく本番の直前もそうしていて、ばたばたしているうちに落としてしまったのだろう。美優もポケットに入れていて落としたことがあるからと再三注意していたのに、言わんこっちゃない。

拾いあげ、ボディを確認した。壊れていないだろうか。どうか壊れていませんように。

再生ボタンを押してみようとしたとき、どこからかすすり泣きのようなものが聞こえてきて、美優はとっさにボイスレコーダーをパンツのポケットに突っこんだ。おそるおそる泣き声をたどっていくと、楽屋の脇の奥まった空間に、スマホを握りしめた了その人が膝を抱えて座りこんでいた。

「どうしたの？」

驚いて声をかけた美優を、了はのろのろと濡れた目で見上げた。頬も、顎も、抱えた膝も濡れていた。外したインカムが足の付け根のところにあった。

「『マクベスは眠りを殺した』──あの台詞の意味が、ようやく芯から理解できた。わたしは創作者としての自分を殺してしまった」

「いったい何の話？　なんで泣いてるの？」

「三人の魔女の演技、すばらしかった。観客は完全に魅了されてた。あの演技を引き出せたのは大成功だよ。なのにわたしの心は躍らなかった。あれを見て気づいたんだ。盗聴という手段を使ったことで、わたしはいちばん好きだったものを失ってしまったんだって」

興奮していて要領を得ないが、了がひどくショックを受けてパニックに陥っていることはわかった。ひっくひっくとしゃくりあげながら母親に涙のわけを報告する子どものように。

美優はその場にしゃがみ、了と目の高さを合わせた。それから両手で彼女の腕に触れた。

「落ち着いて。いまさらそんなこと言ったってしかたないよ」

了の顔がくしゃりとゆがんだ。

「……そうだね、いまさらだ。でも、いまからでもできることはある。幕が下りしだい、わたしは自分がやったことを告白するよ」

「えっ？」

「安心して、美優のことは言わない。綺羅たちに説明したときと同じように、盗聴はわたしひとりでやったことにするから」

「ちょっと待って」いきなり何を言いだしたのか理解しかねた。「だめだよ、そんなことしたら、いくら了でもただじゃすまない。退学になるかもしれないよ」

「それがいいんだよ。さっき貴水と電話で話して、やっとわかった」

胸の杭をぐっと押しこまれた気がした。深く深く刺さって息ができない。

「……貴水」

「最初から全部わたしのひとり相撲だったんだ。あの子は心の底ではわたしを疎んでた。わたしの作るものに興味がなかった。自分のために脚本を書かれることなんて望んでなかったどころか、むしろ迷惑がってた。だからわたしが演劇の話をしようとしても話を逸らして、食べ物のこととか、わたしにとってはどうでもいい話ばっかり。いままでに気づく機会はあったはずなのに、見えなくなってたんだな。貴水は今日が定期公演だってことも忘れてたよ」

やっとわかった、と了は繰り返した。

「貴水に出会って、貴水にふさわしい舞台を作るために、ひたすら上を目指してきた。そして間違ったところへ来てしまった。魔女にそそのかされたマクベスみたいにね。だけど間違えたのはわたしなんだ。勝手に信仰して、勝手に絶望した。それがわかったから、わたしはこの偽りの玉座から降りなくちゃ。マクベスと同じ結末を辿るわけにはいかない」

涙を拭いもせずに訥々《とつとつ》と語る了は、あまりにもちっぽけだった。強大で暴虐な神とはほど遠いその姿は、痛々しくて腹立たしかった。

痛い、と了が声を漏らした。彼女の腕に触れた手に、無意識に力が入っていたらしい。美優はハッとして手を離した。

「このへんでわたしのボイスレコーダー見なかった?」

眼鏡を外して手の甲で涙を拭い、了は尋ねた。もう隠すつもりがないからか、なくしたというのに焦ってもいなかった。

「ボイスレコーダー?」と美優はとぼけてみせた。評価はされなくともこつこつ磨いてきた演技力を結集した。「見てないけど、落としたの?」

「そうみたい。いつからなかったのか覚えてないんだけど……本当に見てない?」

疑われていた。あれだけ『我らマクベス』にこだわっていたのだから当然だ。

「えー、見てないと思うけど……」

美優は立ちあがって周囲の床を見回した。ボイスレコーダーを捜したのではもちろんなく、了から目を逸らしたかったのだ。

「あっ、そういえば!」考えたわけでなく、転んだときに手をつくように自然に言葉が飛び出した。「袖から舞台を覗いたとき、床に何か小さいものが落ちてるように見えたんだ。セットの一部かな、でもあんなのあったっけって、ちらっと思ったんだけど」

苦しいが、急場しのぎには充分だった。開幕前、演出家の了は最終調整のために舞台に上がっている。そのときに落とした可能性が絶対にないとは言えないはずだ。

了の顔色が変わった。「もしそうなら大変だ」

たとえボールペン一本でも、思わぬ場所にあったら、役者にけがをさせたり舞台装置の作動の妨げになったりする恐れがある。

了はすぐさま立ちあがった。外していたインカムを装着し、ふらついて壁にぶつかりつつも、バックヤードの通路を急ぎ足で歩いていった。舞台へ向かったのだ、ありもしないボイスレコーダーを回収するために。

美優は胸をなでおろし、ポケットの上からボイスレコーダーに触れた。ひとまず危機は脱した。早くデータをコピーして、これ自体は了に返そう。さりげなくそのへんに転がしておいてもいいし、あとで見つけたように「あったよ」と手渡してもいい。嘘を教えたことについては、見間違いだったみたいだと言えばすむ。盗聴の件を告白するという了の意思は固いようだった。もちろんあらためて説得するつもりだったが、たとえうまくいかずに了が学校を去っても、『我らマクベス』だけは美優の手元に残る。

思わなかった。了が奈落に転落して死んでしまうなんて。

下手袖から舞台に上がった了には、奥側の迫りが下りていることが見えなかったのだ。同名半盲で左半分の視野が欠損していたから。

了の死は事故と断定され、それは事実ではあったものの、了がなぜ舞台に出ていったのかという疑問の答えは明らかにならないままだった。知っているのは美優だけだ。そう、美優は知っていた。あれは殺人であると。なぜなら美優は、下手奥の迫りが下がっていることも、インカムを外していた了がその情報を聞いていない可能性があることも、それが了には見えないこともわかっていたのだから。だがあのときは早くデータをコピーすることに気を取られ、そんなことは考えもしなかった。

わたしが殺した——美優は罪悪感に苦しみ、秘密の重みに押しつぶされそうになった。眠れない日が続き、睡眠薬や安眠効果があるというラベンダーのアロマに縋らなくては、不安で目を閉じられなくなった。すべて打ち明けてしまおうと何度も考えた。いっそ死んでしまいたいとさえ思った。

それを止めたのは了だ。正しくは、了がボイスレコーダーに残した『我らマクベス』だ。了が死んだその夜に、再びそれを聞いた。明かりもつけず頭から布団をかぶって、イヤホンをぎゅうぎゅう耳に押しこんで聞いた。了の声が流れだしたときは反射的にイヤホンをむしり取ったが、震えながら再び装着し、涙を流しながら聞いた。夢中になった。震えも涙も止まり、現実を忘れた。会ったことのない貴水という人間の顔が、マクベスとして立ち現れた。了が舞台を捧げようとした神であり、王であり、魔女。聞けば聞くほどに、その存在が憎くてたまらなかった。夜通し繰り返して聞きつづけ、翌日は臨時休校になったのでやはり聞きつづけた。部屋に閉じこもって誰にも会わずにいたが、それは美優だけではなかったので不審に思われることはなかったようだ。

聞いているうちに、了の言葉がよみがえってきた。

——わたしはもう何も見えなくなってるのかもしれないいな。

美優が盗聴していたことを知ったときのその言葉は、頭のなかで『我らマクベス』の台詞と絡み合った。

『無垢な花と見せかけて、花びらに致死量の毒を持つのです』

——いつかあの子をわたしの舞台の中心に立たせたい。

『万歳、マクベス！　来たる日の王よ！』

美優の回想のなかで「あの子」は美優になっていた。

絡み合う言葉が螺旋を描きながら物語を進めていった。

マクベス夫人が言う。『あなたの耳に私を溶かし入れてあげる』

いや、言ったのは了か。声はたしかに耳から入ってくるのだが、すっかり覚えてしまったせいで、了が頭のなかでしゃべっているような気がした。

二日目の真夜中、闇に包まれて美優はつぶやいた。

「心は決まった」

ぴったり同時にマクベスもその台詞を口にした。

やるのだ。来年の定期公演で『我らマクベス』を上演させる。主役はもちろんこのわたし。了もそれを望んでいる。

『失敗したらどうなる、俺たちは？』

『失敗する、私たちが？』

やるのだ、わたしたちふたりで。

それまではボイスレコーダーから直に音声を聞いていたが、データをコピーしてスマホで聞くようにした。趣味の落語を聞いているようにカムフラージュするためだ。事は慎重に進めなければならない。ボイスレコーダーを処分したくはなかったので、肌身離さず持ち歩くことにした。スタジオでの着替えや入浴の際には人に見られないよう細心の注意を払った。目立たないことが、このときばかりは幸いしたと言える。

秘密は秘密のまま時が流れ、美優たちは三年生になった。最後の定期公演の脚本コンペを前に、美優は候補者になりうる全員に対してエントリーをやめるよう脅迫文を送った。候補作ゼロという事態は誰も想定していないはずだから、そこで了の遺作が発見されたとなれば、それが採用されると見てまず間違いない。脅迫にはかつて盗聴で握った秘密がおおいに役に立ったが、そうでない相手も執拗に続けるうちにみな屈服した。ただひとり、結城さやかを除いて。

美優はさやかのことが嫌いだった。さやかだけではなく、演出家志望の生徒は全員嫌いだった。休学したら居場所を奪われるのではないかと、了がひそかに恐れていたから。特にさやかは万年二位と目されていて、了がいなくなったことで新歓公演の演出家の座を手に入れ、定期公演でも最有力候補と見なされていた。

さやかを脅迫するのに有効な材料を美優は持っていなかった。そこで第二段階として、部屋に侵入して演劇関係のファイルをすべて消去した。身体に危害を加える気はなかったが、鉢合わせしてしまったのは双方にとって不運なことだったと言える。

さやかはここで恐れをなしてあきらめるべきだった。そうすれば盗用の汚名を着ずにすんだ。身の程知らずのしぶとさが彼女の首を絞めたのだ。材料はそろっていた。『我らマクベス』の音声データ。了が破って表紙だけにしたノート。それから了の脚本を文字にしてきたこの手。

実をいえば、この計画を立てたのは了だった。「腹は決まった」と美優が宣言したあのときから、了は美優にだけ聞こえる声で常に指示をくれていた。

『悪より始められしものは、悪によって強くなるのだ』――たとえばこんな具合に。美優はただ従ったにすぎない。

計画はうまくいった。さやかが美優を疑っている様子はなかった。というより眼中になかったのだろう。美優のような凡庸な人間は、犯人という重要な役にふさわしくないから。しかし実際のところ、了の作った筋書きを美優は完璧に演じたのだ。

不安要素があるとすれば貴水だった。あれは了を破滅に追いやった魔女だから。

了もそう警告していた。

『女から生まれ落ちた者は誰も、マクベスを傷つけられはしない』

そんな魔女の予言を信じていたマクベスを、

『マクダフは月足らずで母の子宮を切り裂いて生まれてきた』

マクダフが打ち倒すように、
貴水は美優に悲惨な終局をもたらすかもしれない。

美優の舞台を壊してしまうかもしれない――。

はたして貴水はやって来た。美優の王冠を、舞台を破壊しようと、剣を携えて。その切っ先がいま、喉元に迫っている。


ボイスレコーダーを抱きしめたまま虚空を見つめて語る美優を、さやかは呆然と眺めた。

美優は正気を失って罪を独白するマクベス夫人にそっくりだった。故意か偶然か停止ボタンを押したらしく、彼女が口を閉ざすと、会場は張りつめたような静寂に包まれた。

「……あなたが」

貴水が低い声で言ったが、それ以上は続かない。

ゆらりと頭を上げた美優は、一瞬、対象を見失ったような目つきになったあと、自分を見下ろす貴水の顔に視線を据えた。さやかのいる客席に横顔を見せながら、至近距離でふたりは対峙する。

「そう、わたしが了を殺したの」

急に正気に返ったように、むしろ堂々と美優は告げた。マクダフの攻撃を受けて立つマクベスさながらに。マイクを通したその声ははっきりとして、聞き違えようもなかった。

無音の衝撃と混乱が会場の空気を震わせる。さやかの喉も大きく震える。貴水が体側に下ろした拳をぐっと握りしめるのが、目の端に見えた。

「わたしが殺した。それと了が。わたしたちが」

美優の言葉の意味が、さやかにはわからなかった。

低く抑えた声で貴水が問う。「どういう意味?」

「嘘をついて了を舞台へ行かせたのはわたし。だから了を殺したのはわたし。でもそれは表面的な事実にすぎないの。本当は、了は自分から奈落へ飛び降りたんだよ。だから了を殺したのは了。了はわたしに了自身を殺させた。わたしを本物の殺人者にするために」

「何を言って……」

「だってマクベスは殺人者だから」

瞬きもせずに美優は語った。気色ばむ貴水を絶句させておいて、いったん息を入れる。ようやく瞬きをして再び目を開けたとき、その顔には自信がみなぎっていた。

「おかげでわたしは誰よりもマクベスを演じるのにふさわしい役者になった。誰と競ったって負けやしない。たとえそれが了のかつての神であっても。オーディションに参加してれば、真っ向からねじ伏せてやったのに」

むしろうっとりと美優は言い、手のなかのボイスレコーダーを優しく指でなでた。犯人がそれに執着しているという貴水の想像は正しかったようだ。

「了があんなことになって、最初は罪悪感に押しつぶされそうだった。でもそれは間違いだってわかったんだ。何もかも了の意思なんだよ。了はこれを落としたふりをして、わたしに渡してくれたの。そのうえで、わたしを殺人者にしてくれた。マクベスの衣装がぴったり似合うように」

めちゃくちゃな言い分に、さやかは半ば呆気に取られていた。だが美優の顔に笑みが浮かぶのを見て、急に背筋がぞっとした。見間違いではない。たしかに美優は笑っている。いままで見たことのない自信に満ちた笑い方で。気づけば、美優以外のすべてが凍りついていた。誰も何も言わず、身じろぎもしない。

「決別だって言ってあのノートを破ったときから、了の頭のなかには計画があったの。捨てといてって頼むことで、わたしに託したんだよ。ボイスレコーダーを拾わせたのと同じように」

あのノートを非常階段に置いたのも、やはり美優のしわざだったのか。残った表紙に貼られていたシールを思い出す。同じ羊のキャラクターが、貴水のTシャツの胸にいる。

どうやら美優は、比喩やごまかしでこんなことを言っているのではないようだ。本気でそう信じている。

了を死なせた日から十か月以上ものあいだ、美優は了の声を延々と聞きつづけてきた。いちばん心が弱っていた夜からずっと、自分が死なせた者の声とともにあったのだ。その声で語られる物語にどっぷりと脳を浸していた。胎内で子どもが育つように、美優のなかで幻の了が大きくなっていったのだろうか。

美優が下手に向かって立っているので、右側頭部の面は客席からは見えない。その表情が変わるはずはないのに、面の彼女がいまどんな顔をしているのか無性に気になる。

「わたしたちは失敗しなかった。たしかに殺人をやってのけたけど、法的には殺人じゃないし証拠もない。やったことはきれいに消えた」

そのとおりだった。了の死は殺人にはならない。了がみずから飛び降りたと美優は言ったが、それも事実とは思えない。彼女の言うところの表面的な事実——同名半盲のせいで迫りが下がっているのが見えず転落したというのが真相だろう。やはりあれは事故だったのだ。罪に問われないとわかっているから、美優はこうして語ることができる。語ることによって、自分はマクベス／マクベス夫人そのものなのだと見せつけている。

認められるわけがないと頭ではわかっていながら、一歩間違えれば術中に陥っていたかもしれないとも思った。それほどさっきの美優の演技はすばらしかったし、事情を知って、だからあんな演技ができたのかと納得した自分がいる。芸の肥やしになるのなら悪事だってある程度は許されるのがこの世界だ。

　会場はあいかわらず息苦しいような静寂に包まれている。この瞬間、美優は圧倒的な主役として君臨し、空間を支配していた。その姿は暴君に似ていた。

　だが、暴君に立ち向かうことこそマクダフの役目だ。貴水が沈黙を破って言った。

「美優さんはなんであのノートの表紙を捨てずにとっておいたんですか？」

「え？」

「捨てといてって、そのとき了は言ったんですよね。了の計画とやらにあなたが気づいたのは、了が死んだあとのことでしょ」

　その剣のひと振りは、思った以上に美優をひるませたようだった。さっと笑みが消え、言葉がはじめて滞った。ここぞとばかりに貴水はたたみかける。

「了がかわいそうだったからじゃないですか？　決別だなんて言って大切にしてきたものを自分の手で破り捨てる姿が、痛々しかったんでしょ。だってあなたは、あなただけは、了が隠してきた弱い部分を知ってたから」

「そんなんじゃない。わたしはただ、了の持ち物をとっておこうと……」

「なんで？　了のために残しておいてあげたかったの？」

「違う、神のものだから……」

「美優さんは本当に了を神だと思ってた？　それどころか、あなただけは了が神じゃないことを知ってたんじゃないですか？」

　唐突に、美優はぴたりと口を閉ざした。ぞっとするような沈黙があり、そのあとで唇を内側から割るようにして低い声が吐き出された。

「了は神だよ。神じゃないといけないの。それでこそわたしの価値も証明される」

貴水がつばを飲みこんだ。「美優さんの価値？」

「わたしは了に選ばれた役者なんだ。了に才能を見出され、認められた。了はわたしを理解して肯定してくれる」

「ずいぶん都合がいいんですね。了はあなたを役者として扱わなかったのに。いまあなたの頭のなかにいるのは了じゃない、あなたが自分の都合で作りあげた偽物の神だ」

「違う！」

美優はいきなり絶叫した。ボイスレコーダーを握りしめた拳がぶるぶると震え、貴水をにらみつける瞳は怒りに燃えている。いや、これは怒りというよりも憎しみだ。

「了は神なの。完璧な存在なの。桐谷貴水、あんたは了の完璧さを損なう。了に神さまなんていらないのに。そんなものいちゃいけないのに。神は一個で完全なもので、誰かに憧れたり誰かを崇めたり、誰かに傷つけられたりしない。あんたは了をただの人間にする」

「人間だよ！」

耐えかねたように今度は貴水のほうが叫んだ。潤んだ両目が美優を射貫くように見据えていた。

「だって了は死ぬことを怖がってたんでしょ。病気の症状にいらだって、他の人に八つ当たりして、そのことを気にして、虚勢を張って、ライバルを恐れて、友達を庇って、でもその友達のことも利用して。そして最後には過ちを認めてやり直そうとしてた。あなたがいちばん知ってるじゃないですか。ただひとりあなただけに、了は本当の姿を見せてたんだから。あなたがどう思おうと、了にとってはあなただけが、了の友達だったんだから」

貴水の顔がゆがむ。歯を食いしばり、それでも目は逸らさないと決めているようだ。

思わぬ胸の痛みを覚えながら、さやかも間髪を容れずに舞台の下から言葉をぶつける。

「それに了は間違えた。盗聴の件を隠蔽すべきじゃなかったし、秘密を作劇に利用すべきじゃなかった。演出家としての強権的な言動や、役者を壊れるまで追いつめるやり方も、間違いだったとわたしは思ってる」

美優が何か言いかけたが、言わせなかった。ねじ曲がった唇から言葉が発せられる前に、さらに声を大きくして続ける。

「でも了だけが間違えたんじゃない。わたしたちみんな——ひとりひとりが間違えた」

了は天才だ。了は特別だ。了には演劇しかない。了は正しい。了の言うとおり。了なら何をしても許される。了に従えばいい。了に認められたい。了に選ばれなくては。さやかはそうは思っていなかったが、特別視していたという点では変わらない。むしろさやかがいちばんかもしれない。

「わたしたちは了を神のように扱い、了は神のようにふるまった。わたしたちが、わたしが、了を神にしてしまった」

「やめてよ！」

美優が金切り声をあげた。見開かれた両目から涙があふれ出した。

「了は恐れないし、間違えたりしない。了は神だよ。わたしは神に認められたんだ。否定しないで。わたしの舞台を壊さないで！」

「こんなことになったのは美優だけのせいじゃない。でも『我らマクベス』を上演させることはできない」

「『我らマクベス』はやるの。すばらしい作品だって、さやかだって思うでしょ。みんな、そうだよね。やりたいでしょ、了の舞台を」

会場はしんとしたままだった。周囲を見回した美優の顔に絶望の影が差す。

「了の最後の作品なんだよ？　三年生は最後の定期公演なんだよ？　意味わかるでしょ。この舞台に立つことがどんなに大きなチャンスか……」

嗚咽まじりの声がしだいに細く、弱々しくなっていく。

「わたしは舞台のまんなかに立ちたい。演じるわたしを見てもらいたい。ライトを浴びたい。拍手が欲しい。才能はあるんだから、絶対にあるんだから……」

ぎゅっと唇を結んだ貴水が、手を伸ばして美優の側頭部の面を取った。床に落とされたそれは乾いた音を立て、顔を下に向けて転がった。まるで奈落の底を見つめるように。

同じく顔を下に向けた貴水がつぶやく。

『明日も、また明日も、そしてまた明日も』

マクベスの台詞だ。夫人がみずから命を絶ったと知らされたときの。

『時は一日一日、音もなく小刻みに、歴史の……』

先を忘れたのか、唐突に言葉が止まる。引き取って続けたのは氷菜だった。

『歴史の最後の文節へと向かっている』

さらに綾乃が続けた。

『すべての昨日は、愚かな人間どもが土に還るまでの道を照らしてきた』

そして綺羅が。

『消えろ、消えろ、刹那の灯火！』

貴水も残りを思い出したようだ。

『人生は歩く影法師、哀れな役者だ、出番の間は舞台の上であれやこれやと見せつけるが、出番が終わればそれきりだ。荒唐無稽な物語、うるさいだけの乱痴気騒ぎ、そこには何の意味もない』

ふうう、とゆっくり息を吐いて、貴水が静かに口を閉じた。美優の泣き声だけが響く舞台で、ただの物体と化した面が白く光っていた。

10/26
14:08

貴水（中学3年）↓了（百花2年）

「了？　ごめん、いまって大丈夫？」

「だい、じょう、ぶっ……」

「どうしたの？　声、震えてない？」

「何の、用？」

「ああ、たいしたことじゃないんだけど。あのさ、そっちのコンビニでFR×TTコラボのポテチまだ残ってる？」

「え……なに？」

「FR×TT。いま人気のボーイズグループ。友達がそれのオタクなんだけど、北海道で売ってないから関東に知り合いがいるなら頼んでほしいって」

「ははは、ははは、はは——なんてこと、なんてことだ！」

「了？」

「わたしはなんて愚かだったんだろう。ばかすぎて笑えてくる！」

「了、言ってることがわからないよ。ねえ、何かあったの？」

「きみは——あなたは、わたしの神、だと思ってた。でも違った、あなたは魔女だ。魔女、魔女、魔女！　魔女に出会ったせいで、こんなところに行きついてしまった。全部なくなっちゃった。破滅だよ。ああ、いまになってマクベスの気持ちがわかるなんて！」

7

高く澄んだ空に、もうじき黄葉の季節を迎えるプラタナスの葉が映える。

十月最後の土曜日。ついにこの日が来た。あと数時間もすれば、十二夜劇場は定期公演を観に来た観客でいっぱいになる。

「さやかさん！」

劇場の裏でひとり空を見上げていたさやかは、遠くから呼びかける声に振り向いた。視界に残った太陽のかけらの向こうから、すらりとした長身が近づいてくる。短い髪に、あいかわらず妙なTシャツ。胸にプリントされているのがフラフープをするパンダ——たぶん——だと識別できるようになる。

「こんなとこにいた。いいんですか、演出家が？」

「うるさいな、ちょっと外の空気を吸いに来ただけ。スマホ持ってるし」

「さてはどきどきしてます？」

さやかがにらんでもどこ吹く風で、貴水は両手を高く上げて伸びをした。まるで空をつかもうとでもするように。

「ほんと、いい天気ですねえ。よかった。観劇の日に雨だと、お客さんは傘やら靴やら気にすることが増えて面倒ですもんね」

たっぷりと陽光を浴びてほほえむ顔は、屈託がなくのんきそうに見える。しかし実際はそうではないことをさやかは知っていた。あのオーディションの日からそろそろ一か月半がたとうとしている。その間にふたりで話す機会は何度もあったが、了の死にまつわる話は不自然に出なかった。貴水が避けているのは明らかだったし、さやかのほうも、公演の準備がすっかり整うまではそれ以外のことに頭と心を使いたくなかったのだ。

「美優さん、やっぱり来ないんですかね」

表情も声の調子もそのままに、唐突に貴水が言った。さやかは内心、緊張を覚えた。

オーディション以来、美優は休学して寮も離れている。このまま退学するだろうというのが大方の見方であり、彼女に同情と理解を示す者もいるにはいるが、むしろまだ籍を置いているのが信じられないと憤る者のほうが多いようだ。特に脅迫のせいで最後のチャンスを棒に振った制作科の生徒たちの恨みは深い。コンペをやり直す時間はなく、濡れ衣の晴れたさやかの『少女マクベス』が上演されることになった。

美優に対して自分がどんな感情を抱いているのか、さやかにはよくわからなかった。意図的に考えることを避けてきたからだ。

貴水が足元の小石を蹴とばした。それはさやかの靴に当たり、さやかはまた貴水をにらんだが、貴水はさやかを見ていなかった。足元に目を落とし、靴で地面をいじくっている。

「あれから考えたんです。美優さんのやったことが明らかになったとき、わたしはなんでもっと怒れなかったんだろうって。なんかタイミングを逃しちゃったっていうか、あとになってめちゃくちゃ腹が立って美優さんが憎くなるときがあるんですけど、気が抜けたみたいに全然そうじゃないときもあって。うまく言えないけど、変な波があるんです。海を漂ってるみたい」

なんとなくわかる、とさやかは思った。自分じゃない誰かのことを簡単に「わかる」とは言いたくないので、口にはしなかったけれど。

「わたしと了は、わたしが中一のときに地元の演劇ワークショップで出会って仲良くなったって言いましたよね。でも了のほうはその前からわたしのことを知ってたんです。わたしが出演してた舞台を見て、演劇に目覚めたんだって」

「子役だったの?」

「小学校四年生までですけどね。当時は桐谷《きりや》貴水っていう名前でした。両親が離婚して苗字が変わったんです。都内の養成所に所属してて、帝国劇場に出たこともあるんですよ。百年に一度の天才子役とか、大げさに褒めてくれたメディアもありました」

「桐谷……」

オーディションのあの日、美優が貴水を呼んだ名前。あれはそういうことだったのか。それにしても帝国劇場とは。前に綺羅が貴水の名前を検索してみたときは何も出てこなかったと言っていたが、そちらの名前で検索したらヒットしたのだろう。

「でも北海道に引っ越したのをきっかけにやめました。もともと母の趣味でやってただけだったんで、未練もなく」

「中学ではバスケ部だったんだよね。それでなんで演劇のワークショップに?」

「演劇部の友達に、一緒に行ってくれって頼まれたんです。子役やってたことを隠してなかったから。了はすぐにわたしのことがわかったみたいで、向こうから声をかけてきました。『あなたは桐谷貴水だよね、マクダフの息子の』って」

「マクダフの息子?」

さやかは驚いて貴水の顔を見た。うつむいているので表情はよく見えないが、小さく笑ったようだ。

「初対面でそんな声のかけ方ってないですよね。しゃべり方も独特だったし」

「それよりマクダフの息子って」

「了がわたしを見たっていう舞台の演目が『マクベス』で、わたしはマクダフの息子役を演じてたんです。全国ツアーだったから北海道にも行きました」

「それってもしかして」

「そのときのマクダフが筧正太郎さんでした。その次にやったマクベス役のほうで有名になったけど、わたしにとって筧さんはマクダフなんです」

それで合点がいった。演劇を愛していないと語った氷菜が「貴水ならわたしの気持ちがわかるんじゃない?」と言った意味。彼女は貴水の過去に気づいていて、演劇をやめたことを指してああ言ったのだ。貴水がマクダフの息子役を射止めたオーディションで、氷菜は不合格になっていた。

「わたしがかつて筧正太郎の子どもを演じてたことに気づいたから、氷菜さんはわたしに対して思うところがあったんじゃないかな」

「待って、そのときのマクダフ夫人は長嶋ゆり子だったたって言ってたよね」

校長だ。そういうことか。つまり貴水と校長とは古い知り合いだったのだ。

「当時、長嶋さんにはいろいろ教えてもらいました。隠しててごめんなさい。実はわたしが百花に入ろうと思ったとき、すでに入学願書の受付期間が過ぎてて、頼みこんでこっそり受けつけてもらったんです。でもそれだけで、合否については誓って不正はないんですけど、やっぱりズルはズルだから言いにくくて。長嶋さんからも口止めされてたし」

そんな理由だったのか。紛れもなくコネによる不正であり、表沙汰になれば非難は免れないだろう。

「子役のときの演技が特によくできたっていう気は、自分ではしてないんです。了は何がそんなによかったのかな。自分より年下の子が堂々と演技してたから？　わたし、小さいころから物怖じってものをしたことがなくて、そこだけはよく褒められてたんですよね」

さやかは黙っていたが、了の気持ちを想像することはできた。綺羅にとっての劇団六文芝居が、そのときの了にとっては貴水だったのだろう。ただひとつそれだけが輝いて見えて、どうしようもなく惹きつけられてしまうもの。理屈ではない。

「ああ、それで『fife1103』」

遅ればせながら理解した。了のタブレットのＰＩＮコードについて、１１０３は貴水の誕生日だと前に聞いたが、なぜマクダフの領地であるファイフが出てくるのか不思議だったのだ。

「ワークショップが終わったあと、了からサインを求められました。でもわたしはもう役者じゃなかったから抵抗があったし、苗字も変わってたから、そのとき持ってためーぷんのシールを差し出されたノートに貼りました。水色の大学ノート。了が舞台の感想を書いてたあのノートです。そこにはわたしが出た『マクベス』の感想もありました。それはもうびっしりと。お守りにして一生大切にするって言われたけど、まさかこっちに来ても持ち歩いてたとはねえ」
おどけたような言い方を貴水はしたが、下を向いたままの顔は笑っていないような気がし
た。靴は地面をいじくりつづけている。
貴水に貼ってもらったシールが、了の原動力だったのだろうか。だとしたら――なんだか
とても普通だ。神とまで呼ばれた人なのに。
「わたしが勧めなきゃ、了はこの学校に来てなかった。それどころか、わたしに出会わなか
ったら演劇をやってもいなかったのかも。そしたら……」
続きは地面に吸いこまれて消えた。貴水のせいじゃないというのは正論だ。だが「もし
も」を考えずに生きられる人はきっといない。
貴水の足の動きがふいに止まった。
「ところで、さやかさんへの疑いは九十九パーセント晴れたって言ったけど、残り一パーセ
ントがどうなったのか気になりませんか？」
来たなと思った。貴水のほうから言いださなければ、こちらから尋ねるつもりだった。
「本当はゼロだったんです」
「え？」

「さやかさんが〈魔女〉である疑いなんて、最初からなかったんです。わたしはさやかさんに嘘をつきました。〈魔女〉はわたしなんです」

さやかは息を呑んで貴水を見つめた。

「最後の電話で了は、あなたが〈魔女〉だと言った——わたしがさやかさんにそう伝えたとき、さやかさんは『あなた』イコールさやかさんだと受け取りましたよね。了は正確には『あなたは魔女だ』とわたしに言ったんです。わたしはわたしが〈魔女〉だと宣告されたことを告白したつもりだった。さやかさんが誤解したのはすぐにわかったけど、ずるいわたしは訂正しませんでした。逆にその誤解にのっかって利用することにしたんです」

「誤解……」

放心したようにその言葉を復唱する。突然の告白に頭がついていかない。

「了はわたしを〈魔女〉だと言って罵りました。その声は怒りと憎しみに満ちてた。だからそのあとで美優さんと話したときにはあんなふうに言ってたって聞いて、驚きました」

「……あんたのせいで了が自殺したんじゃないかって思ったの？」

「そうじゃないって思いたかったんです。でもただの事故だとはどうしても思えなかったから、わたし以外の誰かが自殺に追いこんだんじゃないかって。最低だけど、そうだったらいいなって。了のためなんて言いながら、本当は自分のために調べてたんです。罪の意識から逃れたかった。了を死なせちゃったかもしれないことが怖くてたまらなかった。同時に、なんでわたしがこんな目に遭うんだって被害者みたいな気持ちも芽生えてきて、そしたら了の死に関わったかもしれない三人の魔女に対して怒りも湧いて。綾乃さんたちには必要以上にひどい言葉をぶつけてしまいました。嘘をついてまでさやかさんを巻きこんだのは、やっぱりわたしのせいだって思いが消えなかったからです。わたしが了をこの学校に、この世界に導いてしまったのは事実だから。了の呪いの言葉を抱えて、ひとりで真実に向き合うのは怖かった」

「なんで最初にわたしに目をつけたの？」

〈魔女〉に該当するかもしれない綾乃たちは除外するにしても、あの公演に関わっていて事故当時の状況を知っている三年生なら誰でもよかったはずだ。

「ずっと前に了と電話で話したときに、さやかさんの名前を聞いたことがあったんです。課題で了のグループが発表したときに、ひとりだけ拍手しなかった子がいるって。ライバル視されてるみたいだって言いながら、了はなんだか楽しそうでした。その人なら他の百花生とは違う目で了を見て、何か特別なことに気づいてるかもしれないって思ったんです」

「変なことであんたのお眼鏡にかなっちゃったわけね」

「さっきも言ったけど、最初はだますつもりで近づいたわけじゃなかったんです。ただ話を聞きたかった。だから、了から言われた呪いの言葉をさやかさんには正直に告げたんです。でも思いがけずさやかさんが誤解して、わたしは自分が最も疑わしい人間であることを伏せたまま、あなたの協力を得られると考えてしまった。わたしは自分の弱さに負けました」

「どうりでわたしの言葉だけはいやに簡単に信用すると思った。疑いは見せかけっていうか、自作自演みたいなものだったんだもんね」

「ただ盗聴したり自殺に追いこんだりしたのが〈魔女〉だって確定してはいなかったから、

〈魔女〉ではなくてもさやかさんがその犯人である可能性はあったんですけど。最初のうちは」

「なんで早く打ち明けてくれなかったの？」

ありもしない疑いのために延々悩まされていたと思うと腹が立つ。貴水はうなだれて肩をすぼめた。

「何度も打ち明けようと思ったんです。でも、わたしのなかでさやかさんの存在が大きくなりすぎちゃったから。戦力としてもそうだし、不安になったときやショックを受けたとき、さやかさんがいてくれてよかったって思ったことがたくさんありました。本当のことを言ったら一緒に調べてくれなくなる、何より嫌われちゃうって思ったら、なかなか勇気が出なくて。本当にごめんなさい！」

さやかに向かって貴水は勢いよく頭を下げた。

「この定期公演が終わったら、綾乃さんたちにも全部話して謝ります。わたしはわたし自身の傷を隠したまま、自分のために、一方的に彼女たちの傷を暴いたんですから」

低い位置で静止している後ろ頭を、さやかは言葉もなく見つめる。思い返してみれば、たしかに貴水が何か言いかけていたことはあった。それに、了がさやかを〈魔女〉と呼んだのは神を崇めない者という意味ではないか、などともっともらしい解釈を口にして、さやかへの疑惑を撤回しようともしていた。

「……ずるいしせこいし弱いし、神さまにはほど遠いね」

だが了にとっては違った。彼女の演劇人生に決定的な影響を与えた俳優、桐谷貴水こそ、自分の最高傑作を捧げるにふさわしい相手だったのだ。

　さやかがため息をつくと、ふたつに折れた貴水の長身がぴくりと震えた。だまされていたのは腹立たしいが、貴水が胸に秘めてきた恐怖は理解できる。不敵な笑顔と強気の態度という鎧をまとい、怖気づく自分を奮い立たせてきたのだろう。それに、貴水が嘘をついてさやかを巻きこんだのは、協力を得るためには正しい判断だった。自分自身の問題だと思わされなければ、了の死、そして自分たちが犯してきた過ちに、さやかは目をつぶりつづけていたはずだ。

「それこそなんか誤解してるみたいだけど、嫌われるも何も、わたしはもともとあんたが嫌いだし」

「えっ」貴水が目を丸くして頭を上げた。

「なんでそこで驚くわけ？」

「わたしはさやかさん、好きですよ」

　臆面もなく言われ、思わず言葉に詰まってしまう。

　そうだった。うっかり同情しかけたが、貴水はこういうやつだ。

　さやかはむっつりと顔を背け、劇場の入り口のほうを見やった。まだ観客の姿はないが、開演時間は刻々と近づいている。やり直したオーディションの結果、主役のマクベスは氷菜が演じることになった。貴水はオーディションを受けなかった。望むポジションを勝ち取った生徒も、三年間の夢が散った生徒も、長い諦観のなかにいる生徒も、それぞれの思いで幕が上がるときを待っている。

了ともっと話してみたかったと、ふいに思った。だが口にはしなかった。なんだか軽い感じだし、偽善者になった気がする。

「了にもこんなふうに言えばよかったな」

ひとりごとのような貴水の声が耳に届いた。さやかは彼女のほうを見ずに、片方の耳に髪をかけた。

「了がわたしを神さまみたいに思ってること、はじめて会ったときから感じてました。わたしはそれが嫌で、心に壁を作ってたんです。演劇に関する話はなるべく避けて、了の内面に深く踏みこまないように。わたしと了は友達だって言いつづけてきたけど、本当はそうじゃそうじゃないってわかってました。それは了のほうからだけじゃなくて、わたしも同じです。本当は食べ物とか日常のささいなことを知ってるのが友達の条件ってわけじゃない。わたしは了がいちばん話したいことは聞かず、了にとっていちばん大切なことは知ろうとしなかった。わたしたちはお互いに自分にとって望ましい姿を相手にかぶせてたんです。役を与えるみたいに」

神さま役と、友達役か。そう信じこむことにしたんですね——貴水が綾乃にそう告げたときの、静かで抑揚のない声を思い出した。あれは自分のことでもあったのだろうか。

さやかの反応を求めず語りつづける貴水の声は、昂るでもなく湿っぽくもない。つかむことのできない風のようにさらさらと流れていく。

「ちゃんと言えばよかった。わたしは神さまなんて変なものにされるのは嫌だ、普通の友達がいいって。あの子をちゃんと見て、あの子の言葉をちゃんと聞いて、正面から向き合うべきだった。その結果、友達にはなれなかったかもしれない。了がわたしに幻滅したかもしれないし、わたしのほうが了を嫌いになったかもしれない。それでも、本当のわたしと本当のあの子を認められたほうがずっとよかった。ごめん、了……」

奈落だ、と思った。舞台の下に広がる、人には見せない暗くて深い場所。これは貴水の奈落なのだ。自分にもある。きっと誰もが、薄い皮膚の下に奈落を隠している。

「ねえ、さやかさん。わたしたちは友達かな？」

「は？　そんなわけ……」

否定しかけて、ふと気が変わった。貴水の顔の上で、風に吹かれたプラタナスの葉の影が揺れていた。

「手のひらを自分の顔のほうへ向けて広げてみて」

「え？　……こうですか？」

言うとおりにした貴水の手の甲を、さやかはすかさず押した。貴水自身の手のひらが、ぺちっと音を立てて彼女の顔を叩く。

「わぷっ。何ですか」

「あんたはそれが自分の手かどうかいちいち確認すんの？」

「さやかさん……」

「そろそろ行くよ」

言うなりさやかは劇場へ向かって歩きだした。

あんなことがあってもなお『我らマクベス』をやりたいという声は根強かったが、もう気にするのはやめた。わたしはわたし。月並みだが、結局それが真理だと思う。了が貴水に当て書きした脚本を、自分はまったくイメージに合わないと感じたように、作る者も演じる者も観る者もそれぞれだから。

すぐに追いついて横に並んで歩きながら、貴水が言う。

「それにしても、才能って何なんですかね。複数の才能を持ってる人もいれば、ただひとつの才能が飛び抜けてる人もいる。自分の持つ才能に気づかないまま一生を終える人だって。才能とやりたいことが一致しない場合もある……というか、一致するほうがめずらしい幸運なのかもしれない。おまけに才能を判断するのは他人で、証明するのは結果でしょ。あったとしても、それが他人と比べて多いか少ないかも、同じものを目指してる人のなかで何番目なのかもわからない。それなのに道を選ぶのは自分で、行くかやめるかを決めるのも自分なんですよ。ギャンブルじゃないですか」

「いまごろ気づいたの？　まああんたの場合、探偵よりは役者のほうがまだ向いてると思うけどね」

「えっ、才能あるってことですか？」

「探偵の才能がないって言ってんの」

実際のところ、まったく貴水の言うとおりだ。才能なんてわからない。

それでもこの道しか行きたくないから、傷つきながら進むしかない。

一歩ごとに緊張が増していく。体が熱を帯びていく。

行くのだ。

今日の演目は『少女マクベス』。
不器用で傷つきやすく、けれど勇敢な少女たちの物語。

装画

wataboku

装幀

大岡喜直(next door disign)

本文挿画

柳原彩（ビーワークス）

参考資料

『シェイクスピア全集3　マクベス』
シェイクスピア 著　松岡和子 訳　ちくま文庫
(なお、P5、P99、186、P225の節冒頭の台詞は本書より引用させて頂きました)

『深読みシェイクスピア』
松岡和子 著　新潮社

『俳優術』
フェルディナンド・グレゴリー 著　伊藤熹朔訳　小山書店

『ザ・スタッフ　舞台監督の仕事』
伊藤弘成著　晩成書房

初出

本書は書き下ろしです。

降田天●ふるた・てん

執筆担当の鮎川颯とプロット担当の萩野瑛による作家ユニット。少女小説作家として活躍後、2014年に『女王はかえらない』で第13回「このミステリーがすごい！」大賞を受賞し、降田天名義でデビュー。18年、「偽りの春」で第71回日本推理作家協会賞（短編部門）を受賞。著書に、「偽りの春」が収録された『偽りの春　神倉駅前交番 狩野雷太の推理』、『彼女はもどらない』、『すみれ屋敷の罪人』、『ネメシスⅣ』、『朝と夕の犯罪』、『さんず』、『事件は終わった』などがある。

少女《しょうじょ》マクベス

2024年8月31日　第1刷発行

著　者——降田天

発行者——箕浦克史

発行所——株式会社双葉社

東京都新宿区東五軒町3-28　郵便番号162-8540
電話03(5261)4818〔営業部〕
　　03(5261)4831〔編集部〕
http://www.futabasha.co.jp/
（双葉社の書籍・コミック・ムックが買えます）

DTP製版—株式会社ビーワークス

印刷所——大日本印刷株式会社

製本所——株式会社若林製本工場

カバー印刷——株式会社大熊整美堂

ISBN978-4-575-24748-0 C0093